HEYNE <

W0267194

Das Buch

Der Frühling hat Einzug gehalten in der Freien Reichsstadt. Allenthalben zeigt sich junges Leben. Auch im Hause des angesehenen Arztes Hans Christoph Faber kündigt sich Nachwuchs an. Doch gerade als Felicitas einem gesunden Mädchen das Leben schenkt, stirbt ihrem Gatten ein Kleinkind unter den Händen. Bald schon hat die eigenwillige junge Frau die Strapazen der Geburt vergessen. Die Frühlingssonne lockt zu allerlei Unternehmungen, ein gesellschaftlicher Höhepunkt ist geboten: ein Konzertabend mit dem legendären Pianisten Franz Liszt.

Währenddessen häufen sich in der Familie, die auch den Verlust des zweiten Kindes zu beklagen hat, die Todesfälle. Ein schlechter Stern scheint über dem Haus zu stehen. Nichts Besonderes für die damalige Zeit: Hilflos muss der Arzt oftmals zusehen, wie der Tod Ernte hält. Felicitas jedoch schöpft Verdacht. Und trotz ihrer Mutterpflichten – und auch wenn der Haussegen schief hängt – stellt sie Nachforschungen an.

Die Autorin

Barbara von Bellingen, Pseudonym für Ilka Paradis-Schlang, ist im Oberbergischen Land geboren, studierte Malerei an den Kölner Werkschulen, arbeitete im Entwicklungsdienst und übersetzte zahlreiche Romane aus dem Englischen. Seit 1982 schreibt sie selbst, meist gründlich recherchierte historische Kriminalromane. Bei Heyne erschienen bisher die »Engelke-Geerts-Tetralogie« mit dem historischen Hintergrund der Hansestadt Hamburg, der im Mittelalter angesiedelte Roman »Die Sterndeuterin« und zwei historische Kriminalromane mit der Hobbydetektivin Felicitas Faber in der Hauptrolle.

Barbara von Bellingen

Ein Netz so fein gesponnen

Roman

WILHELM HEYNE VERLAG
MÜNCHEN

Umwelthinweis:
Dieses Buch wurde auf
chlor- und säurefreiem Papier gedruckt.

Redaktion: Monika Köpfer

Originalausgabe 08/2004
Copyright © 2004 by Barbara von Bellingen und
Wilhelm Heyne Verlag, München, in der
Verlagsgruppe Random House GmbH
Printed in Germany 2004
Umschlaggestaltung: Nele Schütz Design, München,
unter Verwendung eines Aquarells FRANKFURT – GESAMTANSICHT
VON SÜDWESTEN von J. Gerhard Malss, 1841
Gesetzt aus der Sabellicus
Satz: Buch-Werkstatt GmbH, Bad Aibling
Druck und Bindung: GGP Media, Pößneck
http://www.heyne.de

ISBN: 3-453-87783-7

1

Kätt hatte die schweren Übergardinen aus gestreiftem, hellgelbem Damast zugezogen. Anfangs hatte Felicitas sich darüber geärgert. Jetzt dagegen war es ihr vollkommen gleichgültig, dass die Nachmittagssonne nicht mehr ungehindert in ihr Schlafzimmer hineinscheinen konnte. Denn sie hatte genügend damit zu tun, gegen die Wehen anzukämpfen, die sie in immer kürzer werdenden Abständen überkamen.

Gerade war wieder eine im Anschwellen begriffen. »Muss das denn so wehtun?«, stieß Felicitas zornig hervor. »Wenn ich hiermit fertig bin, werde ich meiner Mutter gehörig die Meinung sagen. Dass sie mir nicht verraten hat, was mich erwartet – das verzeihe ich ihr nie ... Himmel, Arsch und ...!«

»Aber gnä Fraa!«, unterbrach Kätt ihre junge Hausherrin. »So was sagt mer doch net – auch net, wenn's noch so zieht!«

»Du hast gut reden!« Felicitas presste die Luft zwischen den zusammengebissenen Zähnen hervor. »Aber es reißt mich dermaßen im Kreuz, dass mir die ganze verdammte Contenance wahrhaftig gestohlen bleiben kann ... Bei so was versagen mir die guten Manieren, Teufel noch mal!«

Kätt verkniff sich ein Lächeln und setzte eine gespielt grimmige Miene auf. »Aber wenn gleich die Hebamm kommt, dann nehmt Ihr Euch zusammen – gell? Sonst müsst mer sich ja schäme fürs ganze Haus Faber. Und der Herr Dokter würd's bestimmt aach net gutheiße.«

»Die Hebamme kann mir ebenfalls gestohlen bleiben.« Felicitas atmete jetzt, da die Wehe endlich abebbte, tief durch. »Hier im Haus hab immer noch ich das Sagen. Und ich bestimme auch, wo's langgeht. Verstanden?«

Kätt machte ein zweifelndes Gesicht. »Das wird sich zeige«, murmelte sie mit einer Spur von Schadenfreude. »Beim Kinderkriege geht's am Ende nämlich doch immer so, wie Mutter Natur es will. Ganz egal, ob Euch das passt oder net. Gell?« Sie drehte sich zu der kleinen, drallen Person um, die beinahe lautlos das Faber'sche Schlafgemach betreten hatte. »Gell, Gertrud, so isses doch?«

Die Hebamme – um die vierzig wie Kätt – war ihre alte Duzfreundin. Sie nickte bereitwillig. Hut und Mantel musste sie unten im Flur bei Leni abgegeben haben, derem Kind sie erst in der vergangenen Woche auf die Welt geholfen hatte. Leni war bereits wieder auf den Beinen – sehr zur Besorgnis ihres Ehemannes, des jungen Doktor Merker.

»Hoffentlich habt Ihr der Leni da unten mal richtig den Marsch geblasen«, sagte Felicitas und richtete sich steil in ihrem Sessel auf, denn eine neue Wehe war im Anzug. »Ich hatte ihr streng verboten, schon wieder die schweren Wassereimer zu schleppen, aber mir will sie einfach nicht gehorchen – so wenig wie ihrem Mann!«

Gertrud Habermehl lachte und krempelte sich die Ärmel hoch. Über ihrem groben, blauen Leinenkleid trug sie eine weiße Schürze, auf deren unterem Rand ein winziger, doch für Felicitas überaus beunruhigender Blutfleck zu sehen war. »Die weiß schon, was sie tut«, gab Gertrud fröhlich zurück. »Macht Euch da mal keine Sorje, Fraa Dokter. Außerdem is sie kerngesund, da schad't das bissche Arbeit nix. Und jetzt seh'n wir mal nach, wie weit's bei Euch is.«

Sie kramte in dem kleinen schwarzen Handkoffer, den sie

mitgebracht hatte. Das Instrument, das sie hervorholte, ein hölzernes Hörrohr, war Felicitas vertraut. Aber jetzt machte es dennoch einen beängstigenden Eindruck auf sie. »Wozu das?«, fragte sie die Hebamme.

»Na, ich muss doch hören, wie's dem Stammhalter geht«, antwortete Gertrud Habermehl nüchtern. »Schlagt mal den Schlafrock zurück, wenn ich bitten darf.«

Felicitas kam der Aufforderung der Hebamme nach. Die setzte das Stethoskop mit routinierter Bewegung auf den hochgewölbten Bauch der jungen Frau, legte das Ohr ans andere Ende und lauschte aufmerksam. Dann nickte sie. »Schöner kräftiger Herzschlag«, sagte sie befriedigt, während sie Felicitas zuzwinkerte. »Warten wir einfach ab.«

Doktor Faber zog das Stethoskop von der eingefallenen Brust des kleinen Jungen zurück, der mit entblößtem Oberkörper in der Wiege vor ihm lag. Er schüttelte den Kopf. Dann heftete er den Blick müde auf die Mutter des Kindes. »Was soll ich sagen? Alle Behandlungsmöglichkeiten, die uns zur Verfügung stehen, sind nun erschöpft. Gegen den Tod gibt es leider keine Therapie, liebe Madame Reichardt, und wenn nicht ein Wunder geschieht ...«

»Aber unser Fränzchen war doch bis gestern ganz gesund und munter«, erwiderte Anna Reichardt. Ihr schönes braunes Seidenkleid verriet Wohlstand, und für eine Frau in den Dreißigern sah sie noch recht unverbraucht aus. Doch ihr Gesicht war blass, ihre Lippen zitterten. »Wie ist es möglich, dass der Kleine so plötzlich ...«

»Sie sagten, er habe schon hin und wieder bei Tisch mitgegessen«, unterbrach Doktor Faber sie. »Sehen Sie, Madame Reichardt – es kommt oft vor, dass die noch allzu zarten Eingeweide eines Kleinkindes die Nahrung Erwachsener nicht verdauen können. Ich pflege die Mütter junger Kinder wieder und wieder davor zu warnen, ihre Kleinen an den Tischmahlzeiten teilnehmen zu lassen. Vor dem ersten Lebensjahr tut das nur selten gut ...«

»Aber er hat nur Milch bekommen, und ein Stückchen eingeweichten Weck mit Honig«, wandte Anna Reichardt heftig ein. »Herr Doktor Faber – es kann nicht sein, dass solche milden Speisen ihn krank gemacht haben!«

Sie schluchzte auf und schlug die Hände vors Gesicht. Wieder schüttelte Doktor Faber den Kopf. Er legte sacht zwei Finger auf die runde, mit kaltem Schweiß bedeckte Stirn des Kleinen. Das Kind gab einen erbärmlichen Schmerzenslaut von sich und sog röchelnd Luft in die Lungen. Es hatte offenbar große Mühe zu atmen und litt sichtlich.

»Um der Liebe Gottes willen«, flüsterte Anna Reichardt, »tun Sie etwas, Herr Doktor! Helfen Sie meinem Kind!«

Doktor Faber strich mit einer zarten Geste über die papierdünne Haut an der Wange des kleinen Jungen. »Lassen Sie ein Löffelchen Salz in einer Tasse abgekochtem Wasser auflösen«, sagte er zu der Mutter. »Dann wollen wir gemeinsam versuchen, dem Kind etwas davon einzuflößen. Vielleicht können wir ...«

Er sprach nicht weiter – war die erhoffte Wirkung doch zu unwahrscheinlich. Franz Reichardt, vier Monate alt, hatte schon zu viel Flüssigkeit verloren, als dass noch berechtigte Hoffnung auf seine Rettung bestanden hätte. Nach den Angaben seiner Mutter hatte der Junge seit dem vergangenen Abend keinerlei Nahrung oder Flüssigkeit mehr bei sich behalten. Die ganze Nacht hindurch habe er geschrien, und die Beinchen eng an den Leib gezogen vor Bauchschmerzen. Alles Massieren sei nutzlos gewesen, im Gegenteil, die Schmerzen des Kindes schienen sich noch verschlimmert zu haben.

Am Morgen sei der Durchfall, der anfangs wässrig gewesen sei, blutig geworden. Und da endlich hatte Anna Reichardt in ihrer Verzweiflung nach dem Arzt geschickt.

Viel zu spät.

Anna Reichardt rief nach dem Hausmädchen, das gleich darauf erschien, und gab mit gebrochener Stimme Anweisung. Dann drehte sie sich wieder zu Doktor Faber um. »Glauben Sie, dass ...«

»Solange noch Leben vorhanden ist, darf man die Hoffnung nicht fahren lassen.« Der Arzt ließ sich auf dem Schemel neben der Wiege nieder und nahm das schlaffe Händchen des Kindes zwischen seine Finger. »Ich bleibe natürlich am Krankenbett.«

»Sehr gut.« Die Hebamme nickte Felicitas ermutigend zu. »Wir haben eine Öffnung von vier Zoll.«

»Was soll das heißen?« Felicitas holte tief Luft, denn eine weitere Wehe kündigte sich an und ließ ihren Leib von neuem steinhart werden. »Warum, zum Teufel, strengt Ihr Euch eigentlich nicht ein bisschen an und treibt die Angelegenheit vorwärts?« Sie schoss der Hebamme einen wütenden Blick zu. »Ich habe es wirklich satt, immer nur zu warten!«

Gertrud Habermehl richtete sich aus ihrer gebückten Haltung auf und grinste doch tatsächlich – grinste Felicitas mitten ins Gesicht! »Anstrengen?«, sagte sie nachsichtig. »Anstrengen müsst Ihr Euch. Nur – soweit sind wir noch lange nicht, gnä Fraa.«

Felicitas war wütend. »Aber ich habe jetzt ununterbrochen diese widerwärtigen Schmerzen«, sagte sie mit zerknirschtem Gesicht. »Ihr werdet doch irgendeinen Kniff kennen, womit das alles schneller über die Bühne geht!«

Gertrud Habermehl grinste abermals. »Na, ununterbrochen würde ich die Wehen aber nicht nennen«, erwiderte sie mit einem Blick auf die kleine vergoldete Uhr, die auf dem Kaminsims eifrig vor sich hin tickte. »Es liegen immerhin noch zehn, zwölf Minuten dazwischen.« Als wollte sie sich vergewissern, sah sie rasch auf ihre eigene silberne Taschenuhr, die sie aus der Rocktasche gezogen und aufgeklappt hatte. »Und deswegen ...«

»Ihr seid eine ganz unausstehliche Person!« Felicitas krallte die Finger in die gepolsterte Armlehne des Sessels, in dem sie mehr kauerte als saß. »Ich hätte nie gedacht, dass Ihr so herzlos und vor allem so unfähig wärt. Ihr habt ja überhaupt keine Ahnung und gebt es auch noch zu ... Verflixt und zugenäht ... Wahrscheinlich wisst Ihr nicht mal so recht, wie es einer werdenden Mutter ... Herrgott noch mal ... überhaupt zumute ist! Anstatt mir beizustehen ... verflucht ... stattdessen sitzt Ihr nur herum und ... lasst den lieben Gott einen guten Mann sein ... Teufel noch mal!«

»Und was sollte ich Eurer Meinung nach tun?« Gertrud Habermehl legte Felicitas begütigend die Hand auf den Arm und lächelte.

»Na, mich endlich von dem Kind entbinden«, sagte Felicitas böse. »Dazu seid Ihr doch hier – oder etwa nicht?«

Die Hebamme blickte verdutzt drein, schüttelte dann den Kopf und lachte leise. »Schon«, sagte sie, »aber bis es soweit ist, dauert es noch ein Weilchen – da führt kein Weg dran vorbei.«

»Mir reicht's! Am Ende wollt Ihr erst Kaffee trinken, bevor es an die wichtigen Dinge geht!«

»Eine wunderbare Idee, gnä Fraa«, gab die Hebamme trocken zurück und heftete den Blick auf die Magd, die untätig an der Tür stand. »Wenn's deiner Herrschaft recht ist, dann brüh uns doch eine Kanne auf, Kätt!«

Felicitas zog eine Grimasse. »Nein, es ist mir absolut nicht recht«, sagte sie, gegen eine neue Wehe ankämpfend. »Wir haben wirklich Besseres zu tun, als herumzusitzen und einen Kaffeeklatsch abzuhalten. Habermehl'sche, mal ehrlich – wisst Ihr tatsächlich nicht weiter?«

Gertrud Habermehl zückte ihr hölzernes Hörrohr und setzte es erneut auf Felicitas' festen runden Bauch. Sie horchte. Dann richtete sie sich auf. »Schade, dass Euer Hals nicht lang genug ist«, murmelte sie sanft, »dann würdet Ihr bestimmt nicht weiter lamentieren ...«

»Hals zu kurz?« Felicitas geriet schon wieder in Harnisch. »Mein Hals ist nicht zu kurz, im Gegenteil. Immer ist mir bestätigt worden, dass ich einen sehr schönen langen Hals habe. Ich verbitte mir jegliche Beleidigungen – zumal ich ... Kreuzdonnerwetter noch mal ... im Augenblick so ekelhaft wehrlos bin!«

Die Hebamme betrachtete Felicitas mit nachsichtigem Blick. »Schade«, fuhr sie fort, »dass Ihr nicht selbst horchen könnt, gnä Fraa. Dann würdet Ihr den kräftigen Herzschlag Eures Stammhalters hören und Eure Ungeduld gewiss vergessen.«

Felicitas blies die Backen auf, zog den Schlafrock über dem Bauch zusammen und erhob sich mit zusammengebissenen Zähnen aus dem Sessel. Langsam und vorsichtig ging sie ans Fenster, sah hinunter auf die Gasse, drehte sich wieder zu Gertrud Habermehl um und holte tief Luft. »Ist es denn so schwer zu verstehen, dass ich diese Mühsal hinter mich bringen will?« Sie schnaufte zornig. »Habermehl'sche, ich fordere Euch zum letzten Mal auf, endlich Hand anzulegen, statt untätig hier herumzulungern. Wenn Ihr das nicht könnt, dann soll nach dem alten Doktor Barthold geschickt werden. Der wird schon wissen, was zu tun ist, damit es vorangeht!«

Gertrud Habermehl war neben Felicitas getreten und legte ihr jetzt in einer mütterlichen Geste den Arm um die Schultern. »Ich hätte gedacht, Ihr als Frau eines Arztes wüsstet besser Bescheid als andere junge Frauen«, sagte sie. »Aber offenbar hat auch Euch keiner erklärt, was Euch erwartet.« Sie führte Felicitas wieder zum Sessel. »Seht mal, eine Geburt ...«

»... ist ziemlich schmerzhaft«, unterbrach Felicitas die Hebamme ungnädig. »Als ob meine Mutter mir das nicht gesagt hätte!«

Gertrud Habermehl drückte die Gebärende sanft in den Sessel und setzte unbeirrt ihre Erklärung fort. »Eine Geburt dauert beim ersten Mal etwas länger. Da ist Geduld nötig – ich schätze, noch mindestens zwei, drei Stunden, von jetzt an gerechnet.« Sie warf einen Blick auf die Kaminuhr. »Gegen sechs oder sieben wird's dann richtig losgehen, gnä Fraa.«

Felicitas schnaubte entrüstet. »Ich glaub Euch aber nicht, dass es kein Mittel gibt, um diese unglückselige Angelegenheit zu beschleunigen. Und ich will jetzt, dass der Frieder auf der Stelle den alten Doktor Barthold holt. Wo mein eigener Herr Gemahl sich gerade aufhält, weiß ja wieder kein Mensch!« Sie zog ein kleines, spitzenbesetztes Schnupftüchlein aus der Tasche ihres Schlafrocks, betupfte sich damit die Stirn und zerknüllte es dann wütend. »Immer muss ich alles allein machen!«

»Aber ich bin ja da«, versuchte die Hebamme Felicitas zu beschwichtigen. »Glaubt mir, es steht zum Besten, und wir haben keinen Grund, den Doktor zu bemühen. In zwei, drei Stunden ...«

»Nein, nein, nein!« Felicitas schleuderte das zu einer Kugel zusammengeknüllte Tüchlein auf die Bodendielen. »Ich warte nicht länger als unbedingt nötig. Das kann keiner von mir verlangen, dass ich derartige Schmerzen noch stundenlang ertrage. Der Frieder soll sofort loslaufen und Doktor Barthold holen, damit er mich erlöst!«

»Der Bub hat zu tun«, sagte Kätt energisch, »der holt ja den Geburtsstuhl. Wenn gnä Fraa nix dagege habbe, geh ich selber zum Herrn Dokter Barthold. Ich kann ihm aach besser erkläre, wo's fehlt.« Dann, mit einem bedeutsamen Blick zu ihrer Busenfreundin hinüber und ohne die Bestätigung ihrer jungen Herrin abzuwarten, verließ sie das Schlafzimmer.

»Gut so«, murmelte Gertrud Habermehl befriedigt und ließ sich auf dem gepolsterten Schemel neben der ehelichen Lagerstätte nieder. Sie sah Felicitas mit geduldiger Miene an. »Atmet ganz tief, wenn die nächste Wehe kommt«, wies sie die junge Frau an. »Das nimmt den Schmerzen die Schärfe.«

»Pah ...!« Felicitas schnaufte schwer.

Und dieser Laut hörte sich für Gertrud Habermehl schon besser an. »Recht so«, feuerte sie Felicitas an, »Ihr müsst hecheln – macht es wie ein Hund bei heißem Wetter!«

»Pah!«, stieß Felicitas noch einmal hervor. »Das könnte Euch so passen! Ich mach mich doch nicht lächerlich ... nicht mal vor Euch, wo's gar nicht zählt!« Sie presste beide Handflächen auf den Bauch, der sich erneut anspannte. Und dann, als die Wehe anschwoll, tat sie doch, wie Gertrud Habermehl sie geheißen hatte. »Es ist ... zum Auswachsen ...«, sagte sie zwischen den kurzen Atemstößen, »und eins ist sicher ... ein zweites Kind ... kommt für mich ... überhaupt nicht in Frage ... da könnt Ihr ... aber Gift drauf nehmen ...!«

Doktor Faber hatte sich aus dem Lehnstuhl bei der Wiege erhoben und war ans Fenster getreten. Im Licht der Nachmittagssonne war die weiß getünchte Mauer des Hauses auf der anderen Seite der Gasse wie in Gold getaucht. Die blank geputzten Scheiben in den hohen Sprossenfenstern glitzerten ...

Oben auf der Dachrinne saßen einige Spatzen. Es waren offenbar Jungspatzen, die ihre noch ziemlich kurzen Flügel im Sitzen durch die Luft schwirren ließen, so als trauten sie sich noch nicht, den Flug hinab auf die Pflastersteine zu den frisch und einladend daliegenden Pferdeäpfeln zu wagen. Unten zankte sich bereits eine ganze schilpende Schar anderer Spatzen um die unverdauten Haferkörner, als wollten sie die Jungen zum Mitmachen herausfordern.

Frühling. Allenthalben zeigte sich junges Leben. Doktor Faber wischte sich über die Stirn und schloss für einen Moment die Augen. Mit einem Mal wünschte er sich voll brennender Sehnsucht nach Hause – an die Seite seiner Frau, die in den Wehen lag und bald schon ebenfalls ein junges Leben zur Welt bringen würde. Ein Baby ... ein Söhnchen, Töchterchen ... sein Kind.

Doktor Faber seufzte. Dann wandte er sich vom Fenster ab. Über den dicken orientalischen Teppich, der die dunkel gewachsten Dielen des Raumes bedeckte und jeglichen Schritt unhörbar machte, ging er zurück an die Seite seines kleinen Patienten. Er hatte Pflichten – Pflichten, die allem anderen vorgingen. Hier in diesem abgedunkelten Zimmer lag jemand auf Leben und Tod danieder. Es galt, dem Sensenmann im letzten Augenblick vielleicht ein junges Leben zu entreißen. Und Doktor Faber würde alles geben, damit ihm diese ungeheure Aufgabe gelang.

Mit sicherem Griff langte er in die Wiege, schob seine Hand unter das Köpfchen des kleinen Jungen, der wie leblos dalag, und hob es sachte an. Dann nahm er die Schnabeltasse, die auf dem kleinen polierten Tischchen neben der Wiege stand, und schob dem Kind das Mundstück vorsichtig zwischen die Lippen.

Der Kleine wimmerte. Der Laut, der durch die pergamentenen Lippen drang, klang erbärmlich, obwohl er kaum noch vernehmlich war. Und die salzhaltige Flüssigkeit, die Doktor Faber seinem Patienten einzuflößen versuchte, gelangte gar nicht erst in den Mund, sondern rann aus dem Mundwinkel wieder heraus und durchnässte Kopfkissen und Nachthemdchen des Kindes.

Hans Christoph Faber unternahm einen neuen Anlauf. Geduldig schob er die Tülle zwischen die aufgesprungenen Lippen des Säuglings – mit wachsender Beunruhigung, aber das ließ er die Mutter des Kleinen nicht merken. Die stand, die Augen aufgerissen und die Hände ineinander verkrampft, auf der anderen Seite der Wiege und hielt den angstvollen Blick unverwandt auf das Gesicht des Arztes geheftet. Sie sprach nicht, aber ihre Augen bettelten um ein paar Worte, die Hoffnung gaben.

Doktor Faber setzte die Tasse ab und räusperte sich. Endlich sah er Anna Reichardt an und nickte ihr zu. »Ich meine, er hat ein paar Tropfen genommen«, sagte er in sanftem Flüsterton. »Wir wollen es weiter versuchen. Doch vorher will ich noch einmal seinen Puls fühlen und sein kleines Herz abhorchen. Gestatten Sie ...«

Er entnahm seiner Tasche das Hörrohr und setzte es – zum wievielten Mal, das konnte er nicht mehr sagen – auf die entblößte Brust des Kindes, die sich kaum noch hob und senkte. So sehr er sich auch konzentrierte – kaum ein Laut war noch wahrzunehmen ... Das Herz des kleinen Jungen hatte seinen Dienst so gut wie eingestellt.

Doktor Faber spürte, wie Zorn in ihm aufstieg. Selbst nach so vielen Jahren als Arzt war es ihm noch immer unmöglich, sich mit seiner Ohnmacht in gewissen Fällen abzufinden. Das Leben dieses Kindes, das gerade einmal vier Monate gewährt hatte, konnte und durfte doch nicht schon zu Ende sein! Er, ein erfahrener Arzt, hatte ja noch nicht einmal eine Diagnose stellen können – die Ursache der schweren Krankheit, die dieses Kind befallen hatte, lag nach wie vor im Dunkeln.

Doktor Faber legte das Hörrohr beiseite und ballte unwillkürlich die Fäuste. »Brechdurchfall«, murmelte er, »massiver Wasserverlust, blutiger Stuhl ...« Streng dich an, Faber, fügte er in Gedanken hinzu, sieh zu, dass du erkennst, wovon das kommen könnte. Und dann lass dir eine wirksame Therapie einfallen!

»Herr Doktor«, begann Anna Reichardt mit zitternden Lippen, »wie sieht es aus ...?«

»Nicht gut«, erwiderte Hans Christoph Faber ohne Umschweife. »Lassen Sie das Salzwasser etwas anwärmen – handwarm, wenn ich bitten darf. Danach wollen wir es weiter versuchen.«

In Anna Reichardts Augen sammelten sich Tränen. Sie neigte den Kopf und klingelte nach dem Mädchen. Mit tränenerstickter Stimme wies sie die junge Magd an, das Verlangte auszuführen. Als das Mädchen gegangen war, beugte sie sich über die Wiege, in der ihr Jüngster kaum noch atmete.

Sie schluchzte. Zwei Tränen lösten sich aus ihren Augen und tropften auf die schweißbedeckte Stirn des Kindes. Sie hielt sich bewundernswert, doch die Verzweiflung war ihr anzusehen.

»Vielleicht sollten Sie einmal versuchen, dem Kleinen das Salzwasser einzugeben«, sagte Doktor Faber matt. »Oft ist es so, dass Kinder von ihren Müttern die Medizin lieber und bereitwilliger annehmen als vom Arzt, der ihnen ja ein Fremder ist.«

Anna Reichardt schluchzte auf. »Meinen Sie, Herr Doktor?« Sie zog ein spitzenbesetztes Tüchlein aus weißem Batist aus dem Ärmel und betupfte sich hastig die Augen. Dann sah sie den Arzt an, mit neuer Hoffnung, wie es Faber schien.

Er schüttelte unwillkürlich den Kopf, bemerkte den erschrockenen Blick, und dann nickte er bestätigend. »Wir wollen es zumindest nicht ausschließen. Noch lebt der Kleine …«

»Noch lebt er …«, echote Anna Reichardt im Flüsterton.

Die Magd kehrte mit der Schnabeltasse zurück und stellte das Gefäß auf den kleinen Tisch neben die Wiege. »Wär das alles?«, fragte sie knicksend. »Ich hätt sonst in der Küch noch allerhand zu tun …«

Ihr Ton schien Doktor Faber unangemessen fröhlich. Er musterte sie finster und schickte sie dann mit einer unwirschen Handbewegung hinaus.

Anna Reichardt nahm die Tasse zur Hand und beugte sich über ihren kleinen Sohn. Sanft, wie nur eine Mutter es kann, setzte sie das Trinkgefäß an die Lippen des Kindes und bemühte sich, ihm etwas von der Flüssigkeit einzuflößen. Doch sie hatte ebenso wenig Glück wie der Arzt. Die Flüssigkeit floss wieder hinaus, ohne ihr Ziel zu erreichen.

»Er schluckt nicht«, flüsterte Anna Reichardt, nachdem sie es wieder und wieder versucht hatte. Sie suchte verzweifelt den Blick des Arztes. »Er will einfach nicht schlucken!«

»Er kann es nicht mehr«, sagte Doktor Faber wie zu sich selbst, »dazu ist er zu schwach …« Nachdenklich senkte er den Kopf. Es gab noch eine letzte Möglichkeit.

Entschlossen klappte Hans Christoph Faber seine Tasche auf. Augenblicke später hatte er gefunden, was er suchte: eine Klistierspritze. »Wir werden ihm das Salzwasser in den Darm eingeben«, murmelte er vor sich hin. »Ich lasse mich nicht entmutigen – noch nicht!«

Felicitas stieß einen Schrei aus. Doch es war weniger ein Schmerzensschrei als vielmehr ein Ausdruck des Zorns und der Ungeduld. »Wie lange soll denn das noch dauern?« Sie keuchte wütend und maß Gertrud Habermehl mit flammenden Blicken. »Und außerdem – war es nicht schon übel genug? Müssen die Schmerzen jetzt noch wüster werden?«

Die Hebamme erwiderte Felicitas' zornigen Blick mit Gelassenheit und grinste doch tatsächlich zum wiederholten Mal! »Wir kommen der Sache näher«, sagte sie freundlich. »Jetzt müsst Ihr Euch nicht mehr lange gedulden.«

Felicitas kämpfte eine der Wehen nieder, die sie mit ungehemmter Wucht überkamen. Sie schnaufte vor Anstrengung. »Wo – zum Teufel – bleibt denn bloß Doktor Barthold? Länger als eine halbe Stunde hat der doch noch nie gebraucht, wenn er gebraucht wurde ...!«

»Aber ich wurde anderswo dringender gebraucht«, setzte gut gelaunt eine Altmännerstimme von der Tür her das Wortspiel fort. »Was gibt es denn so Pressierendes?«

Felicitas schluchzte vor Erleichterung auf. »Pressierend ... das ist genau der richtige Ausdruck«, gab sie zurück, doch ihr Lachen wurde von der nächsten Wehe erstickt. »Lieber, lieber Doktor Barthold – die Hebamme hat keine Ahnung, und mir hängt das Warten zum Hals heraus! Könnt Ihr nicht machen, dass dieser Jammer bald ein Ende hat ...?«

Doktor Barthold kicherte. »Selbst jetzt noch der ungestüme kleine Wildfang«, sagte er, »wo der wilde Felix sich jetzt doch eigentlich an die Mutterrolle gewöhnen sollte.« Er wandte sich an die Hebamme. »Also, Gertrud – wo klemmt's denn?«

Gertrud Habermehl lachte laut auf. »Herr Dokter sind immer so komisch. Klemme tut's nirgendwo – im Gegeteil. Bei der gnä Fraa läuft alles ganz wunnerbar ... kein Grund zur Klage!«

Felicitas schrie von neuem auf. Der Schmerz war diesmal so überwältigend, dass sie den Schrei nicht hatte zurückhalten können. Und das ärgerte sie maßlos. Darum schickte sie dem ersten noch einen zweiten nach – einen Wutschrei.

»Na, dann wollen wir mal«, sagte Doktor Barthold. »Jetzt kommt es drauf an. Gertrud – du weißt, was du zu tun hast …?«

»Und ob, Herr Dokter!« Die Hebamme krempelte sich die Ärmel hoch und nickte. »Gnä Fraa – es is soweit. Nuff uff de Stuhl …«

Felicitas kochte vor Zorn über das Verhalten der Hebamme. Gleichzeitig war ihr alles recht, wenn es nur die Geburt beschleunigte. Sie erhob sich mühsam vom Sofa und wankte zusammengekrümmt zu dem sonderbaren Möbel hinüber, das der Frieder vor einer Stunde hereingeschafft hatte. Der Geburtsstuhl hatte eine hufeisenförmige Sitzfläche, die sich vorn zu einem weiten, halbrunden Ausschnitt öffnete. An den Armlehnen gab es zwei Griffe, an die sich die Gebärende klammern konnte.

Das tat Felicitas auch, sobald sie sich niedergelassen hatte. Sie packte die Griffe so fest, dass ihre Knöchel weiß wurden, während die nächste dieser ganz besonderen Wehen sie mitriss. Ein mächtiger Drang zu pressen überlagerte Zorn, Schmerz und Ungeduld – die Gefühle, die sie bisher beherrscht hatten. Und Doktor Barthold schien das gutzuheißen, denn er nickte ihr aufmunternd zu, während er der Hebamme den Platz zu Felicitas' Füßen zuerkannte. »Schön kräftig mitarbeiten«, sagte er, an Felicitas gewandt. »Leg dich ins Zeug, mein Mädel – du wirst es schon richtig machen!«

Doktor Faber hatte das dünne Rohr des Klistierapparats sanft in den After des kleinen Jungen eingeführt und hob jetzt den Kanister vorsichtig an, damit die salzige Flüssigkeit in den Darm des Kindes einlaufen konnte. Als das Behältnis leer war, zog er das Rohr zurück. Doch gerade als er hoffnungsvoll aufatmen wollte, sickerte das Salzwasser wieder hervor – rot gefärbt diesmal und von dunklen Schlieren durchzogen.

»Allmächtiger Gott ...«, hauchte Doktor Faber und starrte den blutig-nassen Fleck an, der sich auf dem Laken der Wiege gebildet hatte. Nicht einmal auf diese Weise konnte der Kleine die Feuchtigkeit bei sich behalten. Alles war verloren – das wusste der erfahrene Arzt. Aber der Mensch Hans Christoph Faber wollte sich immer noch nicht geschlagen geben. »Noch einmal«, befahl er sich selbst, »nicht nachlassen!«

Er füllte den Klistierbehälter erneut und wiederholte die Prozedur. Sie verlief ebenso wie beim ersten Mal. Auch jetzt blieb das Salzwasser nicht im Darm des Kindes, sondern rann, mit Blut und Schleim vermischt, sofort wieder heraus.

Doktor Faber prüfte ein weiteres Mal Puls und Herzschlag seines kleinen, todgeweihten Patienten. Fast keine Regung war mehr zu spüren, und die Haut des Kindes fühlte sich kalt und klamm an. Sein Atem, nun beinahe unmerklich geworden, vermochte kaum noch den Spiegel zum Beschlagen bringen, der ihm vorgehalten wurde.

Ganz sanft, ganz zärtlich deckte Hans Christoph Faber den kleinen Jungen zu, hüllte ihn in seine warme Decke, tupfte ihm den Todesschweiß von der weißen Stirn. »Wir können nichts mehr für ihn tun«, sagte er zu Anna Reichardt, die bleich und zitternd neben der Wiege stand. »Nun muss es gehen, wie's Gott gefällt ... letzten Endes bestimmt der Herr über Leben und Tod, was geschieht. Und wir müssen uns dreinschicken.«

Anna Reichardt starrte den Arzt mit aufgerissenen Augen an. Dann begriff sie, was ihr da mitgeteilt worden war. Sie brach vor der Wiege ihres jüngsten Kindes in die Knie und bedeckte das Gesicht mit den Händen. Sie weinte lautlos, während Doktor Faber seine Instrumente bis auf das Hörrohr wieder in die Tasche packte.

Er ließ Anna Reichardt ein Weilchen Zeit. Dann schob er sie sacht beiseite und setzte das Stethoskop ein letztes Mal auf die Brust des Kindes. Kein Herzschlag war mehr auszumachen, kein Puls mehr zu fühlen. Der Spiegel zeigte nicht mehr die geringste Spur von Beschlag. Ein junges Leben war, kaum dass es begonnen hatte, schon wieder zu Ende gegangen.

»Er hat es überstanden.« Doktor Faber legte der Mutter tröstend den Arm um die Schultern. »Es war ein gnädiger Tod – Fränzchen hat nicht sehr leiden müssen.«

Anna Reichardts Antwort war ein wildes, verzweifeltes Schluchzen. »Er war doch so gesund«, brachte sie in einem Strom von Tränen hervor, »es ging ihm gut ... Wie konnte das geschehen? Warum hat Gott das zugelassen?«

»Das weiß niemand. Die Wege des Allmächtigen sind dunkel, wie Ihnen jeder Pfarrer sagen wird. Trösten Sie sich damit, dass der Kleine ohne große Schmerzen von uns gegangen ist. Und bedenken Sie, liebe Anna, dass sie noch ein Kind haben.«

Er hielt inne. Was sagte er denn da? Die Medizin hatte versagt, und er riet der armen Mutter, sich damit zufrieden zu geben, dass ihr ja noch ein Kind blieb und dass das andere immerhin ohne Todesqualen verschieden war?

Was für ein Zynismus. Faber räusperte sich und ergriff Anna Reichardts Hand. »Verzeihen Sie«, murmelte er, »ich rede nur so daher, weil mir die rechten Worte fehlen ...« Er drückte ihre dünnen, kalten Finger. Dann ließ er los, wandte sich von der Wiege ab, öffnete seine Tasche und warf das Stethoskop hinein. Mit fahrigen Bewegungen zerrte er aus dem Außenfach des kleinen schwarzen Lederkoffers ein Blatt Papier hervor – den Vordruck eines Totenscheins. Dann klingelte er nach dem Mädchen, das auf der Stelle erschien, als habe es vor der Tür gestanden.

»Tinte und Papier«, forderte er mit rauer Stimme.

»Ist der Kleine ...?«

»Tinte und Papier!«, herrschte Doktor Faber sie in unterdrücktem Ton an.

Das Mädchen zog einen Schmollmund und huschte hinaus. Anna Reichardt schluchzte leise. Sie hatte ihr totes Kind aus der Wiege genommen und drückte es weinend an die Brust, während Doktor Faber sich stumm an den Tisch setzte, um den Totenschein auszustellen.

Felicitas brüllte. Unglaublich, wie viel Schmerz man doch ertragen konnte – und das auch noch stundenlang! Aber mittlerweile hatte der Schmerz eine andere Qualität angenommen ... das konnte sie spüren. Instinktiv gab sie dem Drang zu pressen nach und strengte sich an, so gut sie es vermochte.

»Wunderbar«, murmelte Gertrud Habermehl, die vor ihr am Boden hockte und mit geschickten Händen den Fortgang der Geburt leitete. »Weiter so ... noch ein bisschen ... ein bisschen kräftiger ... gleich haben wir den Kleinen auf der Welt ... da ist schon das Köpfchen ...«

Wieder brüllte Felicitas. Es klang wie ein Kampfschrei, wild und energiegeladen und noch immer ein bisschen wütend.

»Gut so ... gut so«, bestätigte Gertrud Habermehl, »lasst es raus – lasst es auf die Welt!«

Die junge Frau nahm alle Kräfte zusammen und vereinigte sie in einem letzten wilden Brüllen.

»Jetzt ...«, sagte die Hebamme aufatmend, während sie mit einer schwungvollen, viel geübten Drehbewegung dem Baby aus dem Körper seiner Mutter hervorhalf, »... jetzt haben wir es geschafft!«

»Und da ist es«, sagte Doktor Barthold wie ein Zuschauer aus der zweiten Reihe. »Ein reizendes kleines Mädel ...!«

»Ach Herrje!« Die Hebamme hob Felicitas' neugeborene, aus Leibeskräften schreiende Tochter hoch. »Nix ist's mit dem Stammhalter. Leider bloß'n Mädchen ...«

»Blödes Weibsbild«, knurrte der alte Doktor Barthold. »Wie kann man beim Anblick von so etwas Süßem nur so etwas Dämliches sagen!«

Felicitas atmete tief durch. Dann lachte sie, lachte aus vollem Hals, bis ihr die Freudentränen kamen.

2

»Mein lieber Faber«, der alte Doktor Barthold widmete seinem Kollegen ein strahlendes Lächeln, »Sie haben eine überaus kräftige, gesunde kleine Tochter. Ist das nicht wunderbar?«

Hans Christoph Faber, der Kätt eben Mantel und Biberhut übergeben hatte, schien zuerst den Sinn dieser Worte nicht recht zu verstehen. »Wie ...?«, fragte er geistesabwesend.

»Junge«, wunderte sich der alte Doktor, »kommen Sie zu sich! Sie sind Vater – und nun holen Sie mal eine gute Flasche aus dem Keller! Auf so ein hübsches Kind muss unbedingt angestoßen werden!«

Faber sah den alten Mann mit müdem Blick an. »Herr Doktor Barthold ...«, murmelte er, »wovon reden Sie? Anstoßen ... dazu besteht keine Veranlassung, weiß Gott nicht. Ich komme von den Reichardts – der kleine Junge ist gestorben. Hab ihm nicht mehr helfen können ...«

»Lieber Himmel, Faber.« Doktor Barthold senkte den Kopf. »Das ist allerdings schlimm. Das trübt die Freude, und ich bin der Letzte, der Sie da nicht verstehen kann. Aber ich konnte ja auch nicht wissen ...«

»Das Schlimme ist, dass ich noch nicht einmal genau weiß, woran der Kleine gestorben ist«, sagte Hans Christoph bedrückt.

»Ach Gott, Faber. Wie oft müssen wir Ärzte uns eingestehen, dass wir völlig im Dunkeln tappen.« Der alte Doktor nickte wie zu sich selbst. »Dennoch – Sie, mein Lieber, haben allen Grund zur Freude. Ihr Töchterchen ...«

»Töchterchen ...?« Jetzt erst begriff Hans Christoph, was ihm sein alter Kollege hatte sagen wollen. »Felicitas – ist sie ...?«

»Es geht ihr gut, und sie hat ihre Sache hervorragend gemacht.« Doktor Barthold brachte trotz seiner Betroffenheit wieder ein Lächeln zustande. »Sie wartet schon sehnsüchtig auf Ihre Heimkehr, mein Lieber – aber Faber, sie wird trotz des freudigen Ereignisses nicht in bester Laune sein. Sie hat darüber, dass Sie als ihr Mann nicht zu Hause waren, bereits einige böse Bemerkungen gemacht. Es wäre besser, wenn Sie jetzt gleich ...«

Hans Christophs Miene heiterte sich auf. »Das sieht ihr ähnlich.« Er sog die Luft tief ein. »Ich bin Vater ...!«

»Allerdings«, mischte sich Gertrud Habermehl ein, die gerade die Treppe herunterkam. »Leider ist's aber kein Stammhalter geworden – nur'n kleines Mädchen. Und die gnä Fraa ...«

Hans Christoph hörte sich den Rest dessen, was die gute Frau noch zu sagen hatte, nicht mehr an. Er lief mit langen Schritten, immer zwei Stufen auf einmal nehmend, die Treppe hinauf. Doktor Barthold folgte ihm lächelnd und sehr viel langsamer.

Felicitas lag, frisch in ein zartblaues Nachtkleid gehüllt, im Ehebett. Leni, die die benutzte Wäsche zusammenräumte, hatte ihr mehrere dicke Federkissen in den Rücken gestopft, so dass sie halbwegs aufrecht im Bett sitzen konnte. Als der Hausherr ins Schlafgemach stürmte, knickste Leni und verschwand diskret.

Hans Christoph hastete ans Bett, beugte sich über seine

Frau und nahm ihre Hand. »Liebling«, flüsterte er, während er ihre Finger heftig drückte, »verzeihst du mir, dass ich in deiner schweren Stunde nicht an deiner Seite war?«

Felicitas lächelte. Dann besann sie sich eines Besseren und setzte eine ungnädige Miene auf. »Nein – ich verzeihe dir nicht«, sagte sie. »Es war wirklich eine schwere Stunde – du hättest dich unbedingt für mich freimachen müssen, statt mich wieder einmal alles allein erledigen zu lassen!«

Hans Christoph beugte sich über ihre Hand und küsste sie inbrünstig. »Mein Schatz«, flüsterte er, ohne auf ihre Worte einzugehen, »Doktor Barthold sagte mir, du hättest deine Sache ganz großartig gemacht. Ich bin so stolz auf dich! Und unser Kind ...«

Felicitas entzog ihm ihre Hand. »Stolz auf mich ... das ist ja die Höhe! Wie kommst du dazu? Was wäre gewesen, wenn ich es nicht geschafft hätte – und mir wäre es übel ergangen, obwohl mein Mann doch Arzt ist?« Sie blies die Backen auf. »Stolz – pah! Andererseits – es hat mir überhaupt nichts ausgemacht!«

Hans Christoph lachte leise. Dann kamen ihm plötzlich Tränen. Er neigte sich noch tiefer über das Bett und umarmte seine Frau. »Ich liebe dich«, hauchte er ihr ins Ohr.

»Ich dich auch«, flüsterte Felicitas. Sie bemerkte die Feuchtigkeit in seinen Augenwinkeln. »Was hast du denn? Mir geht's wirklich gut!«

»Der kleine Reichardt ist gestorben«, erwiderte er tonlos, »ich konnte dem armen Kerlchen nicht mehr helfen ...«

»War das der Patient, zu dem du so dringend gerufen worden warst?« Felicitas schlang die Arme um ihren Mann und drückte ihn.

Hans Christoph nickte. »Reichardts Jüngster – vier Monate alt. Als ich ankam, war er schon sehr schwach ... Ich bin geblieben, weil ich dachte, ich könnte ihn noch retten. Aber ...« Er unterbrach sich. Seine Stimme war rau geworden.

Felicitas zog ihn noch enger an sich. »Wenn der liebe Gott es nicht so haben wollte«, flüsterte sie sanft, »dann musst du es akzeptieren.«

»Ja.« Er machte sich von ihr los und streichelte ihre Wange. »Aber genau das ist mir beinahe unmöglich.«

»Rebell«, murmelte Felicitas und blickte zärtlich zu ihrem Mann auf.

Er schüttelte den Kopf. »Nein. Ich kann nur nicht einsehen, dass die Medizin noch immer so wenig auszurichten vermag, obwohl es doch Fortschritte gibt!« Hans Christoph hatte sich aufgerichtet und war ans Fenster gegangen, wo schon seit Wochen die mit einem blütenweißen Himmel gekrönte Wiege stand. »Vielleicht wird noch zu Lebzeiten unserer Tochter ein Mittel gegen das gefunden, was den kleinen Reichardt dahingerafft hat ... vielleicht erkennt die medizinische Forschung irgendwann die Ursache ...«

»Charlotte Amélie wird jedenfalls den Fortschritt zu spüren kriegen«, sagte Felicitas energisch. »Dafür sorge ich höchstpersönlich!«

Der alte Doktor Barthold unterdrückte ein Lachen. »Die arme Kleine«, sagte er schmunzelnd, »gerade erst auf der Welt – und schon schweben ganze Geschwader von Damoklesschwertern über ihrem reizenden Köpfchen!«

Felicitas richtete sich in den Kissen auf und setzte eine strenge Miene auf. »Wie? Sind Sie etwa gegen eine gute, solide Kindererziehung?«

»Ach so!« Doktor Bartholds Lächeln zog sich nun über sein ganzes Gesicht und zerknitterte es zu Tausenden von Fältchen. »Wenn Sie das meinten, kleine Frau, dann bin ich beruhigt. Ich hatte schon befürchtet ...«

»Was ...«

»Na, es gibt da so Strömungen in der Pädagogik, die scheinen mir doch reichlich übertrieben.« Doktor Barthold runzelte die Stirn und kniff für einen kurzen Augenblick die Lider zusammen. »Zum Beispiel fordern manche der so genannten modernen Erzieher, man solle Kinder ganz ohne jeglichen Zwang aufwachsen lassen und ...«

»Lieber Himmel«, warf Hans Christoph ein, »was für ein Gedanke!«

»Ja – nicht wahr?« Doktor Barthold starrte auf eine Stelle an der Wand, an der die Tapete ein wenig beschädigt war. »Kinder brauchen Anleitung, sonst wachsen sie wie kleine Wilde auf. Man kennt ja mehr als genügend Beispiele, wo das geschehen ist.« Er strich sich über die grauen Bartstoppeln am Kinn. »Sagen Sie, Faber – die kleine Kerbe in der Wand ... wie ist denn das passiert? Sind Sie mit einem Stuhl dagegen geraten?«

Felicitas brachte sich mit einem ungnädigen Schnaufen wieder in Erinnerung. »Die Kerbe habe ich verursacht«, bemerkte sie spitz, »bin mit der Haarbürste ausgerutscht. Und was die kleinen Wilden betrifft – da bin ich überhaupt nicht Ihrer Meinung, Herr Doktor Barthold. Ich glaube, man sollte Kindern tatsächlich mehr Freiheit lassen – besonders den Mädchen. Sonst werden nämlich lauter unscheinbare graue Mäuse aus ihnen. Und auch dafür kennen wir genügend Beispiele. Friederike Blankenhahn zum Beispiel wäre nie und nimmer ...«

»Aber Felix«, unterbrach Hans Christoph sie hastig, »wie kannst du behaupten, dass gerade Friederike ...«

Doktor Barthold musste wieder lachen, und diesmal suchte er seine Heiterkeit nicht zu verbergen. »Hängt es nicht hauptsächlich vom angeborenen Charakter eines Menschen ab, wie er sich entwickelt?«, fragte er, nachdem er sich wieder gefasst hatte. »Ein gutes Beispiel sind doch Sie, kleine Frau. Sie hatten wahrlich eine recht straffe Erziehung. Dennoch ...«

»Oh ...!« Felicitas zog ein beleidigtes Gesicht. »Ich habe gerade die Strapazen einer schwierigen Geburt hinter mich gebracht«, fauchte sie, »und jetzt muss ich mir auch noch sagen lassen, ich sei missraten! Das ist die Höhe, Herr Doktor Barthold. Und mit dir, Hans Christoph, rede ich vorläufig überhaupt nicht mehr!«

Damit kniff sie die Lippen zusammen und drehte den Kopf zur Wand. Das Baby in der Wiege holte tief Luft und stimmte ein kräftiges Geschrei an. »Seht ihr«, setzte Felicitas zornig hinzu, »Charlotte Amélie ist ganz meiner Meinung!«

Hans Christoph hatte sich bereits über sein Töchterchen gebeugt und es aus der Wiege gehoben. Er schaukelte es sanft in den Armen, worauf das Baby sofort verstummte. »Lottchen hat wahrscheinlich einfach Hunger«, meinte Doktor Barthold schmunzelnd, »es geht ihr nicht anders als uns Erwachsenen.« Er trat an die Tür und legte die Hand auf die Klinke. »Ich empfehle mich, wenn's recht ist«, fügte er hinzu und nahm seinen alten, zerbeulten Zylinder vom Frisiertisch auf, wo er ihn abgelegt hatte. »Es wird Zeit, dass ich mich an den heimischen Herd begebe. Sonst muss ich mir nur wieder das Gekeife meiner Hauswirtin anhören, weil ich nicht rechtzeitig zum Essen komme.«

»Aber Sie können doch mit uns die Mahlzeit einnehmen«, sagte Felicitas, die ihren Zorn bereits völlig vergessen hatte. »Ganz bestimmt hat Kätt mehr als reichlich gekocht. Ich stehe gleich auf und kümmere mich darum, dass sie noch ein Gedeck mehr auflegt, und dann ...«

»Das wirst du schön bleiben lassen«, fiel ihr Hans Christoph in die Rede. »Heute schon aufstehen – kommt gar nicht in Frage, verstanden? Ein Wochenbett heißt nicht umsonst Wochenbett, Felicitas!«

Felicitas riss die Augen auf. »Wochen ...«, murmelte sie verständnislos. »Soll das heißen, ich muss wochenlang im Bett bleiben?«, fügte sie lauter hinzu. »Das kann doch nicht dein Ernst sein, Hans Christoph!«

»Mein Schatz«, erwiderte Doktor Faber, »nicht alles, was Ärzte anordnen, ist ohne tieferen Sinn. Weißt du, in den nächsten Wochen sollst du dich erholen und darum ...«

»Ich bin jung und kräftig«, widersprach Felicitas mit Nachdruck. »Ich sehe überhaupt nicht ein, dass ich im Bett liegen soll, ohne krank zu sein. Ich werde jetzt sofort ...« Damit schwang sie die Beine aus dem Bett und wollte aufstehen. Hans Christoph konnte sie gerade noch auffangen, bevor sie zu Boden sank.

»Du«, sagte er und drückte sie zurück in die Kissen, »gehorche mir doch wenigstens dieses eine Mal, Felix! Glaub mir – einmal richtig ausschlafen wirst du müssen. Da führt kein Weg dran vorbei. Morgen sehen wir weiter.«

Felicitas brachte ein mattes Lächeln zustande. Erst jetzt spürte sie, dass die Geburt ihres Kindes sie doch reichlich Kraft gekostet hatte – mehr, als sie zugeben wollte. »Na schön«, knurrte sie widerwillig, »aber über das Aufstehen wirst du mit dir reden lassen müssen. Und ich bestehe darauf, dass Doktor Barthold mit uns speist. Kätt soll einen Tisch hier hereinstellen lassen – das kann der Adam tun.«

»Hier ins Schlafzimmer?« Hans Christoph schüttelte den Kopf. »Das wäre aber schon ziemlich ...«

»Ungewöhnlich?« Felicitas grinste. »Ich hab mir sagen lassen, Ludwig der Vierzehnte hätte auch gelegentlich bei Madame de Montespan im Schlafgemach gespeist.«

»Bin ich Ludwig der Vierzehnte?« Hans Christoph tat empört.

»Nein, weiß Gott nicht«, seufzte Felicitas, »und ich bin auch nicht deine Mätresse, sondern deine rechtmäßige Ehefrau. Aber kannst du denn nicht einmal fünf gerade sein lassen? Doktor Barthold stört es bestimmt nicht – oder, Herr Doktor?«

Der alte Arzt, der schon im Begriff gewesen war, seinen Hut aufzusetzen, legte den Zylinder wieder auf den Frisiertisch. »Nicht im Geringsten«, erwiderte er mit einem Lächeln. »Aber bevor hier die Tafel hereingetragen wird, sollte zuerst das kleine Lottchen zu seinem Recht kommen«, ordnete er an. »Wer ist denn die Amme des Kindes?«

»Amme?«, ereiferte sich Felicitas. »Meine Tochter braucht keine Amme. Ich sagte doch schon – hier wird der Fortschritt Einzug halten!«

»Verstehe ich recht? Sie wollen die Kleine selber nähren?« Doktor Barthold blickte erstaunt. »Ich hätte gedacht, Sie wollten sich Ihre mädchenhafte Figur erhalten, kleine Frau, und ein Fortschritt ist das Selber-Stillen beileibe nicht – sondern ein Merkmal der ärmeren Bevölkerungsschichten, wenn ich so sagen darf.«

»Mädchenhafte Figur – pah!« Felicitas blies die Backen auf. »Ich bin Mutter, und das ab sofort. Wieso sollte ich weiterhin wie ein Mädchen aussehen wollen? Und außerdem – ein Baby braucht die Milch seiner Mutter. So ist es überall in der Natur!«

Doktor Barthold nickte und schüttelte gleichzeitig den Kopf. »Ach, wissen Sie, kleine Frau – am Ende ist es für das Kind völlig egal, wessen Milch es trinkt«, gab er zurück, »Hauptsache, sie ist in Ordnung. Zudem – wenn Sie eine Amme nehmen, dann bieten Sie einer bedürftigen jungen

Frau die Möglichkeit, sich ein bisschen Geld zu verdienen. Und das hat doch sein Gutes und dient dem Fortschritt ...«

»So hab ich das noch nicht gesehen«, murmelte Felicitas nachdenklich. Sie senkte den Kopf für einen Augenblick. Dann blickte sie wieder auf. »Dennoch«, sagte sie fest, »ich will meine Kleine selbst nähren. Ich möchte Charlotte Amélie im Arm halten, sie lieb haben, für sie sorgen und ...«

»Schatz«, mischte sich Doktor Faber ein, »du hättest dann aber kaum noch Zeit, um aus dem Haus zu gehen und etwas zu unternehmen – du müsstest beinahe ein ganzes Jahr lang ...«

»Das kommt mir reichlich übertrieben vor«, unterbrach ihn Felicitas und zog eine Augenbraue hoch. »Außerdem wäre immer noch Leni da. Die hat sich schon im vergangenen Herbst bereit erklärt, mir zur Hand zu gehen, wenn's soweit ist. Und sie kriegt natürlich auch Geld dafür.« Bei diesen Worten schoss sie dem alten Arzt einen triumphierenden Blick zu.

Doktor Barthold schmunzelte. »Sehr fortschrittlich. Merkers können es dringend brauchen – bei dem Wenigen, das der junge Kollege in seinem Amt als Armenarzt verdient. Mag sein, dass ich mich in Ihnen geirrt habe, kleine Frau«, murmelte er. »Vielleicht sind Sie doch nicht ganz die Kapriziöse, für die ich Sie gehalten hatte. Nun ...«, er lächelte, »wir werden ja sehen, ob Ihnen Ihr Vorhaben gelingt. Hat Gertrud Habermehl Ihnen schon gezeigt, wie es geht?«

Felicitas reckte sich. »Das hat sie. Aber dabei braucht eine Frau keine Hilfe. Reiche mir Charlotte Amélie, Hans Christoph – und dann möchte ich die Herren bitten, das Zimmer zu verlassen!«

Doktor Barthold kicherte. Er nahm seinen Kollegen beim Arm. »Kommen Sie, Faber«, sagte er mit einem belustigten Unterton in der Stimme, »wir werden hier im Augenblick nicht mehr gebraucht. Sorgen wir also derweil für unser eigenes leibliches Wohl – und dafür, dass der jungen Mutter auch etwas Kräftiges gereicht wird. Sie muss schließlich für zwei essen, bei dem, was sie sich vorgenommen hat!«

Er zog Doktor Faber zur Tür. Hans Christoph folgte ihm zögernd hinaus, nicht ohne Felicitas noch einen besorgten Blick zuzuwerfen, den seine Frau mit einem herablassenden Lächeln beantwortete. »Meinen Sie wirklich, dass das gut geht?«, fragte er Doktor Barthold leise im Hinausgehen. »Felix ist doch so zart – und so unerfahren ...«

»Mein lieber Junge«, gab Doktor Barthold zurück, »Sie selbst haben Ihre Frau Gemahlin soeben Felix genannt. Meinen Sie nicht, dass ein Felix mit dieser Situation schon fertig werden wird?«

Hans Christoph blickte ernst drein. Dann musste er lachen. »Wahrscheinlich haben Sie Recht, verehrter Herr Kollege«, antwortete er und schenkte Felicitas ein letztes, aufmunterndes Lächeln. »Vermutlich bin ich der Unerfahrene. Muss mich an den Gedanken, dass ich tatsächlich Vater bin, erst noch gewöhnen.«

»Und vergessen Sie bei all dem Ungewohnten nicht ganz, dass Sie Arzt sind«, sagte Doktor Barthold, während er sacht die Tür zuklinkte. »Ihre Frau ist kerngesund – körperlich wie geistig. Das sollte Ihnen erst einmal Beruhigung genug sein. Sie wird schon alles richtig machen, da habe ich keine Sorge.«

Sie gingen hinüber in den Salon, und Doktor Faber klingelte nach Kätt. Die Unentbehrliche erschien mit hochrotem Kopf. »Da habbe mich die Herre aber auf dem falsche Fuß erwischt«, sagte sie atemlos. »Jetzt muss der Frieder das unverschämte Biest greife!«

»Was denn für ein unverschämtes Biest?«, wollte Doktor Faber wissen.

»Na, das Hinkel, das verflixte«, sagte Kätt schnaufend. »Ich hatt's beinah schon am Wickel, und ausgerechnet da ging die Schell – so was Dummes!«

»Ein Huhn?« Doktor Faber schüttelte den Kopf. »Wieso musste das eingefangen werden? War es denn nicht eingesperrt – im Käfig?«

»Ei schon, Herr Dokter.« Kätt errötete noch mehr, jetzt allerdings eher vor Verlegenheit. »Aber wie ich den Korb aufmach, springt mir das Vieh doch einfach über die Händ und rennt schnurstracks durch de Küch ...« Sie nahm einen Zipfel ihrer grauen Leinenschürze auf und wischte sich damit über die schweißnasse Stirn. »Ich hinnerher«, fuhr sie ärgerlich fort, »aber das Hinkel, das war vielleicht gerisse – es is mir immer widder entkomme. Ich sag's Euch ...«

Doktor Barthold schmunzelte. »Na, Sie kann doch dem armen Huhn keinen Vorwurf daraus machen, dass es nicht in die Suppe will«, meinte er mit einem belustigten Funkeln in den Augen. »Es weiß schließlich nicht, dass es einer jungen Mutter zur Stärkung dienen soll – und zwei recht hungrigen Herren, wenn ich das hinzusetzen darf.«

»Ei ja, wenn mer's sooo sieht«, erwiderte Kätt. »Es heißt ja net umsonst, dummes Huhn – oder, Herr Dokter?« Damit sah sie ihren Brotherrn Zustimmung heischend an.

Der nickte, nur mit Mühe Ernsthaftigkeit vortäuschend. »Andererseits«, sagte er und verbiss sich ein Lachen, »ich würde auch nicht in der Suppe landen wollen ...«

Kätt presste entsetzt die Hände vor den Mund. »Gott sei's gedankt, dass Ihr kein Hinkel seid, Herr Dokter ... oder vielmehr – kein Gockel ...«

Und sie blickte völlig verwirrt, als Doktor Faber und Doktor Barthold gleichzeitig in schallendes Gelächter ausbrachen.

Felicitas hatte eine ziemlich schlaflose Nacht hinter sich. So anstrengend hatte sie sich das Mutter-Sein doch nicht vorgestellt, aber das würde sie sich um keinen Preis anmerken lassen. Schließlich hatte sie ja regelrecht damit geprahlt, alles allein zu schaffen.

Hans Christoph hatte das Frühstück mit ihr im Schlafzimmer eingenommen – das für die nächste Zeit ihr und dem Baby allein gehören sollte und von ihm bereits in »Wochenzimmer« umbenannt worden war. Dann hatte er gegen neun das Haus zu einer Konsultation verlassen, wobei er ihr hoch und heilig versprochen hatte, so schnell wie möglich an ihre Seite zurückzukehren. Als er weg war, konnte Felicitas endlich Leni zu sich bestellen. Und das hatte sie auch alsbald getan.

Leni hatte ihren kleinen Jungen bereits versorgt und kümmerte sich jetzt um Charlotte Amélie, die dringend gewickelt werden musste. Das machte sie mit geübten Handgriffen – verblüffend, wenn man bedachte, dass Lenis Kind erst drei Wochen alt war.

Felicitas beobachtete sie mit Staunen. »Du liebe Güte«, sagte sie, als Leni Charlotte Amélie am Ende der Prozedur fest in ein großes weißes Leintuch einschlug, »das geht ja wie der Wind! Ich bezweifle, dass ich das je so gut beherrschen werde!«

»Madame werden noch schrecklich müde sein«, erwiderte Leni, während sie die Kleine vom Wickeltisch aufnahm und zu Felicitas herüberbrachte, »und das ist auch ganz normal, die ersten Tage. Aber danach ...«, sie legte Felicitas das Kind in den Arm, »danach lernt es sich dann ganz leicht. Ihr werdet sehen.«

Felicitas antwortete nicht gleich. Sie drückte ihr Töchterchen an sich und hauchte ihm einen federleichten Kuss auf die runde Stirn. »Mag sein«, meinte sie dann, »ich bin sicherlich auch nicht dümmer als andere Mütter. Leni ...?«

»Ja, gnä Frau?«

»Wie lange ist Sie jetzt schon im Haus?«

»Beinahe sechs Monate, gnä Frau. Warum?«

»Nun ...« Felicitas zögerte einen Augenblick. »Ich habe mir gedacht, wir sind doch jetzt die Gattinnen von Kollegen«, fuhr sie dann fort. »Könnten wir nicht auch Freundinnen sein und uns mit du anreden? Was meint Sie?«

»Mit du ...?« Leni sah Felicitas erstaunt an. »Wenn ich ehrlich sein darf – daran hatte ich selbst schon gedacht.« Sie glättete verlegen die Falten ihres bescheidenen braunen Kattunkleides, das sie am Mieder eigenhändig mit hellblauem Seidenband besetzt hatte. »Aber der Standesunterschied verbietet ...«

»Papperlapapp!« Felicitas richtete sich so heftig auf, dass das Baby zusammenschreckte und einen kleinen Laut von sich gab. »Es besteht ja überhaupt keiner mehr zwischen uns – und zwar schon seit dem Tag, an dem Sie den jungen Merker geheiratet hat! Der ist Arzt, wie mein Mann, und genauso ...«

»Aber ...«

»Aber was? Stimmt's oder stimmt's nicht?«

»Schon. Trotzdem – ich weiß nicht, ob Joachim deshalb schon ein Herr ist wie Doktor Faber ...«

Felicitas lachte. »Darüber ließe sich diskutieren«, sagte sie fröhlich. »Aber zurück zu meiner Frage: Wäre es Ihr wirklich so schrecklich, wenn ich Sie duze – und Sie mich auch?«

»Ja ... ich weiß nicht ... schickt sich das wirklich?« Leni lächelte jetzt auch.

»Setzen wir uns doch einfach über die Schicklichkeit hinweg«, gab Felicitas zurück. »Oder traust du dich nicht?«

Lenis Augen begannen zu funkeln. »O doch«, sagte sie,

plötzlich in kämpferischem Ton. »Ihr habt völlig Recht, gnä Frau – ich meine, du hast ganz Recht, Felicitas! Aber versteht mich nicht falsch, gnä Frau ... was soll denn Kätt sagen, wenn sie mitkriegt, dass wir ... dass Ihr und ich ...«

»Kätt weiß genau, wo sie steht«, entkräftete Felicitas endgültig Lenis Bedenken. »Sie ist eben nicht mit einem Arzt verheiratet, so wie du!«

»Und Ihr meint ... du meinst, sie würde das verstehen?« Leni kämpfte noch immer gegen ihre Hemmungen an.

»Bestimmt. Wenn nicht, dann ist das auch nicht weiter schlimm. Kätt ist nur eine Dienstmagd. Da spielt es keine Rolle, ob ihr das passt oder nicht.«

Lenis Lächeln verschwand.

Felicitas bemerkte es und biss sich verlegen auf die Lippen, war Leni doch vor ihrer Heirat selber Dienstmagd gewesen, nicht anders als Kätt. Wie hatte sie, Felicitas Faber, diese Tatsache so ganz außer Acht lassen und einfach die Dame aus gutem Hause mimen können! Da war sie ja böse ins Fettnäpfchen getreten! »Also ... Kätt wird es ganz sicher verstehen«, setzte sie kleinlaut hinzu, »vor allem, weil sie dich ja auch sehr mag, Leni ...«

»Ich weiß nicht ...«

»Na schön.« Felicitas spürte, wie Ärger in ihr aufstieg. »Wenn Ihr wirklich so wenig daran gelegen ist, dass wir uns näher kommen, dann bleibt eben alles beim Alten. Und ich werde ganz bestimmt keinen Versuch mehr machen, was daran zu ändern.« Sie schob den Unterkiefer vor. »Wenn alles erledigt ist, dann kann Sie jetzt gehen.«

Zuerst schien Leni ungerührt. Dann zeigte sich Betroffenheit in ihrem Blick. »So hatte ich es nicht gemeint«, sagte sie tonlos. »Ich wollte gnä Frau nicht beleidigen, und ...«

»Hat Sie aber«, entgegnete Felicitas. »So was bringen nicht

nur Leute aus den gehobenen Schichten fertig – ganz im Gegenteil.«

»Das tut mir Leid.« Leni streckte die Hand aus und berührte Felicitas' Bettdecke in einer entschuldigenden Geste. »Ich fürchte, wir Leute aus den einfachen Schichten haben manchmal auch einen Stolz, der mindestens ebenso überentwickelt ist wie der von Menschen wie Ihnen ...«

»Überentwickelt? Wie meint Sie das? Und übrigens – ich habe Sie schon mal geduzt, ganz am Anfang, als wir uns kennen lernten.« Felicitas richtete sich auf. »Weißt du noch – draußen bei Babette im Gasthaus?«

»Ja, ich weiß es noch«, antwortete Leni leise. »Da war ich ganz unten, und ich bin gnä Frau bis heute unendlich dankbar dafür, dass ich hier im Haus bleiben durfte. Nur ...« Sie wusste nicht mehr weiter.

Felicitas sah plötzlich Tränen in ihren Augen schimmern. Sie ergriff Lenis Hand. »Blöde Gans«, sagte sie, »was kann ich mir denn für diese dumme Dankbarkeit kaufen? Ich will dich zur Freundin, Leni – und jetzt hör auf, dich auf so eine unangemessene Art zu sträuben, Frau Doktor Merker!«

Leni erwiderte den Händedruck, erst zaghaft, dann herzlich-fest. »Noch ist mein Joachim kein Doktor«, widersprach sie, »aber das wird er sein – schon bald, wenn er es schafft, seine Dissertation endlich fertig zu stellen, trotz aller Arbeit. Und dann ...«

»Papperlapapp! Entweder du sagst jetzt gleich du zu mir – oder ich springe aus dem Bett und versetz dir eine!«

Diese Bemerkung entlockte Leni erst einen fassungslosen Schnaufer und dann ein Lachen unter Tränen. »Im Grunde sind wir ja schon längst Freundinnen«, flüsterte sie. »Was haben wir da solche Vertraulichkeiten wie das Du nötig?«

»Sie gehören eben dazu, du begriffsstutziges Ding«, sagte

Felicitas. »Jetzt nenn mich endlich beim Namen, Magdalena – sonst vergesse ich mich wirklich!«

Leni lachte und schluchzte in einem. »Das geht auf keinen Fall«, gab sie sich endlich geschlagen. »Bleib liegen, Felix – oder ich bugsiere dich eigenhändig wieder zurück in die Kissen! Du bist ja so was von unvernünftig – und das einen Tag nach der Entbindung!«

»Dann reg du mich gefälligst nicht so auf!« Felicitas hielt Lenis Hand fest und drückte sie. »Außerdem hast du mir noch nicht mal gezeigt, wie man das Baby anständig wickelt – dabei ist Lottchen schon gestern geboren! Woher weißt du übrigens so gut Bescheid? Dein Kleiner ist doch auch dein erstes Kind!«

Leni lächelte. »Siehst du, da haben wir aus den einfachen Schichten es leichter als ihr Vornehmen«, erwiderte sie augenzwinkernd. »Ich habe sieben Geschwister – alle jünger als ich. Und wie oft ich die Kleinen von ihnen gewickelt habe«, sie grinste, »ich könnt's beim besten Willen nicht zählen.«

»Ach, daher.« Felicitas nahm die leise Ironie wohlwollend zur Kenntnis. »Na, dann ...«

»Wie viele Geschwister hast du?«, fragte Leni.

»Leider gar keine«, erwiderte Felicitas versonnen. »Ich hätte schon gerne eine Schwester oder einen Bruder gehabt, aber meine Mutter konnte nach mir keine weiteren Kinder mehr bekommen.«

»Traurig.« Aus Lenis Blick sprach ehrliches Bedauern. »Ich hoffe, ich kriege noch viele – mit meinem Joachim. Der Kleine ist ja nicht von ihm.«

»Ich weiß«, murmelte Felicitas. »So, wie er mit ihm umgeht, merkt man davon aber nichts. Ein Wunder, wie liebevoll er ihn behandelt, wenn man bedenkt ...«

»Joachim hat auch eine ganze Schar jüngerer Geschwister«, sagte Leni.

»Na, aber wo steht geschrieben, dass ein Mann mit vielen Geschwistern auch ein guter Vater wird?«, erwiderte Felicitas, »am allerwenigsten bei einem fremden ...« Sie presste von neuem die Hand auf den Mund. »Entschuldige – ich wollte nicht grob sein, Leni!«

»Schon gut.« Leni lächelte verzeihend. »Nein, mein Joachim ist einfach ein herzensguter Mensch. Er braucht keinen besonderen Grund, um ein Kind lieb haben zu können. Und genau deshalb ist er auch so ein hervorragender Arzt.« Sie ließ Felicitas' Hand los und strich ihr die Bettdecke glatt. »Ich bewundere ihn dafür.«

»Ich irgendwie auch.« Felicitas nickte wie zu sich selbst. »Als er noch Hans Christophs Assistent war, da kam er mir noch manchmal etwas hilflos und zerfahren vor, aber seit er selbstständig praktiziert, hat er sich zu einem richtigen Mann gemausert ... Oh, Verzeihung! Ich meine natürlich ...«

Leni lachte. »Daran war ich vielleicht nicht ganz unschuldig«, erwiderte sie verschmitzt.

Felicitas stimmte in ihr Lachen ein. »Wir haben es beide ganz gut getroffen«, sagte sie. »Jede von uns hat einen guten Mann und ein gesundes Kind. Was verlangen wir mehr? Du bist glücklich – nicht?«

»Sehr.« Leni machte plötzlich wieder ein ernstes Gesicht. »Anderen geht es sicherlich viel schlechter als uns. Wenn ich an die arme Madame Reichardt denke, und daran, dass sie gerade ein Kind verloren hat ...«

»Ja«, stimmte Felicitas in plötzlicher Betretenheit zu. »Eins stirbt, ein anderes wird geboren. Und wo darin ein Sinn liegen soll, das kann einem nicht mal der Pfarrer sagen.«

»Man kann nur dankbar sein, wenn es einen nicht selbst trifft«, meinte Leni. »Gott sei Dank bleiben mehr Kinder am Leben, als abberufen werden.« Sie atmete tief auf. »Übrigens –

bei Iphigenie Kämper geborene Trumpetter war der Storch gestern auch. Viel zu früh – genau drei Monate zu früh.«

»Kein Grund zur Sorge.« Felicitas grinste schelmisch, sehr zu Lenis Verwunderung.

»Noch lebt der Kleine zwar«, sagte Leni bedrückt, »aber wenn eins derartig früh geboren wird, dann hat es kaum eine Chance, die erste Woche zu überleben, sagt Joachim.«

»In Iphigenies Fall besteht diese Gefahr nicht.« Felicitas' Grinsen vertiefte sich. »Ganz egal, was ihre Mutter, Mathilde Trumpetter behauptet.«

»Aber der Kleine ist ein Siebenmonatskind«, widersprach Leni. »Man kann nur beten, dass er ...«

Jetzt lachte Felicitas. »Iphigenie kann nur beten, dass ihr diese Behauptung abgenommen wird.« Sie kicherte boshaft.

»Was?« Leni machte ein verwirrtes Gesicht.

»Na, überleg doch mal! Warum wohl Iphigenies überstürzte Hochzeit im vergangenen Jahr? Dämmert's dir jetzt?«

Leni nickte bedächtig.

»Ich wette, Iphigenies Junge wiegt seine sieben oder acht Pfund«, sagte Felicitas. »Sie wird es schwer haben, ihn als Siebenmonatskind auszugeben – glaub mir. Auch wenn Mathilde Trumpetter, wie ich sie kenne, Stein und Bein darauf schwört.«

Die Tür ging auf. Kätt rauschte ins Zimmer, in den Händen eine große Waschschüssel aus weißem Porzellan. »So, jetzt kommt die Toilette«, sagte sie gut gelaunt. »Gnä Fraa müsse doch heut ganz besonners gut aussehe!« Sie stellte die Schüssel auf der Frisierkommode ab und kramte die Kräuselzange aus der obersten Schublade hervor. »Gleich habbe mer's. Aber die Locke an de Schläfe – die müsse sein. Da gibt's nix!«

»Gut aussehen?«, fragte Felicitas erstaunt. »Ich liege im Bett, wie von Herrn Doktor befohlen. Da werde ich kaum ...«

»Keine Widerredd!« Kätt legte die Kräuselzange auf die

Platte des Ofens, in dem bei dem kühlen Aprilwetter ein Feuerchen brannte. »Noch jede junge Fraa im Wochebett hat sich ordentlich zurechtgemacht, wenn der Besuch kommt. Und's Kind ...«, sie warf Leni einen vielsagenden Blick zu, »das muss aach 's beste Kleidche ankriege – dass des klar is!«

»Besuch?« Felicitas schüttelte den Kopf. »Ich hab aber niemanden eingeladen. Ich wollte ein paar Tage meine Ruhe haben, bis mir das Wickeln und Versorgen besser von der Hand geht. Zur Taufe ist es für Besuch noch früh genug.«

Kätt stocherte in der Glut des Ofens und fachte das Feuer weiter an. »Kindstauf is erst nächste Woch«, sagte sie unerbittlich. »Heut komme die Leut aus der Freundschaft und Verwandtschaft. Das is so der Brauch – da kann mer nix mache. Kei Widerredd!«

Felicitas war klar, dass ihr keine Wahl blieb. Den Ton, den Kätt angeschlagen hatte, kannte sie. Also ergab sie sich in ihr Schicksal. »Wer hat sich denn angesagt?«, wollte sie kleinlaut wissen.

»Ei – die stolze Großmutter wird komme, und dann noch Fraa Knöpfli, Fraa Gaiss und die Fraa vom Archivar Pinass – wie heißt die doch gleich?«

»Friederike ...« Felicitas seufzte tief auf. »Ach du lieber Gott! Werden die alle gleichzeitig erscheinen?«

»Kann schon sein.« Kätt grinste verschmitzt. »Aber mer könnt ja dafür sorge, dass einige von dene früher widder gehe ...«

»Und wenn's nicht klappt?« Felicitas seufzte abermals. »Dann wird's furchtbar!«

Leni lächelte. »Ich stehe dir bei, wenn's recht ist«, meinte sie. »Ich hatte zwar so gut wie keinen Wochenbettbesuch durchzustehen, verstehe aber durchaus, dass das in den ersten Tagen schrecklich anstrengend sein muss.«

Es zischte leise. Kätt hatte mit angefeuchtetem Finger die Temperatur der Kräuselzange geprüft und fuhr jetzt zu Leni herum. »Was erlaubt Sie sich denn da«, brummte sie empört, »die gnä Fraa einfach so mir nix dir nix ze duze! Was sind denn des für neue Sitte? So was geht doch net – aach net, wenn ich gemeint war!«

Felicitas richtete sich noch ein wenig höher in den Kissen auf, so dass Charlotte Amélie aufwachte und ein halbherziges Geschrei anstimmte. »Ich habe Madame Merker selbst das Du angeboten, Kätt«, sagte sie fest. »Schließlich ist sie die Frau eines Kollegen meines Mannes. Da schickt es sich nicht mehr, dass ich sie in der dritten Person anrede.«

»Aber ...« Kätt schluckte. »En Kolleje von Herrn Dokter?«, stammelte sie verwirrt. »Ja, aber der Merker, der is doch – der war doch bloß n' Hilfsdokter von Herrn Dokter. Und außerdem – es wär doch gerad so gut, wenn die Leni ... ei, wenn die Leni von Euch mit Fraa Merker angeredd würd – oder?«

»Kätt«, sagte Felicitas bestimmt, »so ist es nun einmal. Ich lasse mir doch nicht nachsagen, ich ließe es an Respekt vor den Damen der Herren Kollegen meines Mannes fehlen!«

Es dauerte einen Augenblick, bis Kätt diese Worte sortiert hatte. Dann räusperte sie sich. »Also – wenn die Leni jetzt zu de Dame von de Herre Kolleje gehört, dann is es am End doch angebracht.« Sie musterte Leni mit einem nachgiebigen Blick, der echte Sympathie erkennen ließ. »Aber muss es gleich das Du sein, gnä Fraa?«

»Es muss.« Felicitas setzte eine feierliche Miene auf. »So lange wie sie jetzt schon unter unserem Dach wohnt, wäre es einfach lächerlich, wenn ich sie Madame Merker nennen würde. Das leuchtet dir doch ein?«

»Ei, schon ...« murmelte Kätt, »aber wenn mer's von der anner Seit her betracht't ...«

»Dann wird es eben nur von der einen Seite betrachtet«, sagte Felicitas. »Und jetzt zur Sache: Wann werden die Damen eintreffen, und was bieten wir ihnen überhaupt an?«

Kätt, die noch immer nicht von Felicitas' neuen Anordnungen überzeugt schien, brauchte einen Moment, um den schnellen Themenwechsel zu verkraften. »Wann die Dame komme ...«, sagte sie zögernd, »ei – so geje vier, glaab ich. Und mer biete frische Rosinewecke und Plätzje an. Hab heut Morje schon reichlich gebacke.«

»Na, dann ist doch für alles gesorgt«, gab Felicitas zurück. »Muss nur noch geklärt werden, wie wir den Nachmittag gestalten.« Sie widmete Leni einen bedeutungsvollen Blick. »Meine Mutter, zusammen mit meinen Freundinnen, und dazu noch Friederike Blankenhahn-Pinass – das geht nicht gut!«

Leni verstand sofort, was Felicitas meinte. »Mir wird schon etwas einfallen«, sagte sie zuversichtlich. »Man muss nur das Gespräch richtig steuern, dann kommen erst gar keine falschen Themen auf.«

3

Felicitas hatte sich für ein lichtblaues Nachtgewand entschieden. Ein langer Blick in den Handspiegel sagte ihr, dass sie recht blässlich wirkte, obwohl sie sich sehr gut fühlte. Mit Hellblau, das auch dem fahlsten Teint schmeichelte, hoffte sie mitleidigen Bemerkungen ihrer Freundinnen und besonders ihrer Mutter vorzubeugen.

Kätt hatte ihr Bestes gegeben und Felicitas' an diesem Tag besonders widerspenstigem Haar eine höchst gefällige Form verliehen. Der Knoten, hoch auf dem Hinterkopf, war elegant geschlungen und glänzte in glatter Pracht. Die Locken an den Schläfen kringelten sich gefällig – die unziemlichen Kräusellocken hatten sich nach wiederholtem Brennen mit der Frisierschere notgedrungen in säuberliche Spiralen zwingen lassen. Kätt hatte sie mit himmelblauen Seidenschleifen geschmückt, die sich zu dem im Ton etwas dunkleren Nachtkleid ausgesprochen hübsch machten. Felicitas hatte gerade das spitzenbesetzte Bettjäckchen übergezogen, um ihr Dekolletee ein wenig zu verhüllen, als unten bereits die Türglocke bimmelte.

»Da sind sie schon«, murmelte Felicitas und sandte Kätt, die ihr das Kopfkissen im Rücken zurechtzupfte, einen gestrengen Blick zu. »Dass mir ja keine Ausdrücke wie angegriffene Gesundheit oder Schwäche fallen gelassen werden«, ermahnte sie ihre Perle. »Ich bin weder angegriffen noch erschöpft, verstanden?«

Kätt nickte, um gleich darauf zu widersprechen. »Aber mer hatte doch ausgemacht, ich soll irgendwann bei der Fraa Mutter von der gnä Fraa so was falle lasse. Damit der Besuch net so lang dauert ...«

»Ich räuspere mich, wenn's soweit ist«, sagte Felicitas. »Aber bis dahin bitte kein Wort.«

»Is gut.« Wieder nickte Kätt, während sie ihre weiße Feiertagsschürze glatt strich. »Alsdann ... lasse mer se rein.«

»Und den Kaffee, sobald alle sitzen«, ordnete Felicitas noch schnell an, als Kätt schon beinahe die Tür hinter sich geschlossen hatte. »Und Charlotte Amélie soll gefälligst nicht im Schlaf gestört werden – ich bin froh, dass sie endlich mal die Augen zugemacht hat, der kleine Schreihals!«

Kätt steckte noch einmal den Kopf herein und grinste. »Schreihälse sind anners, gnä Fraa«, sagte sie.

»Wie denn?«

»Ei – so wie Ihr, als Ihr noch klein wart«, sagte Kätt kichernd und machte schnell, dass sie wegkam.

Felicitas hatte nicht lange Zeit, über diese Bemerkung ihres alten Faktotums nachzudenken. Kaum dass sie sich im Bett in Positur gesetzt hatte, ging auch schon die Tür wieder auf und die Besucherinnen strömten ins Zimmer – allen voran Frau Professor Weigand, die stolze Großmutter. »Mein Kind!«, rief sie aus, »wie geht es dir denn? Fühlst du dich wohl? Nach allem, was dein Gatte mir sagte, ist alles gut gegangen – aber stimmt das auch? Ist wirklich alles in Ordnung?«

»Noch nicht«, erwiderte Felicitas trocken, »aber es wird sicher wieder werden, in ein paar Tagen.«

»Ach Gott!« Ihre Mama maß sie mit besorgtem Blick.

Annemarie Gaiss, die in ihrem Kielwasser hereinrauschte, unterdrückte ein Kichern, genau wie Helene Knöpfli, die Dritte im Gefolge.

»Wo fehlt es dir denn?«, wollte Frau Professor wissen.

»Nimm erst einmal Platz, Mama.« Felicitas deutete auf einen der Stühle, die Kätt neben ihrem Bett platziert hatte. »Ihr natürlich auch«, forderte sie ihre beiden besten Freundinnen auf. »Entschuldigt, wenn ich liegen bleibe – aber Hans Christoph würde mich umbringen, wenn ich seinem Gebot zuwider handeln und einfach aufstehen würde. Ihr kennt ihn ja!«

Annemarie Gaiss nickte. »Und ob – da ist er nicht besser als der Meinige«, sagte sie ernsthaft. »Bertram versucht mich auch bei jedem kleinen Wehwehchen mit Arzneien voll zu stopfen – bloß, weil er Apotheker ist und so viele Rezepturen kennt.«

Helene Knöpfli lächelte. »Da bin ich besser dran«, meinte sie. »Beat ist Gott sei Dank weder Arzt noch Apotheker. Der merkt nur, wenn mit den Börsenkursen was nicht stimmt. Und an denen darf er nach Herzenslust herumkurieren – mit meinem Segen. Solange er über Soll und Haben die Wünsche seiner Frau nicht missachtet ...«

Annemarie Gaiss lachte, und Felicitas stimmte ein. »Ich glaube, da brauchst du dir kaum Sorgen zu machen«, sagte sie heiter. »Der Deinige ist dir so zutiefst ergeben, dass er dir jeden Wunsch von den Augen abliest – das sieht jeder noch so Blinde!«

Frau Professor Weigand hatte sich inzwischen auf dem Stuhl direkt an Felicitas' Seite niedergelassen. Sie ordnete die bauschigen Röcke ihres schwarzen Seidenkleides – seit dem Tod ihres Mannes vor einigen Jahren trug sie Schwarz – und zupfte die Rüschen ihrer zarten weißen Spitzenhaube zurecht, die ihr in der Mitte gescheiteltes Haar umrahmten. »Nun sag mir, Kind«, kam sie auf den Anfang des Gesprächs zurück, »was ist denn nicht in Ordnung? Du kannst offen sprechen – wir sind ja unter lauter Damen.«

»Meine liebe Mama«, sagte Felicitas und nahm die Hand ihrer Mutter, »du willst wissen, was mir fehlt? Ich möchte aufstehen und mich ganz normal im Haus bewegen. Stattdessen liege ich hier herum, habe nichts zu tun, außer alle zwei, drei Stunden mein Kind zu stillen, und langweile mich jetzt schon zu Tode. Das ist es, was mit mir nicht in Ordnung ist.« Sie seufzte. »Aber morgen hoffe ich Hans Christoph davon zu überzeugen, dass es statt des so genannten Wochenbetts auch ein Zwei-Tage-Bett tut. Denn länger halte ich dieses Zwangslager beim besten Willen nicht aus!«

»Aber Kind!« Frau Professor starrte ihre Einzige erschrocken an. »So darfst du nicht reden. Man weiß doch, was alles passieren kann, wenn eine Wöchnerin zu früh aufsteht!« Sie ereiferte sich zusehends. »Weißt du denn nicht, dass du fürs Leben Schaden nehmen kannst, solltest du dich über den Rat deines Arztes hinwegsetzen?«

»Und was für ein Schaden könnte das wohl sein?«

»Nun – denk doch einmal an mich, deine eigene Mutter. Ich hatte damals ...«

Felicitas fühlte sich in die Zeit zurückversetzt, als sie noch ein kleines Mädchen gewesen war.

»Mama«, fiel sie ihr ungeduldig ins Wort, »du bist eben nicht wie ich. Du warst immer zart und anfällig, während ich ...«

»Du bist leichtsinnig«, schnitt ihr Frau Professor die Rede ab. »Ich weiß nicht, von wem du das hast – jedenfalls nicht von mir. Jetzt hör einmal zu, mein liebes Kind: Du wirst tun, was dein Gatte dir befiehlt – ohne Wenn und Aber. Und nun wollen wir einmal dein Töchterchen sehen. Welchen Namen habt ihr für das Kind vorgesehen?«

Felicitas blieb nichts anderes, als klein beizugeben, wenigstens für den Augenblick. »Charlotte Amélie«, sagte sie und schob schmollend die Unterlippe vor. »Hoffentlich gefällt dir der Name wenigstens.«

»Oh – er ist reizend!« Über das Gesicht der eben noch so strengen Mama glitt unvermittelt ein Lächeln, das ihr Altfrauenantlitz wie ein Sonnenstrahl zu erleuchten schien. Frau Professor Weigand wirkte auf einmal jung, beinahe mädchenhaft. »War es deine Idee, das Kind nach deiner Großmutter zu benennen – oder kommt der Name auch in Hans Christophs Familie vor?«

Felicitas stutzte. »Aber Großmama hieß doch Karoline«, sagte sie verwirrt, »und Papas Mutter, wenn ich mich nicht irre, Albertine.«

»Großmama hieß Amalia Karoline«, klärte Frau Professor ihre Tochter auf. »Sie wurde Karoline gerufen. Der erste Name stand nur in den Urkunden. Wie reizend, dass er nun zu neuen Ehren kommt – in seiner eleganteren französischen Version. Mutter wäre so stolz und glücklich gewesen, hätte sie das noch erlebt!«

»Und ich dachte, ich hätte einen ganz modernen Namen ausgesucht«, murmelte Felicitas. Annemarie Gaiss und Helene Knöpfli, die bis jetzt in stiller Belustigung dem Gespräch zwischen Mutter und Tochter gefolgt waren, schmunzelten in sich hinein.

»Zeig uns doch deine Kleine endlich einmal«, forderte Annemarie sie auf. Helene nickte heftig. In diesem Augenblick ging unten im Haus erneut die Türglocke.

»Wer mag denn das noch sein?«, wunderte sich Frau Professor. Felicitas, die es wusste, unterdrückte einen gequälten Seufzer. Ihre Freundinnen grinsten. »Friederike Blankenhahn-Pinass«, sagte Annemarie mit gespieltem Ernst. »Sie hat sich ebenfalls für heute angesagt.«

Kätt erschien in der Tür. »'tschuldigung, die Dame zu

störe«, sagte sie in gedämpftem Ton, »Madam Pinass lässt frage, ob's jetzt genehm wär, dass sie auch reinkäm …«

»Aber ja.« Felicitas nickte matt. »Sie möchte bitte eintreten. Und dann hätten wir gern Kaffee!«

Sie zog die Augenbraue hoch, leicht verärgert darüber, dass Kätt nicht schon längst mit dem heißen schwarzen Getränk und dem dazugehörigen Kuchen für Ablenkung gesorgt hatte.

»Sofort, gnä Fraa«, gab Kätt ruhig zurück. »Die junge Fraa Merker bringt's gleich – sobald der Frieder den kleine Tisch reingetrage hat.«

Damit verschwand sie hastig, während Friederike Blankenhahn-Pinass, die offenbar direkt hinter ihr gewartet hatte, ins Schlafzimmer eintrat.

Felicitas, die das späte Mädchen nicht mehr gesehen hatte, seit Friederike Ende März mit Peter Paul Pinass vor den Altar getreten war, stockte beim Anblick der Frau, die jetzt den Raum betrat, förmlich der Atem. Denn diese Frau hatte mit Friederike Blankenhahn, so wie Felicitas sie kannte, nicht mehr die geringste Ähnlichkeit. Madame Pinass, hochgewachsen und überschlank mit Neigung zur Hagerkeit, trug nicht Mausgrau, ihre frühere Lieblingsfarbe – sie steckte in einem dunkelbraunen, schmal geschnittenen Jackett, das an den Bratenrock eines Herrn erinnerte. Und das hochgeschlossene, schlichte Kleid darunter, in hellem Rehbraun gehalten, war doch tatsächlich ohne Krinoline! Das Haar trug Friederike glatt an den Kopf frisiert und am Hinterkopf zu einem schlichten, eleganten Knoten geschlungen. Keine Löckchen an den Schläfen, dafür umspielten kleine Fransen ihre zu hohe Stirn und ließen ihr etwas scharfkantiges Gesicht sehr viel weicher erscheinen, als Felicitas es in Erinnerung hatte.

»Ich grüße Sie alle«, sagte Friederike Blankenhahn-Pinass, »ganz besonders aber die junge Mutter!«

Ihre Stimme klang fest, beinahe forsch. Sie, die doch früher so ein verkümmertes, schüchternes Pflänzchen gewesen war, hatte soeben das begangen, was sie früher für einen fürchterlichen Fauxpas gehalten hätte – sie hatte einfach die ganze Runde gegrüßt und nicht jeder der anwesenden Damen einzeln die Hand gereicht! Und jetzt sagte sie auch noch: »Darf ich zwanglos Platz nehmen?«, und setzte sich ohne weitere Umstände auf den einzigen freien Stuhl am Fußende des großen Bettes.

»Friederike, wie nett, Sie endlich einmal wiederzusehen«, sagte Felicitas in tiefer Verblüffung.

»Mich freut's auch«, erwiderte Madame Pinass und schenkte Felicitas ein Lächeln, das sie aufs Neue verwirrte. »Pinass schickt Ihnen ebenfalls seine besten Grüße und Genesungswünsche. Er wollte mich nicht begleiten. Meinte, man solle eine frisch gebackene Mutter nicht über Gebühr beanspruchen. Sie habe schon genug damit zu tun, wieder zu Kräften zu kommen. Wie fühlen Sie sich?«

»Oh – sehr gut«, stammelte Felicitas. Sie konnte die Veränderung, die Friederike Blankenhahn-Pinass durchgemacht hatte, einfach nicht fassen – da ging es ihr nicht anders als Helene und Annemarie, die ebenfalls sprachlos waren.

»Das freut mich von Herzen«, sagte Madame Pinass, »und es wundert mich keineswegs. Wissen Sie, ich habe Sie nie für so eins von diesen schwächlichen Weibchen gehalten, ganz im Gegensatz zu Pinass, der sie als sehr zart und empfindlich ansieht. Aber wir wissen es besser, nicht wahr?«

Sie zwinkerte Felicitas zu. Felicitas schreckte regelrecht zusammen. Dann lächelte sie Friederike an. »Ich wünschte, alle würden das so sehen wie Sie«, antwortete sie aufatmend, »das wäre wunderbar!«

Helene schluckte und Annemarie Gaiss, die bis jetzt den

Atem angehalten hatte, stieß heftig die Luft aus. Frau Professor Weigand musterte Friederike Blankenhahn-Pinass mit misstrauisch-forschendem Blick. »Sagen Sie, Madame – ist das jetzt die neueste Mode?«, fragte sie und deutete mit knapper Geste auf Friederikes weich fallenden Rock. »Mir scheint, Ihre ... Ihre Beine schimmern durch ...!«

Früher wäre Friederike Blankenhahn bei einer solchen Bemerkung vor Scham beinahe gestorben – da war Felicitas sich sicher. Heute lachte sie doch tatsächlich – ein herzliches, fröhliches und gar nicht verschüchtertes Lachen! »Nein, die neueste Mode sicherlich nicht«, gab sie ungezwungen zurück, »aber Krinolinen sind so fürchterlich unpraktisch, und Hosen zu tragen wie George Sand – das wage ich in dieser Stadt nur zu Hause hinter verschlossenen Türen. Frankfurt ist leider kein Paris.«

Felicitas konnte Friederike Pinass nicht folgen. Wer war George Sand? Und was war so Besonderes daran, wenn dieser George Hosen trug? Das taten doch alle Männer ... oder? Ihre liebe, entrüstete Mama schien genauso wenig mitzukommen, denn sie zog beide Augenbrauen hoch. Aber sie fragte nicht nach. »Nein«, sagte sie streng, »und das ist ein Glück. Ich liebe es ganz und gar nicht, wenn Anstand und Sitte außer Acht gelassen werden.«

»Oh – ich auch nicht«, erwiderte Friederike. »Der Körper sollte schon bedeckt sein – in der Öffentlichkeit.«

Helene kämpfte mühsam mit einem Lachen, das partout herauswollte. Annemarie hingegen war es nicht gelungen, ruhig zu bleiben, und prustete los. Kätt rettete durch ihr Erscheinen die Situation. Ihr auf dem Fuß folgte Leni, Felicitas' Töchterchen auf dem Arm.

Frau Professor Weigand stand sofort auf, um ihr Enkelkind in Augenschein zu nehmen. Die anderen Damen taten es ihr nach und umringten Leni, die ihnen das Baby präsentierte. »Gott, bist du reizend«, sagte Frau Professor und zeigte wieder ihr sonniges Lächeln, »ganz wie früher deine Mutter!«

»Süß«, stimmte Annemarie zu.

Helene streckte die Hand aus und berührte Charlotte Amélies runde Wange sacht mit dem Zeigefinger. »Wie man so klein sein kann«, flüsterte sie beeindruckt, »und trotzdem schon ein fertiger Mensch mit allem, was dazugehört …«

Friederike Pinass sagte nichts – sie schaute nur. Dann räusperte sie sich. »Ein Wunder der Natur«, sagte sie mit belegter Stimme. »Dass das in Ihrem Leib gewachsen ist, Madame Faber – einfach erstaunlich!«

Felicitas richtete sich in ihren dicken Kissen auf. »Was wollen Sie denn damit sagen, Friederike«, fragte sie leicht befremdet, »etwa, dass Sie mir so etwas nicht zugetraut hätten?«

»Oh, Gott bewahre!« Friederike Pinass drehte sich zu ihr um und machte ein betroffenes Gesicht. »Ich habe einfach nur meine Verwunderung über den ganzen Vorgang ausgedrückt. Und ich frage mich …«

Sie verstummte mitten im Satz. Eine leichte Röte begann vom Kragen ihres hochgeschlossenen Kleides her ihr Gesicht zu überziehen: Ihr früheres altjüngferliches Verhalten schien bisweilen doch noch durch.

Felicitas fühlte sich an die Zeit erinnert, als Friederike noch nicht Madame Pinass gewesen war. Sie musste lächeln. »Und was fragen Sie sich, Friederike?«, forschte sie nach. »Wir sind ja unter uns – meine liebe Mama bemerkte es vorhin.«

»Nun … ich …« Madame Pinass geriet noch tiefer in Verlegenheit. Sie nahm einen neuen Anlauf. »Ich könnte durchaus selbst in diese Lage geraten«, stammelte sie schließlich, »und … ich weiß nicht, ob ich mich für die Rolle einer Mutter eigne.«

»Friederike!« Felicitas konnte nicht anders – sie musste die ehemalige alte Jungfer ein bisschen auf den Arm nehmen. »Sie könnten selbst ...? Sie meinen ...?«

Doch Madame Pinass hatte sich bereits gefasst. »Ja, natürlich«, erwiderte sie, jetzt wieder völlig gelassen. »Und wenn ich bedenke, dass ich ganz gesund bin, dann habe ich eigentlich gar nichts zu befürchten.«

»Heißt das, Sie sind schon ...?« Felicitas sah Friederike Blankenhahn-Pinass mit gespielt-erwartungsvollen Augen an. »Kann es sein ...?«

Doch Madame Pinass war die Ruhe selbst. »Wir wollen uns überraschen lassen«, sagte sie. »Es hat wenig Sinn, über ungelegte Eier zu reden, nicht wahr?«

Das alte Mädchen hatte ja Humor! Felicitas betrachtete Friederike Pinass mit einem Anflug von Bewunderung. Helene und Annemarie hatten die Bemerkung ebenfalls aufgeschnappt und lachten. Frau Professor Weigand dagegen, die zu sehr mit dem Baby beschäftigt gewesen war, verstand den Heiterkeitsausbruch nicht recht. Sie schüttelte den Kopf und kam dann auf etwas ganz anderes zu sprechen. »Sag einmal, mein Kind«, wandte sie sich an ihre Tochter, »sehe ich recht – oder hat man die Kleine noch nicht fest gewickelt?«

»Ich meine, es ist fest genug, wie sie gewickelt ist«, antwortete Felicitas.

»Aber ich kann gar keine Bandagen entdecken, Kind«, sagte Frau Professor besorgt. »Die müssen doch gleich nach der Geburt angelegt werden – schön stramm um Bauch und Beinchen, und möglichst auch um die Ärmchen, damit sie fest am Körper anliegen. Hat dir das niemand gesagt?« Sie sah Leni missbilligend an. »Wenn die junge, unerfahrene Mutter schon nicht informiert ist, dann sollte doch wenigstens die Kinderfrau Bescheid wissen!«

»Mama«, unterbrach Felicitas die Strafpredigt ihrer Mutter, »die Hebamme hat mir genau erklärt, wie zu wickeln ist, aber Charlotte Amélie schrie danach so jämmerlich. Also habe ich entschieden, dass sie weniger fest eingeschnürt wird, und die Arme sollen ganz ungewickelt bleiben, damit sich mein Liebling wenigstens oben herum frei bewegen kann.«

»Lieber Gott im Himmel, Kind! Das geht auf gar keinen Fall, es sei denn, du willst, dass sie krumme Beine kriegt! Frag deinen Gatten – der wird dich schon aufklären. Und ordne sofort an, dass die Kinderfrau die Binden anlegt.« Frau Professor musterte Leni abermals. »Wie ist doch Ihr Name?«

»Ich bin Madame Merker«, sagte Leni, »die Gattin des neuen Armenarztes. Außerdem ...«

»Das tut überhaupt nichts zur Sache. Offensichtlich betreut Sie ja mein Enkelkind und sollte deshalb wissen, wie man mit jungen Säuglingen zu verfahren hat! Sie hätte meiner Tochter ins Gewissen reden sollen – schon gestern!«

»Mama«, wandte Felicitas ein, »es ist keineswegs sicher, dass die Beine eines Kleinkindes nur gerade wachsen, wenn man sie fest einwickelt. Doktor Barthold meinte ...«

»Ach, Doktor Barthold, Doktor Barthold!« Jetzt war Frau Professor Weigand wirklich aufgebracht. »Der hatte schon immer sonderbare Vorstellungen über das, was gesund oder ungesund ist! Zudem kennt er sich besser mit den Krankheiten der armen Leute aus – wir aus den besseren Kreisen sind dagegen doch ganz anders geartet. Und bei uns spielt es schon eine Rolle, ob ein Mädchen schöne gerade Arme und Beine hat oder nicht!«

Felicitas wusste, dass ihre Mutter nie gut auf den alten Doktor der Familie zu sprechen gewesen war – in erster Linie deshalb, weil er ihrer Meinung nach immer alles bagatellisierte, was sie selbst für schwere Krankheiten hielt. »Mama«, versuchte sie ihre Mutter zu besänftigen, »sollte ich feststellen, dass Charlotte Amélies Beinchen wirklich krumm wachsen, werde ich ganz bestimmt etwas dagegen unternehmen. Aber bis dahin ...«

»Du wirst es sofort tun«, bestimmte Frau Professor. »Denk doch nur daran, wie viele arme Leute krumme Gliedmaßen haben. Es kann nicht sein, dass du mein Enkelkind nicht davor bewahren willst!«

Diesmal widersprach Felicitas energisch. »Natürlich will ich das, Mama. Aber Doktor Barthold sagt, armer Leute Kinder kriegen krumme Beine, weil sie zu wenig zu essen kriegen – und nicht, weil sie ohne festen Wickelbund aufgezogen wurden!«

Doch Frau Professor Weigand blieb unerbittlich. Sie nahm Leni das Baby aus den Armen und trug es zum Wickeltisch, wo sie sich daranmachte, seine Hüllen abzuschälen. »Armes Kleines«, intonierte sie sanft, als Charlotte Amélie zu schreien begann, »du sollst mir auf keinen Fall ein Krüppelchen werden! Großmama packt dich jetzt ganz fest in frische Tücher ein, wie sich das gehört ... Wo sind denn die Bandagen?«

Diese Frage war an Leni gerichtet. Felicitas sah sich genötigt einzuschreiten. »Du sagtest soeben ›unsere Kleine‹, Mama«, antwortete sie an Lenis statt, »aber Charlotte Amélie ist meine Tochter, und ich bestimme, was mit ihr geschieht. Daran wirst du dich gewöhnen müssen.«

»Kind ...!« Frau Professor sah Felicitas entgeistert an. »Was sind denn das für Töne! Ich will doch nur das Allerbeste für die Kleine!«

»Ich auch, Mama«, sagte Felicitas fest. »Charlotte Amélie liebt es nicht, eingeschnürt zu werden, und ich werde ihr darum auch keine Bandagen anlegen lassen. Selbst auf die Gefahr hin, dass sie krumme Beine bekommt!«

Frau Professor Weigand erstarrte. Sie ließ von ihrem Unterfangen ab, reichte Leni wortlos das greinende Kind zurück und wandte sich zur Tür. »Dann kann ich ja gehen«, sagte sie mit schmalen Lippen.

»Mama!«

»Ich werde offenbar nicht mehr gebraucht.« Damit rauschte sie hinaus, ohne Felicitas' erschrockenen Ausruf zu beachten. Kätt, die mit einem großen Tablett voller frischer Rosinenwecken und Zuckerwerk die Treppe heraufgekommen war, musste schleunigst ausweichen, um einen heftigen Zusammenprall zu vermeiden.

»Fraa Professer ...«, stammelte sie verwirrt, »einen Augenblick – ich ...«

»Nicht nötig«, stieß Felicitas' Mutter hervor, »ich kann mir selbst in Mantel und Hut helfen!«

Sie marschierte hinaus ins Treppenhaus. Felicitas wusste im ersten Moment nicht, was sie tun sollte. Hilfeheischend starrte sie Kätt an. Doch die war im Augenblick ebenfalls hilflos. Friederike Blankenhahn-Pinass war es, die die unglückselige Situation rettete.

Sie sprang von ihrem Stuhl auf, lief hinter der alten Dame her und ergriff sie am Arm, gerade als sie den Treppenabsatz erreicht hatte. »Frau Professor«, sagte sie begütigend, »wollen Sie wirklich die Damenrunde verlassen, ohne uns Jüngeren Aufklärung über den Umgang mit Säuglingen gegeben zu haben? Ihre Tochter bedarf dringend Ihrer bewährten Erfahrung – davon bin ich überzeugt. Wenn sie jetzt ein wenig hitzig reagiert hat, dann sollten Sie, liebe Frau Professor, Ihre Tochter gut genug kennen, um ihr zu verzeihen. Schließlich ...«

Felicitas' Mutter war stehen geblieben und musterte Friederike Blankenhahn-Pinass mit misstrauisch-neugierigen Blicken. »Wie kommt es, dass Sie sich so sehr für meine missratene Tochter einsetzen? Aber Sie haben natürlich völlig Recht, und ich hätte es besser wissen sollen …«

»Ihre Tochter ist absolut nicht missraten«, widersprach Friederike. »Sie hat sogar sehr viel Ähnlichkeit mit Ihnen, gnädige Frau. Besonders die Charakterfestigkeit ist sowohl bei Ihnen als auch bei Madame Faber höchst ausgeprägt.«

»So – finden Sie?« Frau Professor Weigand wandte sich von der Treppe ab und machte Anstalten, wieder ins Schlafgemach einzutreten. »Nun – ich werde Felicitas ihren Fauxpas verzeihen und doch wenigstens den Kaffee mit Ihnen allen einnehmen. Was das Wickeln des Kindes betrifft, so werde ich wohl mit meinem Schwiegersohn sprechen müssen, damit Charlotte Amélie die richtige Behandlung zuteil wird.«

Damit kehrte sie, an der Seite von Friederike Blankenhahn-Pinass, in die Runde der Damen zurück. Felicitas unterdrückte einen erleichterten Seufzer und ergriff mit stummem, um Verzeihung bittenden Blick die Hand ihrer gestrengen Mama. Und eine erleichterte Kätt konnte endlich den Kaffee einschenken.

Die Wogen, die noch vor kurzem so hoch geschlagen hatten, glätteten sich. Man sprach über Unverfängliches wie das Stricken von Mützchen und Söckchen, das Nähen von Flügelhemdchen und die Ausstattung der ersten Ausfahrgarnitur. »Rosa ist immer noch die schönste Farbe für ein kleines Mädchen«, bestimmte Frau Professor, ohne auf die vorsichtigen Einwände ihrer Tochter einzugehen. »Da werden mir die Damen sicher zustimmen – nicht wahr?«

Annemarie Gaiss und Helene Knöpfli nickten notgedrungen. Felicitas formte tonlos mit den Lippen das Wort »Verräter« und warf ihren beiden Freundinnen finstere Blicke zu.

Friederike Blankenhahn-Pinass blieb kühl und gelassen; sie nickte ebenfalls und räumte Frau Professor Weigand dann sogar, wie sie sich ausdrückte, einen ausgezeichneten Geschmack ein. »Ich bin mir sicher, gnädige Frau – Sie lassen sich, was die Farben für das kleine Menschenkind betrifft, in erster Linie vom Aussehen dieses Kindes leiten. Charlotte Amélie hat einen so frischen, rosigen Teint – da bieten sich doch Hellblau oder ein zartes Maigrün geradezu an. Ist es nicht so?«

Frau Professor war für den Augenblick sprachlos. Einerseits schmeichelte es ihr sehr, dass diese seltsame Madame Pinass ihr einen guten Geschmack beimaß. Andererseits hätte sie im Traum nicht daran gedacht, ihr Enkelkind in Hellblau oder gar in Grün zu kleiden! »Ja ... ich ...«, stammelte sie, »... es mag schon sein, dass diese Farben Charlotte Amélie gut zu Gesicht stehen mögen, aber ...«

Felicitas hatte Friederike Pinass in neuem Staunen angestarrt. Nun heftete sie den Blick auf ihre Mutter. »Dann ist es dir auch aufgefallen, Mama?«, sagte sie und drückte noch einmal die Hand der alten Dame. »Ich wusste, ich kann mich auf deinen sicheren Geschmack verlassen!«

Damit gab es für Frau Professor kein Zurück mehr. »Sicherlich, Kind«, erwiderte sie matt. »Warum sollte man nicht mehrere Farben in Betracht ziehen – bei einem so reizenden Persönchen wie unserer Kleinen!«

Die Damen genossen das frische Gebäck und den schwarzen Kaffee. Als sich noch ein Besucher melden ließ, rüstete Frau Professor Weigand indessen hastig zum Aufbruch. »Nein, nein«, wehrte sie auf Felicitas' halbherzige Bitte ab, »ich möchte auf keinen Fall schon heute mit Doktor Barthold diskutieren müssen, ob man das Kind fest wickeln soll oder nicht. Kätt ...«, sie winkte energisch, »bitte Hut und Mantel –

hurtig, hurtig. Vielleicht kann der Junge inzwischen schon eine Droschke rufen!«

Ihr Abgang kam einer Flucht gleich. Doktor Barthold, der Felicitas' Mutter auf der Treppe doch noch begegnet war, bemerkte es mit einem tiefen Schmunzeln. »Na, kleine Frau«, sagte er heiter zu Felicitas, nachdem er die anderen Damen mit einem knappen Kopfnicken begrüßt hatte, »da habe ich wohl die gnädige Frau Professor vorzeitig vertrieben, was?«

Felicitas nickte und schüttelte gleichzeitig den Kopf. »Sie kennen ja Mama«, gab sie zurück. »Wir hatten ein Streitgespräch über das straffe Einbinden von Säuglingen. Ich bin dagegen – in erster Linie, weil Charlotte Amélie es nicht mag. Außerdem glaube ich nicht, dass es überhaupt nötig ist, damit Beine und Arme gerade wachsen ...«

Doktor Barthold grinste. Für einen Augenblick sah er wie ein Schuljunge aus. »Na, da müssten Sie aber mal den allseits so beliebten und verehrten Doktor Biesmann hören.« Er kicherte maliziös. »Wenn dessen Behauptungen stimmen, dann können die Arme und Beine eines Säuglings ohne straffes Wickeln gar nicht gerade wachsen. Erst neulich hat er einen Aufsatz veröffentlicht, in dem er ...«

Felicitas unterbrach ihn. »Welche Meinung vertreten Sie denn, Doktor Barthold?«

»Es ist völliger Blödsinn, ein kleines Kind so in eine Zwangsjacke aus Leinenbinden einzupacken, dass es sich kaum noch bewegen kann«, antwortete der alte Arzt mit Überzeugung. »Krumme Beine und Arme entstehen durch schlechte Ernährung«, fügte er nachdenklich hinzu, »man nennt so etwas auch die Englische Krankheit, weil es dort so häufig vorkommt. Ich persönlich vertrete zudem noch die Meinung, verbogene Knochen könnten etwas mit einem

Mangel an frischer Luft und Licht zu tun haben. Ich stelle immer wieder fest, dass krumme Beine weniger häufig bei Kindern zu finden sind, die oft dem Sonnenschein ausgesetzt werden – zum Beispiel bei Kindern von Waschfrauen, die ihre Kleinen zur Arbeit an den Fluss mitnehmen.«

»Höchst interessant«, murmelte Friederike Pinass. »Ich muss sagen – ich habe Biesmanns Aufsatz gelesen und fand ihn, gelinde ausgedrückt, bar jeder Logik. Was er darüber hinaus noch schreibt, nämlich, dass man Schulkindern kreuzförmig Ledergurte um die Schultern schnallen soll, damit ihre Haltung sich verbessert – das finde ich mindestens ebenso unverständlich.«

Doktor Barthold heftete seinen scharfen Blick verwundert auf Friederike Blankenhahn-Pinass. »Sie lesen wissenschaftliche Aufsätze? Aus welchem Grund, wenn ich fragen darf?«

»Aus Neugier«, gab Friederike schlicht zurück.

»Der beste aller Gründe«, brummte der alte Doktor. »Ohne Neugier wäre nicht eine einzige Entdeckung gemacht worden. Wie war doch gleich Ihr Name?«

»Friederike Blankenhahn, heute Madame Pinass.«

»Ja, da hol mich doch ...!« Erst jetzt hatte Doktor Barthold die Frau erkannt, die da an Felicitas' Seite saß. Er fuhr sich mit der Hand über die Augen und räusperte sich, plötzlich verlegen geworden. »Verzeihen Sie, Madame Pinass – aber ich hatte Sie so ganz anders in Erinnerung ...!«

Friederike errötete sanft. »Dennoch bin ich es.« Sie richtete sich mit einer energischen Bewegung auf. »Immer noch dieselbe Person.«

Doktor Barthold lächelte. »Mag sein«, erwiderte er, während er Friederike gründlich musterte, »aber wer hätte das gedacht, dass sich in Ihnen eine solche Person versteckt hielt ...«

4

Der Juni war schon weit fortgeschritten. Seit vier Wochen lächelte Charlotte Amélie ihre stolze Mama ganz bewusst an – normal und in der Zeit, wie Doktor Barthold bemerkt hatte, doch Felicitas glaubte ganz fest daran, dass ihre Kleine ein Wunderkind sei.

Helene Hauberger-Knöpfli und Annemarie Gaiss stimmten ihr da zu. Die Freundinnen fanden ebenfalls, Charlotte Amélie sei das süßeste, begabteste und klügste Baby weit und breit. Friederike Blankenhahn-Pinass, die es inzwischen geschafft hatte, sich als viertes Kleeblatt in den Freundinnenkreis hineinzustehlen, behauptete sogar, Felicitas' Töchterchen habe eindeutig eine »musische Ader« – soweit man das jetzt schon beurteilen könne.

Ja, Felicitas war eine sehr stolze junge Mama – genau wie Leni, die junge Madame Merker, die sich die Rolle der Kinderfrau bereits ganz zu Eigen gemacht hatte und ihren eigenen strammen Sprössling zusammen mit Fabers Töchterchen bestens versorgte. Leni ließ sich diese Aufgabe nicht mehr nehmen, auch wenn sie damit keineswegs dem Willen ihres Mannes entsprach. Doktor Merker, der mit dem Amt des städtischen Armenarztes betraut war, hätte es weit lieber gesehen, wenn seine Frau sich mehr um die Belange seiner Praxis kümmern würde – um die Schreibarbeiten beispielsweise, die zur Genüge anfielen.

An diesem Tag war ein gemeinsamer Spaziergang geplant. Die Freundinnen würden sich treffen und dann mit den Kindern am Mainufer auf und ab spazieren und die frische Luft genießen. Anschließend würde Leni die Kleinen nach Hause bringen, während Helene, Annemarie, Friederike und Felicitas noch zu einem kleinen Plausch in einem Gartenlokal einkehren wollten.

Felicitas stand in der ehelichen Schlafkammer vor dem Spiegel, der über der Frisierkommode hing, und prüfte sorgfältig ihr Aussehen. Strahlender Teint, frische rote Lippen. Die Augen leuchteten. Die Locken an den Schläfen kringelten sich hübsch und wirkten unter den lichtblauen Schleifen wie schwarz lackiert. Das Kleid – rehbraun-rosa gestreifter Kattun mit eingewebten kleinen Blüten – machte sich einfach wunderbar zu Felicitas' hellem Teint. Und die bauschigen, ellbogenlangen Ärmel unterstrichen die schmale Taille, die auch nicht mehr im Entferntesten an Felicitas' zurückliegende Schwangerschaft erinnerte.

Welchen Hut zu dem Braunen? Felicitas überlegte kurz, dann entschied sie sich für eine leichte, hellgoldene Schute aus geflochtenem Stroh, innen mit himmelblauer Seide abgefüttert und unterm Kinn von einer Schleife im gleichen Farbton gehalten. Diese leichte Kopfbedeckung schützte vor allzu viel Sonne – man wollte ja nicht braun werden wie ein Bauernweib – und war trotzdem luftig, so dass man nicht ins Schwitzen geriet. Zu guter Letzt warf Felicitas sich noch eine dünne dunkelbraune Pelerine um die Schultern, falls am Mainufer doch ein kühler Wind wehen sollte.

Unten bimmelte die Türglocke. Mehrere Stimmen sprachen durcheinander – Helene, Annemarie und Friederike waren offenbar gerade eingetroffen. Felicitas raffte den Rock, schnappte sich ihren braunseidenen Pompadour und huschte hinaus auf den Treppenabsatz. Ihre Freundinnen waren alle gemeinsam in den Flur eingetreten und schauten nun zu ihr herauf.

»Ich grüße euch!«, rief Felicitas hinunter. »Augenblick – ich komme sofort. Und sobald Leni mit den Kindern erscheint, kann's losgehen!«

»Aber nicht ans Mainufer«, sagte Helene.

»Wie bitte?« Felicitas blickte verständnislos. »Wir wollten doch ...«

Helene unterbrach ihre Freundin mit einer knappen Handbewegung. »Wir wollten an die frische Luft«, sagte sie lächelnd, »wie wär's also mit einem Ausflug auf die Waldeslust? Da ist die Luft besonders frisch, und außerdem ...«

»Aber Hans Christoph ist mit unserem Wagen unterwegs«, warf Felicitas ein, »und ich habe keine Lust, in einer Droschke dorthin zu fahren.«

Helene lachte. »Wenn du mal einen Blick aus dem Fenster werfen magst«, sagte sie heiter, »dann wirst du feststellen, dass ich mir für heute Beats Landauer ausgeliehen habe.« Sie grinste schelmisch. »Das dumme Ding steht immer nur in der Remise – heute soll es auch einmal an die frische Luft!«

»Du bist im Landauer gekommen ...?« Himmel, Helene war wirklich mit allen irdischen Gütern gesegnet! »Seit wann besitzt ihr denn einen Landauer?«

»Beat wollte unbedingt einen haben.« Helene bekam plötzlich einen leicht melancholischen Blick. »Für die noch zu erwartende Familie ...«

Felicitas rannte die Treppe hinunter und nahm ihre Freundin in den Arm. »Geduld«, flüsterte sie Helene ins Ohr, »du bist erst zwei Jahre verheiratet – und ich habe schließlich drei Jahre gebraucht, bis es endlich geklappt hat.«

Helenes Miene hellte sich wieder auf, während Annemarie

Gaiss rot geworden war – genau wie Friederike, die geflissentlich den Blicken der anderen auswich. Felicitas dachte sich ihr Teil. »Solange du noch nicht eigene Familienangehörige in dein Luxusfahrzeug laden kannst«, fügte sie, an Helene gewandt, hinzu, »ist es eine hervorragende Zwischenlösung, mit uns als Insassen deines Landauers vorlieb zu nehmen. Wo steht der Wagen?«

»Direkt vor der Tür«, erwiderte Helene, jetzt wieder ganz die Fröhliche, als die sie jeder kannte. »Vierspännig – damit's schneller geht. Und ich gebe den Kaffee aus. Wehe, ihr widersprecht!«

Leni tauchte aus dem Hintergrund auf, in jedem Arm ein Baby. Kätt folgte mit dem Kinderwagen, einem merkwürdigen, hochbeinigen Gefährt aus Korbgeflecht, das sich in den letzten Jahren mehr und mehr durchgesetzt hatte. Es hatte ein Verdeck aus hellem Stoff und bewegte sich auf vier Speichenrädern, zwei ziemlich großen und zwei deutlich kleineren. Man schob es an dem quer angebrachten Griff, allerdings war ein erheblicher Kraftaufwand nötig. »Ich denk, der Frieder sollt zum Schiebe mitkomme«, meinte Kätt denn auch.

»Wir werden den Wagen gar nicht schieben müssen«, meinte Felicitas, »die Kleinen können darin schlafen, während wir auf der Waldeslust Kaffee trinken.«

Leni blickte verdutzt. »Auf der Waldeslust?«, fragte sie nach. »Ich dachte ...«

»Hatten wir auch gedacht«, erklärte Annemarie Gaiss mit einem Funkeln in den Augen. »Aber wenn Helene uns schon einlädt, dann sollten wir besser annehmen.«

Helene reckte grinsend das Kinn. »Ich bin es nicht gewohnt, dass man mir widerspricht«, intonierte sie theatralisch und verbeugte sich dann, als ihre Freundinnen auflachten, um ihren Applaus entgegenzunehmen.

Sie nahmen alle in Knöpflis nobel ausgestattetem Familiengefährt Platz. Der Landauer wies jede erdenkliche Annehmlichkeit auf. Es gab sogar einen eingebauten Picknickkorb, der Gläser, eine Karaffe mit Saft und hübsche weiße Servietten enthielt. »Hauberger-Schlauberger«, sagte Felicitas augenzwinkernd, »ich bete wirklich darum, dass dir dein Reichtum nicht eines Tages doch noch zu Kopfe steigt ...!«

Helene blitzte Felicitas an. »Wenn das möglich wäre«, konterte sie, »dann wär's schon längst passiert. Hermann ...«, sie warf ihrem Kutscher einen befehlsgewohnten Blick zu, »wir sind soweit. Er kann antraben lassen, damit unsere dicken Gäule mal ein wenig abspecken!«

Und Hermann, standesgemäß in feines graues Tuch gewandet, tat, was von ihm verlangt wurde. Die vier blanken Braunen, die tatsächlich ein bisschen zu gut im Futter standen, sollten sich an diesem strahlenden Junitag ordentlich ins Zeug legen. Helene war nämlich stolz auf die strammen Burschen, die sie höchstpersönlich eingekauft hatte – »Beat besitzt leider überhaupt keinen Pferdeverstand und lässt sich von jedem Rosstäuscher übers Ohr hauen.« Und das mussten die Freundinnen ihr lassen: Sie hatte mit diesem Gespann ausgesprochen gut gewählt.

Es ging im leichten Trab die Fahrgasse entlang. Dann bog Hermann nach links auf die Zeil ein. Der Landauer rollte durch den wie gewöhnlich dichten Verkehr, passierte zwei, drei Postwagen, die gerade vom Roten Haus abgefahren waren – wobei die Postillione kräftig in die Hörner stießen und die Peitschen knallen ließen. Fuhr an Droschken und Lastfahrzeugen vorbei und erreichte schließlich die Neustadt. Von hier aus ging es durch blühende Wiesen Richtung Försterei – ein Gartenlokal, das sich selbst mitten in der Woche großer Beliebtheit erfreute.

Jetzt waren alle Tische unbesetzt. Das lag wohl an der frühen Nachmittagsstunde. Die Gäste, die hier zu Mittag gespeist hatten, waren schon wieder aufgebrochen, während es für die Spaziergänger, die zum Kaffeetrinken hierher kamen, noch zu früh war.

Als die noble Kutsche in den Hof einrollte, war der Wirt sofort persönlich zur Stelle. Der rundliche Mittfünfziger, kahlköpfig bis auf einen dürftigen grauen Haarkranz, trug dunkelblaue Kniehosen aus glänzendem Wolltuch, ein blütenweißes Hemd und breite Hosenträger, die mit einem Muster in roter Wolle bestickt waren. Er dienerte tief und machte vor den Damen mehrere Kratzfüße, was bei einem Mann seiner Körperfülle ein wenig komisch wirkte. »Womit kann ich dienen?«

Felicitas betrachtete das hübsche Gasthaus, das sie mit ihrem Mann schon so oft besucht hatte. Seit dem letzten Mal hatte sich hier nichts verändert – nur die Spitzengardinen an den Fenstern zur Gaststube schienen noch weißer und frischer ...

»Sag Er einmal, Herr Wirt«, sprach sie den Besitzer des Lokals an, »arbeitet die Babett immer noch hier? Wenn ja, dann würden wir uns freuen, von ihr bedient zu werden.«

»Babett?« Der Wirt machte runde Augen. »Ja, 's Babett is noch im Hause. Ich weiß aber net, ob sie grad jetzt frei is, um sich um die Dame zu kümmere ...« Er wischte sich mit dem Unterarm über die Stirn. »Wolle die Dame vielleicht doch einstweile mit meiner Wenigkeit vorlieb nehme ...?«

»Ich schlage vor, wir steigen erst einmal alle aus und machen es uns kommod«, mischte sich Friederike Pinass in das Gespräch ein. »Danach geht Er, Herr Wirt, nach drinnen und sieht zu, ob die Babett abkömmlich ist.«

Der Wirt, der den Blick Friederike zugewandt hatte, schien

buchstäblich Mund und Nase aufzureißen. Denn Madame Pinass trug eine Bluse aus feinem Batist, die unverkennbar einem Männerhemd ähnelte, darüber ein schlank geschnittenes Jackett aus taubenblauem Tuch, dessen lange Schöße ihre Hüften bedeckten und den weißen Baumwollrock – ohne Krinoline! – zur Geltung brachten. Und erst die Frisur! Kein Löckchen, keine Schleife, kein noch so unauffälliger Haarschmuck. Und was war da zwischen Zeige- und Mittelfinger der rechten Hand dieser Frau zu erkennen? Qualmte da nicht eine dünne schwarze Zigarre ...?

Mit Mühe nahm sich der Wirt zusammen. »J...ja, sehr wohl, die Herrschaften ... äh ... die Damen«, stammelte er und machte abermals einen Kratzfuß. »Darf ich behilflich sein ...?« Und er trat an den Schlag des Landauers.

Doch Hermann war bereits vom Bock abgestiegen, hatte die Hemmschuhe an die Räder des Fahrzeugs angelegt und klappte jetzt den dreistufigen Tritt am Schlag herunter. »Macht Euch keine Mühe«, sagte er zum Wirt, »ich helfe den Damen schon. Ihr könnt inzwischen Bestellungen entgegennehmen.«

Er öffnete den Schlag, reichte zuerst Helene, dann der Reihe nach den anderen Damen die Hand zum Aussteigen. Zuletzt hievte er den Kinderwagen aus dem Gepäckkasten zu Boden. Leni bettete die beiden Kleinen, die bis jetzt mit wachen Augen ihre Umgebung betrachtet hatten, in die weichen Kissen ihres sonderbaren Gefährts. Dann klappte sie das Verdeck des Kinderwagens hoch, um sie vor der Sonne zu schützen. Einen Augenblick später waren Charlotte Amélie und Lenis Söhnchen auch schon eingeschlafen.

Die Damen nahmen den großen Tisch unter einem Kastanienbaum ein, dessen ausladendes Geäst für lichten Schatten sorgte. Hermann schirrte die Pferde aus, hängte ihnen den

Futtersack um, setzte sich auf die Deichsel des Landauers und stopfte sich seine lange dünne Kölner Pfeife.

Friederike hatte sich ihrer Zigarre entledigt. Doch beim Anblick des mittlerweile friedlich vor sich hindampfenden Hermann überkam sie die Lust auf eine weitere der dünnen schwarzen Tabakrollen. Sie forderte vom Wirt einen Fidibus – als sei es die normalste Sache der Welt, dass eine Frau rauchte.

»Ja, sogleich«, murmelte der Wirt verunsichert und trollte sich in seine Gaststube, um das Verlangte zu holen.

Er war kaum im Innern des Hauses verschwunden, als aus der Eingangstür eine hochgewachsene, schlanke Gestalt auf den Gartenplatz heraustrat und zu den gerade angekommenen Gästen herüberspähte. Die Frau war um die vierzig und trug ein graues Leinenkleid mit weißer Schürze. Ihr glattes, dunkles Haar war schlicht in der Mitte gescheitelt. Eine einfache, aber schön gearbeitete Haube aus Voile umrahmte mit einer schmalen Rüsche sehr vorteilhaft ihr schmales Gesicht.

»Grüß Sie, Babett!«, rief Felicitas und winkte.

Die Frau zeigte ein dünnes Lächeln und kam dann schnell herüber. »Einen schönen Tag wünsch ich«, erwiderte sie den Gruß. Und an Leni gewandt sagte sie: »Dass man dich auch mal wiedersieht, Magdalen – ich dacht schon, du hast uns ganz vergesse!«

Leni nickte Babett zu und senkte dann verlegen den Kopf. »Wie kannst du so was auch nur denken, Babett«, murmelte sie. »Aber du weißt ja, wie viel Arbeit kleine Kinder machen.«

»Und ein Ehemann«, fügte Babett mit einem schiefen Lächeln hinzu. »Ich kann's mir vorstellen.« Sie warf einen Blick in die Runde. »Kaffee und Kuchen gefällig?«

»Deswegen sind wir hier«, antwortete Felicitas munter.

»Ich habe den Damen gar nicht erst vorschwärmen müssen, wie gut hier der Kuchen ist – sie wissen es bereits von eigenen Besuchen. Was hat Sie denn heute anzubieten, Babett?«

»Himbeertörtchen«, sagte die Schankmagd, »und Punschkuchen.« Sie lächelte noch einmal ihr dünnes Lächeln. »Aber der ist eher was für Herren. In den Tortenguss ist mir ein bisschen zu viel Rum hineingeraten ...«

Friederike Pinass räusperte sich. »Punschkuchen für mich«, sagte sie energisch. »Was heißt hier: Für Herren? Ein bisschen Rum wird auch uns Damen nicht umhauen.«

Felicitas, Helene und Annemarie schnappten bei Friederikes Ausdrucksweise wieder einmal nach Luft. Umhauen ...! Babetts Miene blieb dagegen unbewegt. Ihr Blick fiel auf die schlanke schwarze Zigarre, die noch unangezündet zwischen Friederikes Zeige- und Mittelfinger steckte. »Und einen Branntwein zum Kaffee?«, fragte sie Friederike.

»Gern.« Madame Pinass nickte. Um Babetts Lippen zuckte ein neues Lächeln.

»Ich hätte gern ein Himbeertörtchen«, sagte Felicitas.

»Ich auch«, meldete sich Annemarie Gaiss zu Wort.

»Und ich schließe mich Friederike an«, sagte Helene. »Ich nehme Punschkuchen – aber keinen Branntwein. Nur Kaffee.«

Der Wirt erschien wieder auf der Bildfläche, den brennenden Fidibus vorsichtig vor sich hertragend. Er näherte sich Friederike, verneigte sich linkisch vor ihr und machte Anstalten, ihr Feuer zu geben. Doch er stellte sich dabei so ungeschickt an, dass er beinahe Friederikes blauseidenes Halstuch in Brand setzte.

Babett nahm ihm den Fidibus ab und vollendete, was dem Wirt nicht gelungen war. Friederike tat einen Zug aus ihrer Zigarre, ließ den blauen Rauch zierlich in die Luft kräuseln und seufzte dann wohlig auf. »Irgendwann werde ich es Pinass endlich beichten müssen, dass ich gelegentlich rauche«, sagte sie. »Es ist so umständlich, sich immer wieder Gelegenheiten dazu zu schaffen, ohne dass er es merkt.«

»Bedeutet das, dein Mann weiß immer noch nicht Bescheid?«, fragte Felicitas ungläubig.

»Aber er muss es doch riechen«, sagte Annemarie Gaiss.

Friederike schüttelte den Kopf. »Er raucht ja selbst. Da merkt man so etwas nicht bei anderen.« Sie blickte zum Nachbartisch hinüber. »Ist das ein Journal, was ich da sehe?«, fragte sie Babett.

Die Schankmagd nickte. »Das hat ein Gast liegen lassen.« Sie holte die Zeitung und legte sie den Damen hin. »Aber erstens ist sie uralt, und zweitens stehen sowieso nur zensierte Berichte drin – da ist es egal, ob die frisch sind oder net.«

Das gefaltete Doppelblatt war aus gelblichem Holzschliffpapier und in kleinen Typen eng bedruckt. Auf der Titelseite stand als Schlagzeile in ziemlich großen Lettern: Gesche Gottfried – Prozess und Hinrichtung.

»Was soll denn das sein?«, fragte Felicitas nach. »Hat Sie den Bericht gelesen, Babett?«

»Ja, aber die Geschichte liegt nun schon Jahre zurück, und außerdem mach ich mir nix aus so was. Bin froh, dass wir hier in Frankfurt schon lang keine Hinrichtung mehr hatten.«

»Nicht seit der von Heinrich Harfner«, murmelte Annemarie Gaiss.

»Was hatte diese Gottfried denn verbrochen?«, wollte Helene wissen.

Babett legte den Kopf schief. »Für mich is net recht klar, ob sie üvverhaupt was verbroche hat«, erwiderte sie nachdenklich und wie zu sich selbst. »Ich mein, es könnt auch sein, dass sie es gar net war.«

»War sie eine Räuberin?« Annemarie Gaiss machte große Augen.

Friederike Pinass schüttelte den Kopf. »Von dem Fall Gottfried habe ich schon gehört«, sagte sie, »es handelt sich bei ihr um eine Mörderin. Und die Gottfried ist anno einunddreißig in Bremen enthauptet worden – wegen erwiesener Schuld.«

Babett schüttelte den Kopf. »Für mich is ihre Schuld üvverhaupt net erwiesen.Der Mensch, der den Bericht in dem Journal geschrieben hat, meint des aach – lest nur selbst!«

»Ach was«, sagte Friederike Pinass, »wir wollen uns doch nicht den Tag mit alten Mordgeschichten verderben.«

»Oder mit den unmaßgeblichen Meinungen irgendwelcher Zeitungsschmierer«, fügte Felicitas hinzu. »Hans Christoph hat Recht, wenn er behauptet, Sensationsjournalisten gehört das Handwerk gelegt. Ich finde auch, es sollte mehr berichtet und weniger gemutmaßt werden ...«

Die Freundinnen stimmten dem geschlossen zu. »Aber bis es soweit ist, dass man wirklich offene und ehrliche Berichte in den Gazetten lesen kann«, sagte Friederike, »bis dahin wird wohl noch viel Zeit ins Land gehen.«

»Und so mancher Zensor wird noch die wichtigen Informationen aus den Zeitungsberichten herausstreichen.« Felicitas faltete das Blatt zweimal, bevor sie es in ihren Pompadour steckte. »Diese Geschichte lese ich später, wenn's recht ist.« Dann, tief aufatmend, sah sie Babett an. »Jetzt zu Schönerem – zu Kaffee und Kuchen. Schnell, Babett – ehe wir alle Hungers sterben!«

Die Magd bedurfte keiner weiteren Aufforderung. Sie tauchte in den Schatten der Gaststube ein und erschien Augenblicke später mit einem Tablett voller Geschirr, das sie mit geübtem Handgriff auf dem Tisch platzierte. Der Wirt höchstselbst brachte die dampfende Kaffeekanne nebst Zuckerdose und Sahnekännchen. Als Babett schließlich den bestellten Kuchen servierte, bedachte sie Friederike Pinass und Helene Knöpfli erneut mit einem schiefen Lächeln. »Ich hab ja gesagt, es is mir ’n bisschen viel Rum in die Glasur geraten«, wiederholte sie ihre Warnung.

Damit nahm sie vom Wirt die Branntweinflasche entgegen, schenkte ein Gläschen ein und kredenzte es Friederike. »Aber Ihr könnt sicher so was vertragen.«

Das Gespräch drehte sich bald um Freiheiten, die Männer besaßen und Frauen sich nicht herausnehmen durften. Friederike hatte das Thema aufgebracht – es habe sie seit ihrer Heirat ununterbrochen beschäftigt, sagte sie. »Und ich meine, manches von dem, was Frauen verboten ist, sollte ihnen uneingeschränkt zugestanden werden«, beendete sie kämpferisch ihre kurze Rede.

»Wie zum Beispiel das Tragen von Hosen?«, sagte Helene Knöpfli spöttisch.

»Zum Beispiel«, Friederike geriet in Eifer. »Aber es geht hier eigentlich nicht wirklich um die Kleidung. Ich meine vielmehr Dinge wie den freien Zugang zu den Universitäten oder das Recht, übers eigene Vermögen frei zu verfügen, oder die Mitgliedschaft in politischen Gremien ...«

»Psst ...!« Annemarie Gaiss machte ein entsetztes Gesicht. Sie deutete mit einer knappen Kopfbewegung zu dem Wagen hinüber, der eben auf den Platz vor dem Gartenlokal eingeschwenkt war und jetzt in unmittelbarer Nähe der Tische hielt. »Wenn das die falschen Leute hören! Mit so ketzerischen Parolen holt man sich die Polizei auf den Hals!«

Der Wagen war mit einer Schar junger Leute besetzt, die jetzt ausstiegen und geräuschvoll zwei der noch freien Tische besetzten. Felicitas hatte den Eindruck, als handelte es sich um Studenten mit ihren Mädchen – jedenfalls waren die vier

Herren alle Anfang zwanzig und zudem recht stutzerhaft gekleidet. Zwei von ihnen, beide blond und wild gelockt, schienen Brüder – sie sahen sich ähnlich. Die übrigen drei hatten dunkles Haar und wiesen sich durch ihre teure, modische Kleidung als Söhne reicher Eltern aus. Einer aber trug einen taubenblauen Frack, dazu eine braune Brokatweste und eine goldgelb und braun gestreifte, glänzend seidene Halsbinde. Er sah aus wie ein Pfau und hielt sich dicht an der Seite einer schmalen jungen, schlicht gewandeten Person mit krausen Haaren, die zu einem kurzen Nackenzopf zusammengebunden waren.

Felicitas konnte nicht anders – sie musste dieses merkwürdige Pärchen unauffällig betrachten. Weder der Mann noch die so eigenartig zurechtgemachte Frau passten zum Rest der Gruppe. Dennoch schienen sie dazuzugehören.

Der Pfau verlangte lautstark und mit rollendem R nach Bedienung. Babett erschien, nahm vielfältige Bestellungen auf, hastete wieder in die Gaststube. Felicitas spitzte die Ohren, um etwas von der Konversation der Neuankömmlinge mitzubekommen. Das war leicht, denn die jungen Leute gaben sich keine Mühe, in gedämpftem Ton zu sprechen, sondern schwadronierten ziemlich ungehemmt durcheinander. Sogar die Frauen hielten sich nicht zurück.

»Eine der blödesten Fragen ist die nach dem Sinn des Lebens«, sagte eine und grinste dazu, indem sie sich eine ihrer Schläfenlocken kokett um den Finger wickelte. »Meiner Meinung nach hat das Leben überhaupt keinen Sinn außer dem, Spaß zu machen. Man muss es nutzen, solange man noch kann.«

»Ja«, stimmte einer der beiden blondgelockten Brüder mit heftigem Nicken zu. »Wer weiß denn, wann's zu Ende ist? Das geht unter Umständen schneller, als man denkt.«

Die seltsame Kleine mit dem Nackenzopf machte eine gewichtige Miene – so übertrieben ernsthaft, dass die anderen zu lachen begannen. »Un...der Um...stönden schnäller, als ai...nem lieb ischt«, wiederholte sie mit tief gesenkter Stimme, »und daas, mai...ne Kindlein, laa...sst euch gesagt sain: Man soll älles mitnähmen, waas ai...nem geboden würd!«

Das Gelächter schwoll. Besonders die Herren wollten sich beinahe ausschütten vor Lachen. »Und besonders, maine Kindlein«, fuhr die Kraushaarige in ihrer Parodie fort, »besonders laasst die Finger von der Bo...li...dick! Älles, was damit zusammehängt, ischt vom Übel!«

»Als ob uns die Politik überhaupt interessierte«, sagte eine der jungen Damen und rümpfte die Nase. »Ich kann daran nichts finden. Die ist etwas für Langweiler.«

Babett kam wieder heraus und trug ein voll gepacktes Tablett. Sie begann den jungen Herrschaften zu servieren. Friederike Pinass schüttelte den Kopf. »Studenten«, sagte sie missbilligend. »Nichts als das Vergnügen haben diese Kerle im Kopf.« Sie warf einen finsteren Blick zu dem jungen Volk hinüber. »Aber Gott sei Dank gibt es ja auch die anderen – die, die sich Gedanken machen über die Zukunft von Deutschland.«

»Und die sich sogar für ihre freiheitlichen Ideen einsperren lassen«, murmelte Felicitas.

»Oder ins Ausland gehen, weil es für sie hier zu gefährlich wird«, ergänzte Annemarie Gaiss. »Dieser Heine, dessen verbotene Gedichte du immer liest«, sie warf Felicitas einen verschwörerischen Blick zu, »der soll auch heimlich ausgereist sein – nach Paris.«

»So?« Felicitas war nicht überrascht. Nun ja, Heinrich Heine hatte nie ein Blatt vor den Mund genommen, was seine politischen Ansichten betraf, und jetzt anscheinend dafür die Konsequenzen ziehen müssen. Aber ...

»Irgendwie haben die Leute da drüben trotzdem Recht«, meinte Helene Knöpfli versonnen. »Es ist doch keine Sünde, das Leben zu genießen …«

»Nein, keineswegs«, sagte Friederike Pinass und nahm einen tiefen Zug aus ihrer Zigarre. Felicitas musste lachen. Sie sah zu den Studenten hinüber, die sich mit ihren Damen gerade über den bestellten Kuchen hermachten, und nickte. »Lassen wir uns den Tag also auch nicht durch trübe Gedanken vergällen«, sagte sie. »Schenkst du mir noch einen Schluck Kaffee nach, Annemarie?«

5

Sie hatten nach der Kaffeestunde noch einen langen, geruhsamen Spaziergang durch das nahe gelegene Wäldchen gemacht. Danach waren sie in Helenes Luxuskutsche zurück in die Stadt gefahren, wo der Knöpfli'sche Kutscher sie der Reihe nach zu Hause abgeliefert hatte – zuerst Friederike vor ihrem schmalen alten Haus am Hirschgraben, dann Annemarie oben in der Fahrgasse vor der Apotheke ihres Mannes und zuletzt Leni und Felicitas am unteren Ende der Fahrgasse.

Vor dem Faber'schen Haus angekommen, hob der Kutscher den Kinderwagen aus dem Gepäckkasten der Kutsche heraus, setzte das Gefährt vorsichtig aufs Pflaster und übergab es an den herbeigeeilten Frieder. Leni, unterstützt von Kätt, brachte die Kleinen ins Haus.

»Das war ein wunderschöner Nachmittag«, sagte Helene zum Abschied, während sie Felicitas fest die Hände drückte. »Wir sollten den Ausflug so bald wie möglich wiederholen, hörst du? Ich kriege den Landauer, wann immer ich will – Beat lässt mir jeden Willen, das weißt du ja. Und das nächste Mal fahren wir ein Stück weiter hinaus ... ich denke mir ...«

»Gemach, gemach«, bremste Felicitas den Redefluss ihrer besten Freundin. »Morgen Nachmittag treffen wir uns doch wieder – bei Annemarie. Dann können wir trefflich besprechen, was wir als Nächstes unternehmen wollen. Übrigens«, sie entzog Helene ihre Hand und raffte den Rock, um aus dem Landauer auszusteigen, »wirst du dir das Konzert mit diesem Ungarn auch anhören? Hans Christoph hat es geschafft, noch Karten zu bekommen, obwohl offiziell schon alles ausverkauft war.«

»Liszt? Nein – ich kann den Kerl nicht leiden«, erwiderte Helene. »Ich finde es einfach widerlich, wie der sich von allen Seiten anschmachten lässt. Man sagt, die Frauen fallen reihenweise in Ohnmacht, wo er auftaucht. Für solche Heldenverehrung hab ich absolut nichts übrig.«

»Er ist ein begnadeter Pianist«, widersprach Felicitas mit Überzeugung. »Ich gehe nur hin, um ihn spielen zu hören.«

»Dir glaube ich das auch«, sagte Helene. »Aber wenn ich da zum Beispiel an Iphigenie Kämper gewesene Trumpetter denke – die soll sogar bis in sein Logis vorgedrungen sein und ihm Avancen gemacht haben.«

»Wann?« Felicitas war nicht auf dem neuesten Stand, und das ärgerte sie. »Hält sich Liszt denn überhaupt schon in der Stadt auf?«

»Aber ja, seit fünf Tagen. Mir scheint, du kennst die letzten Skandalgeschichten aus dem Hause Trumpetter-Campini-Kämper überhaupt noch nicht. Iphigenie hat sich nämlich mit ihrem Leander vehement zerstritten – so schlimm, dass der auf der Bühne schon Ausfälle hatte und sich Buhrufe gefallen lassen musste.«

»Tatsächlich?«

»Tatsächlich.« Helene grinste. »Leander ist seit seiner Hochzeit mit Iphigenie Trumpetter in der Gunst seines Publikums stark gesunken. Es hat ihm sehr geschadet, dass er nun nicht mehr zu haben ist.«

»Nun – dann wird er eben mal beweisen müssen, dass er tatsächlich Schauspieler ist und nicht nur ein viel umschwärmter Beau«, meinte Felicitas mit stiller Belustigung.

»Erzähl mir morgen bei Annemarie mehr davon – hörst du? Ich möchte ...«

Ein halbwüchsiger Junge kam die Fahrgasse entlanggelaufen und blieb jetzt schnaufend und keuchend vor Felicitas stehen. »Is der Dokter zu Haus?«, sagte er atemlos. »Er soll sofort mitkommen – es is brandeilig ...!«

Felicitas sah den Jungen stirnrunzelnd an. Er mochte elf oder zwölf Jahre alt sein, war spindeldürr, steckte in leinenen Hosen von undefinierbarer Farbe und trug ein Hemd, das diesen Namen kaum noch verdiente, zerfranst und zerschlissen wie es war. Der Junge hatte seine dünnen, aschblonden Haare im Genick zu einem altmodischen Zöpfchen zusammengebunden. Abgerissen und barfuß, wie er dastand, bestritt er offensichtlich seinen kärglichen Unterhalt durch Botengänge. Es gab zahlreiche solche Kinder, die das kärgliche Einkommen ihrer meist vielköpfigen Familie durch ein paar Pfennige aufbesserten. »Wer hat dich denn geschickt?«, fragte Felicitas.

»Fraa Reichardt.« Der Junge wischte sich mit dem Ärmel über Stirn und Nase. »Ich soll sagen, es wär keine Zeit zu verlieren!«

In diesem Augenblick tauchte wie durch Gedankenübertragung Doktor Faber in der Haustür auf. Er war bereits in Hut und Mantel und ohne Zweifel auf dem Weg zu einem Hausbesuch. Der Junge stürzte sofort auf ihn los. »Herr Dokter – Fraa Reichardt lässt bitte, Ihr möchtet sofort komme. Ihr Kind is krank – und es tät pressiere ...!«

»Reichardt ...« Doktor Faber senkte nachdenklich den Kopf. »Aber da war doch alles gesund und munter seit dem Frühjahr«, murmelte er. »Hat die Frau Reichardt dir gesagt, um welche Krankheit es sich handelt?«

Der Junge blickte ratlos drein. »Net so recht«, sagte er unsicher, »nur, dass ihr Kind kei Luft kriege tät ... und es tät pressiere ...«

»Das sagtest du bereits.« Doktor Fabers Miene war ernst geworden. Er hob die Stimme: »Adam!«

Aber noch ehe der Hausknecht erschien, bot Helene Knöpfli ihre Dienste an: »Ich würde gern einspringen«, sagte sie, »dann braucht euer Adam nicht extra anzuspannen. Mein Weg führt doch ohnehin am Reichardt-Haus vorbei. Da kann ich dich leicht mitnehmen, Hans Christoph, und unterwegs noch ein bisschen mit Felix schwatzen, wenn sie auch mitkommt. Einverstanden?«

Hans Christoph Faber brauchte einen Augenblick, um das Angebot zu überdenken. »Na schön«, sagte er dann mit einem zweifelnden Blick auf seine Frau, »obwohl ich lieber allein gefahren wäre. Es kann nämlich durchaus sein, dass Felix länger warten muss. Ich habe ja keinen Begriff von der Art der Krankheit, die das Kind befallen hat ...«

»Warten macht mir überhaupt nichts aus«, fiel Felicitas ihrem Mann ins Wort. »Außerdem wäre es vielleicht gar nicht so schlecht, wenn ich dabei bin. Ich könnte mit Anna Reichardt reden, ihre Sorgen ein bisschen zerstreuen – wo sie doch erst im Frühjahr ihren Jüngsten verloren hat. Meinst du nicht, Hans Christoph?«

Doktor Faber schien nur halbwegs überzeugt, aber er nickte. »Gut denn, fahren wir. Und ...«, er wandte sich an den Jungen, »du hältst dich zur Verfügung. Es kann sein, dass du schnell zur Apotheke laufen musst. Verstanden?«

Der Junge nickte heftig. »Verstanne, Herr Dokter«, erwiderte er. Dann, mit einem scheuen Blick auf Helene Knöpfli, wagte er einen tollkühnen Vorstoß: »Kann ich vielleicht im Wage mitfahre ...?«

Helenes Kutscher wollte ihm diese unverschämte Bitte

schon barsch abschlagen, als Helene lächelnd zu dem kleinen Habenichts sagte: »Klettre in den Gepäckkasten, da drin ist Platz genug für einen wie dich, und von dort hast du auch einen guten Blick auf die Straße.«

Überglücklich gehorchte der Junge. Der Kutscher brummte etwas Unverständliches in den Bart und half dann Felicitas wieder in den Landauer. Als Doktor Faber ebenfalls eingestiegen war, ließ der Kutscher die Peitsche knallen, und die Pferde trabten an.

Als der luxuriöse Landauer des Bankiers Knöpfli am Haus Reichardt vorfuhr, wartete das Hausmädchen bereits an der offenen Tür und lief gleich hinaus auf die Straße, um den Wagenschlag aufzureißen und dem Doktor und seiner Frau beim Aussteigen zu helfen. Der schmuddelige Junge sprang aus dem Gepäckkasten und drückte sich an die Mauer des Hauses. Helene ließ gleich weiterfahren – für eine ausgiebige Verabschiedung war jetzt keine Zeit. »Wir sehen uns morgen!«, rief sie ihrer Freundin zu, während ihr Wagen davonrollte. Felicitas nickte und winkte ihr nach.

An der Haustür hatte auch die alte Wirtschafterin gewartet. Dienstfertig fragte sie Doktor Faber nach seinen Wünschen.

Der Arzt wehrte mit einer energischen Handbewegung die übereifrigen Bemühungen der Frau ab. »Zuerst möchte ich mit Ihrer Dienstherrin sprechen«, sagte er knapp, »und gleich darauf hätte ich gern einen Blick auf den Patienten geworfen.«

Die Wirtschafterin trat beiseite. Im Hausflur erschien Anna Reichardt, zitternd und kreideweiß und offensichtlich vollkommen aus der Fassung. »Doktor Faber«, flüsterte sie mit bebenden Lippen, »Gott sei Dank, dass Sie so schnell gekommen sind ... ich hoffe, noch rechtzeitig, um meinen kleinen Georg zu retten ...!«

Felicitas, die neben ihrem Mann stand, hatte sie überhaupt

nicht zur Kenntnis genommen. Die Sorge um ihr Kind stand ihr ins Gesicht geschrieben, und sie schien außer dem Arzt nichts zu sehen. Hans Christoph Faber legte die Hand auf ihren Arm und tätschelte ihn sanft. »Führen Sie mich erst einmal zu Ihrem Kind«, sagte er in dem ruhigen Ton, den Felicitas so gut kannte, »dann wollen wir sehen, was wir tun können.«

Felicitas trat vor und ergriff Anna Reichardts Hand. Wortlos drückte sie die magere, eiskalte Rechte. Erst jetzt nahm Anna Reichardt sie wahr und brach in Tränen aus. »Liebe Madame Faber«, flüsterte sie schluchzend, »willkommen in meinem Haus – wenn auch zu einem so schlimmen Anlass!«

Felicitas wiederholte ihren Händedruck. »Vertrauen Sie ruhig meinem Mann«, sagte sie. »Hans Christoph wird sein Bestes tun, um Ihrem Kleinen zu helfen.«

»Das weiß ich.« Anna Reichardt bemühte sich nach Kräften, ihre Fassung wiederzugewinnen. Sie ließ Felicitas' Hand los und ging voraus. Gemeinsam durchquerten sie die große, mit Samtportieren ausgestattete Diele und stiegen im hinteren Teil des großzügig geschnittenen Vestibüls die Treppe zum oberen Geschoss hinauf.

Der kleine Junge lag auf einem Diwan in der Nähe des Fensters. Die letzten Strahlen der Nachmittagssonne beleuchteten ein gespenstisch bleiches Kindergesicht, dessen Augen weit aufgerissen waren und glasig wirkten. Als Felicitas den dunklen Blauton der Lippen bemerkte, erschrak sie. Noch nie hatte sie dergleichen gesehen. Es schien, als ringe Anna Reichardts Sechsjähriger verzweifelt nach Luft. Aber so krampfhaft seine Brust sich auch hob und senkte – es floss ganz offensichtlich kaum Atem über seine Lippen.

Doktor Fabers Antlitz nahm plötzlich einen maskenhaften Ausdruck an. Er trat an die Seite des Kindes, betrachtete mit ausdrucksloser Miene dessen qualvoll geballte Fäustchen und den nach hinten durchgedrückten Kopf, streckte die Hand aus, betastete den verhärteten Kieferansatz und die starren Halsmuskeln des Kleinen, schüttelte den Kopf …

»Was hat er?«, fragte Anna Reichardt angstvoll. »Heute Morgen ging es ihm noch gut. Niemand kann sich erklären …«

»Wann haben die Krämpfe eingesetzt?«, fragte Doktor Faber mit spröder Stimme, ohne auf die Bemerkung der Mutter einzugehen.

»Vor ungefähr zwei Stunden«, ließ sich die alte Wirtschafterin vernehmen, die den Raum ebenfalls betreten hatte. »Mer habbe 'n sofort zu Bett gebracht und warm gehalte, aber 's hat nix genützt. Net mal die Umschläg, wo's Bäsje von der gnä Fraa ihm gemacht hat, habbe gewirkt …«

»Umschläge?« Doktor Faber sah Anna Reichardt an, noch immer mit diesem ausdruckslosen Gesicht, das Felicitas zu fürchten gelernt hatte. »Was für Umschläge?«

»Bauchwickel«, hauchte die arme Mutter, »lauwarme, feuchte Wickel um den Leib. Meine Cousine meinte, die helfen doch immer bei Verkrampfungen. Aber diesmal …«, sie wandte Doktor Faber ihr verhärmtes, kalkweißes Gesicht zu, »diesmal haben sie nicht das Geringste bewirkt. Meinem kleinen Georg ging es im Gegenteil immer schlechter und schlechter. Und jetzt …«, sie schluchzte von neuem, »jetzt kriegt er überhaupt keine Luft mehr …«

Doktor Faber wandte sich von Anna Reichardt ab und tastete nach dem Puls des Kindes. Sein Hinterkopf war hart in das Kissen gepresst, der Rücken durchgedrückt, der Bauch hochgewölbt und die Fersen fest in die Unterlage gestemmt. Am entsetzlichsten aber fand Felicitas den schmerzerstarrten Gesichtsausdruck des Kleinen, der wie ein weitäugiges Grinsen sein Antlitz überzog. Und aus der Kehle des Jungen drang ein leises Winseln, so furchtbar und mitleiderregend, dass sich Felicitas die Haare sträubten. »Was geschieht mit ihm?«, fragte sie flüsternd ihren Mann, »warum tust du denn nichts, Hans Christoph?«

Doktor Faber ließ das Handgelenk des kleinen Jungen los, wandte sich ab und presste sekundenlang die Hand auf die Augen. Er gab keine Antwort, und sie war auch nicht mehr nötig, denn in diesem Augenblick erschlaffte der Körper des Kindes und sackte in sich zusammen. Das furchterregende Grinsen auf seinem Gesichtchen machte einem friedlichen, völlig entspannten Ausdruck Platz; die Hände, die eben noch zusammengeballt gewesen waren, öffneten sich, lagen reglos neben dem Körper ...

»Ich bin zu spät geholt worden«, sagte Doktor Faber tonlos, »aber ich hätte wahrscheinlich auch nicht helfen können, hätte man schon am Morgen nach mir geschickt. Der Junge ...«

Anna Reichardt stieß einen kleinen, gequälten Schrei aus und ließ sich vor dem Diwan auf die Knie fallen. »Lieber Heiland im Himmel«, sagte sie unter Tränen, »tu ein Wunder – lass Georg nicht sterben! Eines meiner Kinder hast du mir doch schon genommen, und ich habe es ohne Murren ertragen. Aber lass mir diesen letzten Sohn, Gott – sei gnädig ... hab ein Einsehen ...«

Sie nahm die schlaffe kleine Hand des Jungen und rieb sie zwischen ihren Händen. Unter wild strömenden Tränen umfasste sie den Kopf ihres Kindes und hob ihn an. »Georg«, stieß sie hervor, »sieh mich an – sieh mich an und atme! Ich will, dass du atmest!«

Doktor Faber legte ihr eine Hand auf die Schulter und schüttelte sie sacht. »Anna«, sagte er ruhig, »er kann Sie nicht mehr hören. Er ist in Gottes Hand, und Sie müssen es akzeptieren – auch diesmal.«

Es dauerte einen Moment, bis seine Worte sie erreichten.

Dann gab Anna Reichardt einen leisen, wimmernden Laut von sich und ließ ihr totes Kind los. Der kleine schlaffe Körper fiel zurück auf das Kissen. Felicitas, die den Blick nicht von der Leiche des Jungen abwenden konnte, spürte neues Entsetzen in sich aufsteigen. Sie wusste nicht, ob das schreckliche Grinsen, das für einen Augenblick das Gesicht des Kindes entstellt hatte, furchterregender war oder jetzt der Ausdruck des Friedens, der seinen Tod besiegelte.

Felicitas schluckte heftig und versuchte, den Kloß loszuwerden, der ihr in der Kehle drückte. Sie riss den Blick mit Gewalt vom Antlitz des Jungen los und sah Anna Reichardt an, die immer noch am Boden kauerte. In diesem Augenblick brach die arme Mutter ohnmächtig zusammen.

Hans Christoph Faber bückte sich hastig, streckte die Hand aus, tastete an der Halsbeuge nach ihrem Puls. Dann, sich schnell wieder aufrichtend, drehte er sich nach der Wirtschafterin um, die immer noch im Türrahmen stand. »Ein Riechfläschchen«, ordnete er nüchtern an, »und wenn sie wieder bei Besinnung ist, soll sie eine Tasse starken Kaffee trinken. Sorg Sie rasch für das Nötige, wenn ich bitten darf!«

Die alte Wirtschafterin löste sich aus ihrer Erstarrung. In ihren Augen glänzten Tränen. »Sofort, Herr Dokter«, murmelte sie und schlurfte hinaus. Beinahe augenblicklich kam eine junge Dienstmagd mit dem Riechfläschchen und reichte es knicksend dem Arzt. »Kaffee ist auch gleich fertig«, flüsterte sie und wischte sich über die Augen. »'s Fröln Adele bringt ihn selbst, sobald er aufgeschüttet is ...«

Doktor Faber hatte inzwischen Anna Reichardt vom Fußboden aufgehoben und mit Felicitas' Hilfe in einen der beiden Sessel bugsiert. Der scharfe Ammoniakgeruch des Riechfläschchens brachte die Arme sekundenschnell ins Bewusstsein zurück. Und sobald sie die Augen aufgeschlagen hatte, begannen ihre Tränen zu fließen – sie weinte lautlos, verzweifelt, in unstillbarem Schmerz.

Felicitas litt mit ihr. Sie konnte nachempfinden, was jetzt in Anna Reichardt vorging, und zermarterte sich das Gehirn nach einer Möglichkeit, die Untröstliche doch irgendwie zu trösten. Aber es fiel ihr nichts ein – kein einziges Wort, das Anna Reichardts Schmerz lindern konnte. So legte sie nur den Arm um die zuckenden Schultern der armen Mutter und versuchte, ihr allein durch ihre Berührung ein wenig Kraft zu geben.

Hans Christoph Faber hatte derweil an dem kleinen Salontisch im Erker Platz genommen und angefangen, den unvermeidlichen Totenschein auszustellen. Er musste nicht überlegen, als er die Todesursache des kleinen Jungen eintrug: Starrkrampf. Darauf hatten alle Symptome hingedeutet – die hart verkrampften Gliedmaßen, die Atemnot, die bretthartе Nackenmuskulatur, das kurz vor dem Tod aufgetretene hässliche Grinsen, das besonders typisch war. Starrkrampf ... Tetanus. Viele Menschen starben daran. Eine Rettung gab es nur, wenn der Arzt früh genug gerufen wurde, die richtige Diagnose stellen und dafür sorgen konnte, dass die Atmung des Befallenen sichergestellt war. Im Fall des kleinen Georg Reichardt war das nicht mehr möglich gewesen.

Doktor Faber hielt im Schreiben inne und überlegte einen Augenblick. Am Morgen sei der Kleine noch wohlauf gewesen, hatte die Mutter gesagt. Wieso war die tödliche Krankheit so erschreckend und ungewöhnlich schnell fortgeschritten? Normalerweise entwickelte sich der Starrkrampf doch erst im Verlauf von mehreren Tagen ...

Das war eigentlich nicht recht erklärbar, außer ...

Der Junge war für sein Alter recht klein und zierlich gewesen. Und darum hatte die Krankheit ihn wahrscheinlich so schnell überwältigen können. Und dennoch ...

Hans Christoph Faber nahm die Feder wieder auf und schrieb weiter. Er würde mit dem alten Doktor Barthold darüber sprechen. Der besaß einen größeren Erfahrungsschatz und hatte vielleicht schon einmal einen ähnlichen Fall erlebt …

Die alte Wirtschafterin sorgte inzwischen dafür, dass das tote Kind gewaschen und frisch eingekleidet wurde. Pfarrer und Sargschreiner erschienen kurze Zeit später – der Sargschreiner, um Maß zu nehmen, der Pfarrer, um den untröstlichen Eltern Trost im Glauben zu spenden und das Begräbnis zu besprechen. Felicitas blieb an Anna Reichardts Seite, denn der Vater des Kindes, Wilhelm Adalbert Reichardt, schien beinahe noch stärker erschüttert als seine Frau. Er hockte nur mit kreidebleichem Gesicht da und sagte die ganze Zeit kein einziges Wort. Felicitas wusste, der kleine Georg war sein Ein und Alles gewesen. So stattlich der schlanke, elegante Mann sonst auch aussehen mochte – jetzt war er ein Bild des Jammers. Sein kantiges, wohlproportioniertes Gesicht wirkte ausgemergelt und hohlwangig, als sei er in wenigen Stunden um viele Jahre gealtert. Und der blauseidene Schlafrock, den er an diesem Spätnachmittag trug, schien ihm um den Körper zu schlottern.

Noch ehe der Pfarrer sich wieder verabschiedete, machten sich Doktor Faber und Felicitas auf den Heimweg, denn Adam war mit dem Faber'schen Wagen gekommen, um seine Herrschaft abzuholen. Felicitas hatte das Bedürfnis mit ihrem Mann zu reden, doch Hans Christoph blieb schweigsam. Während der Fahrt zurück in die Fahrgasse brütete er mit gerunzelter Stirn. Und als Felicitas ihn bat, sie an seinen Gedanken teilhaben zu lassen, sagte er: »Mein lieber Schatz«, er tätschelte ihr geistesabwesend die Hand, »damit möchte ich dich wirklich nicht belasten. Bitte kümmere du dich um ein schönes Bukett zur Beerdigung und besuche doch morgen die arme Madame Reichardt noch einmal. Ich glaube, du hast die Gabe, ihr in dieser Zeit der Prüfung ein bisschen Mut zu machen.«

Kätt hatte das Abendessen vorbereitet, und im Salon wartete ein Besucher – Doktor Barthold, den Hans Christoph Faber ohnehin hatte konsultieren wollen.

Die beiden Ärzte begrüßten sich besonders herzlich; der alte Doktor Barthold hatte bereits Kunde von dem neuen Todesfall in der Familie Reichardt und wusste über die Begleitumstände Bescheid. Und da er seinen jüngeren Kollegen genauestens kannte, war er auch ohne Einladung erschienen, um den Fall des kleinen Georg Reichardt mit seinem ehemaligen Assistenten zu diskutieren.

»Ich kann mir auch keinen Reim auf die Geschwindigkeit machen, mit der der Tetanus das Kind hingerafft hat«, sagte er, nachdem er Faber umarmt und Felicitas die Hand gedrückt hatte. »So etwas ist höchst ungewöhnlich. Ich führe es auf die körperliche Zartheit und Schwäche des Jungen zurück, mein lieber Faber – genau wie Sie. Aber eine Ungewissheit bleibt.«

»Herrgott, ich wünschte, ich könnte mir Gewissheit verschaffen«, sagte Doktor Faber zornig. »Doch eine Obduktion würde mir wohl auch nicht mehr zeigen, als ich jetzt schon weiß.«

»Sehr richtig«, erwiderte Doktor Barthold in erzwungener Gelassenheit, »denn wir würden ja nicht wissen, wo wir nach Hinweisen suchen müssten. Ich glaube, uns Ärzten fehlen wichtige grundsätzliche Erkenntnisse, mein lieber Faber. Solange die nicht vorhanden und nutzbar sind, werden wir weiterhin im Dunkeln tappen müssen, wie schon so viele Generationen von Ärzten vor uns.«

Hans Christoph Faber seufzte tief auf. »Grundsätzliche Erkenntnisse? Welche sollten das denn sein?« Er reichte Kätt Mantel und Hut. »Wonach soll man denn suchen, wenn nicht einmal die Richtung bekannt ist, in welche die Suche führen sollte?«

Doktor Barthold lachte leise. »Nun«, erwiderte er mit einem Augenzwinkern, »wie wurde dieser wunderbare englische Dramatiker so treffend übersetzt? ›Es gibt mehr Dinge zwischen Himmel und Erde, als unsere Schulweisheit sich träumen lässt, Horatio ...‹«

»Bertram Gaiss sagte neulich, er habe die Vermutung, dass es noch Kleineres zu entdecken gibt als Pantoffeltierchen und Süßwasserpolypen«, murmelte Hans Christoph Faber nachdenklich. »Ich fragte ihn daraufhin, was er denn damit andeuten wolle, und er meinte, manche Amöben erzeugten Durchfälle – das sei so gut wie bewiesen.«

Felicitas hielt den Atem an. Noch kleinere Lebewesen als solche, die man in Wassertropfen unter dem Mikroskop sehen konnte? Das war eine ungeheuerliche Behauptung! Und wenn sie stimmte ...

»Ha!« Doktor Barthold hatte sich kerzengerade aufgerichtet. Er hob die Hand und deutete mit ausgestrecktem Zeigefinger auf Doktor Fabers Brust. »In anderen Worten – die medizinische Forschung müsste durch Linsenschleifer und die Hersteller von Mikroskopen fortgeführt werden!«

Felicitas mischte sich ein. »Die Technik schreitet fort«, sagte sie im Brustton der Überzeugung, »man sieht es allenthalben. In Frankreich haben die Gebrüder Montgolfier schon Tiere mit ihrem Ballon in die Luft aufsteigen lassen, und in England experimentiert man mit Dampfmaschinen, die angeblich ganz gewaltige Lasten fortbewegen sollen. Nicht mehr lange, dann werden sicherlich auch die Linsenschleifer ...«

»Schatz«, sagte Hans Christoph Faber und legte ihr den Finger auf den Mund, »davon verstehst du nichts. Überlass es den Männern, Maschinen zu erfinden und die Geheimnisse der Welt zu lüften. Frauen sollten sich ...«

Da war es wieder, Hans Christophs altes, unbesiegbares Vorurteil gegenüber dem weiblichen Geschlecht! Felicitas machte sich unwillig von ihm los und wandte sich ab, damit er und Doktor Barthold ihre zornige Miene nicht sahen. »Ja, ja, ich weiß«, sagte sie spröde, »Frauen sollten sich um die häuslichen Tugenden bemühen und um alles, was auch nur im Entferntesten mit Wissenschaft zu tun hat, einen großen Bogen herummachen.« Sie wandte sich dem alten Doktor Barthold zu. »Aber was ist, wenn sich eine Frau brennend für die Wissenschaften interessiert und einfach nicht anders kann, als sich damit zu befassen?«

Doktor Barthold lachte leise. »Der wilde Felix ist also immer noch vorhanden«, kommentierte er milde. »Doch keine Sorge – eines Tages wird auch er friedlicher und gelassener werden und sich ins Unvermeidliche schicken. Nicht wahr, kleine Frau?«

Felicitas hatte an diesem Abend lange gebraucht, um ihren Ärger hinunterzuschlucken und mit ihrem Ehegespons und dessen Mentor Konversation zu machen. So sehr sie den alten Doktor Barthold achtete, ja, liebte und verehrte – es stellte sich doch immer wieder heraus, dass er, was seine Haltung gegenüber Frauen betraf, auch nicht viel besser war als andere Männer.

Kein Zweifel, Doktor Barthold stammte eben doch aus dem vergangenen Jahrhundert – das war nicht von der Hand zu weisen. Als er vom »Unvermeidlichen« gesprochen hatte, war Felicitas innerlich regelrecht wütend geworden über ihren alten Hausarzt – ganz gleich, wie liebevoll der sich ihrer immer angenommen hatte und wie fortschrittlich er oft auftrat, wenn es um die Medizin ging. Und sie zürnte ihm noch, als er gegen elf, nach Leerung der dritten Flasche Roten, den Faber'schen Salon verließ und sich leicht schwankend auf den Heimweg machen wollte. Es kostete sie eine kleine Überwindung, Frieder aus der Stallkammer herausklopfen zu lassen, damit er den alten Doktor mit der Laterne nach Hause begleitete.

Die Beerdigung des kleinen Georg Reichardt fand bei strahlendem Sonnenschein statt – so, als wollte der Himmel lächelnd abstreiten, dass hier ein Mensch allzu früh gestorben war. In dicht gedrängten Reihen umstand die Trauergemeinde die Reichardt'sche Grabstätte, in der jetzt das zweite und letzte Kind der Familie zur ewigen Ruhe gebettet wurde.

Felicitas hatte in der hintersten Reihe Platz gefunden, konnte aber dennoch die Eltern des Kindes, Wilhelm Adalbert Reichardt und seine Frau Anna, gut sehen. Sie standen, beide in tiefem Schwarz, am Rand der Grube, in welche nach der Grabrede der kleine Sarg hinabgelassen werden sollte, und hielten die Köpfe gesenkt. Anna Reichardts Hut, eine schwarze Strohschute ohne jeglichen Schmuck, war von einem schwarzen Schleier umgeben, der das Gesicht der trauernden Mutter beinahe vollständig verhüllte. Reichardt hatte seinen schwarzseidenen Zylinder abgenommen. Dicht zu seiner Linken erkannte Felicitas eine weitere Frau, eine zierliche Brünette, deren sommerlich leichte, helle Strohschute mit schwarzem Seidenband verziert war. Diese Frau, höchstens Mitte zwanzig, schätzte Felicitas, zeichnete sich durch eine gesunde, rosige Gesichtsfarbe aus, die seltsam mit der Blässe der trauernden Eltern kontrastierte. Überhaupt stach sie trotz ihres schwarzen Kleides von den übrigen Trauernden ab. Irgendwie wirkte sie fehl am Platz.

War das die Cousine Adele, die am Sterbetag des kleinen Georg den Kaffee hatte bringen sollen, dies aber aus irgendeinem Grund nicht getan hatte? Felicitas musterte die junge Frau – eigentlich eher noch ein Mädchen – etwas genauer. Eine Familienähnlichkeit war nicht zu erkennen, aber aus der Art, wie die Frau mit dem rosigen Gesicht sich an Wilhelm Adalbert Reichardts Seite gedrückt hielt, schloss Felicitas, dass es sich tatsächlich um diese Adele handelte.

Der Pfarrer hielt seine kurze Predigt, dann wurde der Sarg in die Grube hinabgesenkt. Die Trauernden bekundeten den Eltern am Grab ihr Beileid. Im Anschluss daran fuhr der kleine Kreis der Eingeladenen, zu denen auch Hans Christoph und Felicitas Faber gehörten, vom Friedhof zum Haus der Reichardts, wo eine bescheidene Kaffeetafel bereitstand. Hier stellte sich heraus, dass die junge Frau mit dem strahlend rosigen Teint tatsächlich Adele war. Anna Reichardts Cousine servierte gemeinsam mit der Wirtschafterin und der Hausmagd den Trauergästen Kaffee und Kuchen und machte sich nützlich, wo es ging. Aus den Augen der trauernden Mutter sprach Dankbarkeit. Wilhelm Adalbert Reichardt lächelte dem Mädchen sogar zu und zeigte ihr durch einen gelegentlichen Händedruck, wie sehr er ihre Hilfe zu schätzen wusste.

Beat Knöpfli und Bertram Gaiss zählten mit ihren Damen ebenfalls zu den geladenen Gästen. Helene und Annemarie gesellten sich zu Felicitas, während die Männer sich zum Hausherrn setzten und sich in gedämpftem Ton mit ihm zu unterhalten suchten. Doch niemand stand an diesem Tag der Sinn nach Konversation. Kaum war die Kaffeetafel abgetragen, verabschiedeten sich die Trauergäste wieder. Hier wurde keine Leichenfeier für einen alten Menschen abgehalten, der sein Leben gelebt hatte. Derjenige, dem die Feier gegolten hatte, war jung gewesen – allzu jung, um schon von der Bühne abzutreten. Und keiner der Eingeladenen wollte seinen Kondolenzbesuch länger ausdehnen, als es die Schicklichkeit erforderte.

Auch die drei Freundinnen und ihre Ehemänner verließen zusammen mit den anderen Gästen frühzeitig das Trauerhaus. Es brauchte eine ganze Weile, bevor sich die beklommene Stimmung etwas lockerte und eine Unterhaltung zustande kam. »Ich kann mir bis jetzt nicht erklären, warum der Kleine so schnell gestorben ist«, sagte Doktor Faber zu seinem Freund, dem Apotheker Bertram Gaiss. »Doktor Barthold schreibt diesen rapiden Verlauf der Krankheit der zarten Konstitution des Jungen zu – und ich neige auch dazu. Aber sicher bin ich mir mit dieser Erklärung nicht.«

»Wer ist sich schon immer sicher«, erwiderte Bertram Gaiss achselzuckend. »Mir tut jedenfalls Wilhelm Adalbert Reichardt Leid. Im Frühjahr erst verliert er seinen Jüngsten, und jetzt stirbt ihm auch noch sein ältester Sohn weg. So viel Unglück ist wirklich schwer zu verkraften.«

»Ja, er ist von Herzen zu bedauern«, stimmte Hans Christoph Faber zu, »andererseits – sollte er den Rest seines Lebens mit Jammern verbringen?« Er räusperte sich. »Seine Frau ist noch jung«, fuhr er fort, »jung genug, um weitere Kinder zu bekommen. Ich sehe den Fortbestand seiner Familie nicht wirklich gefährdet. Und wenn ...«

»Hans Christoph!«, unterbrach Felicitas empört ihren Gatten. »Wie kannst du so herzlos sein und einer höchst sensiblen Frau wie Anna Reichardt gleich nach dem Tod ihrer Kinder abverlangen, weitere zur Welt zu bringen! Ihr Männer denkt doch immer nur an so prosaische Dinge wie die Erhaltung des Stammes und dergleichen!«

»Und darüber vergesst ihr ganz, dass auch Gefühle damit verbunden sind!«, wandte Annemarie ein. »Wir Frauen ...«

»Ihr Frauen seid das Reizendste, was das Leben uns Männern zu bieten hat«, sagte ihr Bertram Gaiss, indem er ihr das Wort abschnitt. Er legte den Arm um sie und drückte ihr einen flüchtigen Kuss auf die Wange. »Eins allerdings ist gewiss«, fügte er hinzu, »wenn ich dich so ansehe, mein Herzchen, dann muss ich tatsächlich dauernd an die Erhaltung meines Stammes denken – darin gebe ich Felicitas völlig Recht.«

Er warf der Frau seines Freundes einen augenzwinkernden Blick zu. Die errötete heftig. Annemaries Gesicht überzog sich mit einem noch glühenderen Rot. Sie zückte ihren Schildpattfächer und gab Bertram damit einen Schlag auf die Hand. »Du bist unmöglich«, zischte sie, »man könnte wirklich denken, du hättest überhaupt keine Moral!«

Felicitas wahrte mühsam Haltung. Sie war nicht verlegen, sondern eher erbost über Bertram Gaiss' Bemerkung. Annemaries Gatte hatte seinen Ausspruch zwar eher scherzhaft gemeint, aber dennoch fühlte sich Felicitas herausgefordert. »Trag's mit Fassung, Annemarie«, sagte sie trocken, »ich glaube, Bertrams Wortwahl hat weniger mit mangelnder Moral zu tun als vielmehr mit der Tatsache, dass Männern eben tatsächlich manchmal das Zartgefühl fehlt, womit sie uns Frauen immerzu aufziehen.«

Sie sah erst ihren Mann, dann dessen besten Freund triumphierend an. Doch anstelle der reuigen Mienen, die sie erwartet hatte, entdeckte sie in den Augen beider Männer ein belustigtes Funkeln. Und dann brachen die Kerle doch tatsächlich in Lachen aus!

Empörend. Felicitas zog einen Schmollmund. Annemarie ließ ihren Fächer nochmals durch die Luft sausen – diesmal auf die andere Hand ihres Mannes, die er ganz ungeniert auf ihren Oberarm gelegt hatte.

»Au«, sagte Bertram Gaiss und zog die Hand weg.

»Ich sehe, die Deinige hat mindestens so viel Temperament wie die Meine«, sagte Hans Christoph mit einem übertriebenen Augenzwinkern.

»Wenn mein Fächer nicht aus Spitze wäre, dann würde ich dir auch einen damit versetzen«, knurrte Felicitas, »und mit Temperament hat das überhaupt nichts zu tun!«

Sie hob die Hand, doch Hans Christoph kam ihr zuvor und hielt sie fest. Dann führte er sie an seine Lippen und presste einen leidenschaftlichen Kuss darauf. Sein Blick tauchte tief in Felicitas' Augen. »Hab dich lieb«, wisperte er so leise, dass nur sie es hören konnte. Und dieser kurze Satz ließ all ihren gerechten Zorn in sich zusammenfallen. Wehrlos gestattete sie ihrem Mann, sie noch einmal auf die Hand zu küssen, und sah dann entschuldigend ihre Freundin an. »Männer«, murmelte sie matt. »Was kann man von Männern anderes erwarten ...?«

6

Eine ganze Woche der Überraschungen lag hinter Felicitas. Charlotte Amélie, die in letzter Zeit ziemlich quengelig gewesen war, hatte ihrer Mama endlich den Grund dafür offenbart: ein kleiner, schneeweißer und ausgesprochen scharfer Zahn prangte seit einem Tag in der Mitte ihres Unterkiefers.

Felicitas war die Erste gewesen, die von der Existenz dieses Zahns erfahren hatte. Sie hatte schmerzhafte Bekanntschaft damit gemacht, als Charlotte Amélie beim Stillen plötzlich zugebissen hatte. Dennoch empfand sie Stolz und Freude über die neue Errungenschaft ihres Töchterchens. Und sie hatte es kaum erwarten können, auch dem Papa davon zu berichten.

Hans Christoph hatte gelacht und mit seiner Kleinen vor Freude einen Walzer durch den Salon getanzt. »Nun wirst du bald heiratsfähig sein, mein Schätzchen«, hatte er Charlotte Amélie zärtlich ins Ohr gesummt, »das Erwachsenwerden fängt mit dem ersten Zahn an – glaub deinem alten Vater!«

Felicitas lächelte ihr Spiegelbild an und zupfte vorsichtig die Schleifen aus zartem violettem Seidenband zurecht, die ihre Frisur zierten. Kätt hatte sich mit den Lockenspiralen wieder einmal selbst übertroffen. Und die kostbaren Bänderschleifen rechts und links über den Schläfenlocken harmonierten einfach wunderbar mit dem neuen Kleid aus veilchenblau gestreiftem Taft, dessen tiefer Ausschnitt Hans Christoph mit Sicherheit den Atem rauben würde.

Felicitas war äußerst zufrieden. Sie hatte das Kleid erst an diesem Morgen vom Schneider geliefert bekommen. Hans Christoph kannte nicht einmal den Entwurf, geschweige denn das fertige Gewand. Sie allein hatte es bestellt.

O ja – es war gewagt. Aber warum sollte sie, Felicitas Pauline Faber geborene Weigand, es nicht einmal den Damen der Gesellschaft gleichtun und beim Konzert des berühmten Franz Liszt durch besonders elegante und weltläufige Kleidung auffallen? Schließlich stammte sie ja auch aus einem feinen Stall, wie sie Kätt einmal hatte sagen hören – Papa war immerhin Professor gewesen.

Helene würde es ebenso halten und in ihrem Allerbesten erscheinen, das war verabredet. Ob Annemarie auch kommen würde, hing von ihrem Ehegespons ab. Bertram Gaiss machte sich leider absolut nichts aus Musik; er würde sicherlich versuchen, sich vor dem Gang ins Konzert zu drücken. Felicitas hoffte, dass Annemarie dennoch Mittel und Wege finden würde, ihn festzunageln.

Das neue Toilettenwasser – Apfelblüte mit einem feinen Unterton aus Tuberose – verbreitete einen betörenden Duft. Felicitas atmete ihn tief ein und lächelte versonnen. »Wir werden sie alle vor Neid erblassen lassen, die Brentanos und Arnims und Bethmanns und Rothschilds«, murmelte sie voller Vorfreude. »Liszt wird keine Augen für die feinen Damen haben – nur für uns drei, Annemarie, Helene und mich. Vielleicht …«, sie legte den Kopf schief und betrachtete noch einmal prüfend ihr Spiegelbild, »vielleicht kommt Friederike ja auch – Pinass ist ein Bewunderer moderner Klaviermusik und führt sie gewiss heute ins Konzert, wenn er noch Karten erwischt hat. Dann kriegen sie allesamt was zu gaffen.« Sie tupfte noch etwas von dem Duftwasser hinter die Ohrläppchen.

Friederike hatte so einen Ausspruch getan, neulich. Man müsse den Frankfurtern einmal zeigen, wie es in einer Weltstadt zugehe, hatte sie beiläufig bemerkt, und welcher Anlass sei dazu besser geeignet als zum Beispiel ein Konzert ...?

Gott, wenn Friederike es nun wirklich der von ihr so bewunderten George Sand nachtat und in Hosen erschien? Aber nein – das war unwahrscheinlich. Ihren Mann, den sie wirklich sehr liebte, würde sie ganz sicher nicht derart brüskieren – oder doch?

Felicitas strich mit der flachen Hand über den üppig gebauschten Rock. Der Taft knisterte, schimmerte kostbar. Die eingewebten Streifen des teuren Stoffes glänzten in den Strahlen der Frühabendsonne, die durch das Fenster hereinfielen. Veilchenblaue Seide ... diese Farbe stand ihr wie keine zweite. Ob Franz Liszt ihr einen Blick schenken würde – was bedeutete das schon? Hans Christoph würde hingerissen sein. Das allein zählte. Nur für ihn wollte sie an diesem Abend strahlen und zusammen mit Annemarie und Helene die Damen der Gesellschaft ausstechen. Vor allem aber Iphigenie Trumpetter-Kämper, über die man seit zwei Wochen tuschelte – genau genommen, seit Liszt in der Stadt war ...

Hans Christoph wartete im Salon, und das schon seit mindestens einer halben Stunde. Es wurde Zeit, dass sie ihn, der er so geduldig ausgeharrt hatte, endlich erlöste. Felicitas nahm den Hut, eine exquisite Kreation aus dem ersten Putzmachergeschäft am Platz, vom Bett auf und betrachtete ihn ein letztes Mal, bevor sie ihn vorsichtig aufsetzte. Das Strohgeflecht, aus dem die zierliche Schute gemacht war, hatte eine so feine Struktur, dass es beinahe wie Tüll wirkte. Der Hut war mit hellvioletter Seide ausgeschlagen und am inneren Rand mit Rispen aus weißen Seidenblüten besetzt, die das Gesicht der Trägerin vorteilhaft akzentuierten. Die Krempe, nicht sehr breit und über der Stirn keck aufgestülpt, trug als einzigen Schmuck einige gekräuselte, in verschiedenen Violetttönen eingefärbte Straußenfedern, zu einem kurzen, steil stehenden Busch gebunden, der nur ganz wenig über den Hutkopf hinausragte.

Der Hut war beinahe ebenso teuer gewesen wie das Kleid. Was Hans Christoph wohl sagen würde, wenn ihm die Rechnungen präsentiert wurden? Felicitas setzte das edle Stück auf, band die Schleife und schluckte ihre Bedenken hinunter. Allzu oft leistete sie sich solchen Luxus ja nicht. Und außerdem – er würde schon verstehen, dass sie sich hin und wieder hübsch machen wollte für ihn.

Nun noch den schwarzen Spitzenfächer ans Handgelenk, dazu das passende Täschchen, und sie war für den Abend gerüstet. Einmal tief durchgeatmet, dann war sie bereit, ihrem Mann von Angesicht zu Angesicht gegenüberzutreten.

Doktor Faber blätterte in einem Journal und hob den Kopf, als die Tür zum Salon sich öffnete und Felicitas hereinrauschte. Mit einem Mal stand ihm der Mund offen. »Also ...«, stammelte er, »ich ... ich bin sprachlos. Du siehst aus wie ... wie ...«

»Gefalle ich dir, oder gefalle ich dir nicht?«, fragte Felicitas ungeduldig. »Ich wollte nämlich ...«

»Himmel, Felix – das ist dir gelungen«, fiel Hans Christoph ihr in die Rede. Er blickte an seiner eher schlichten Kleidung hinunter. »Ob du mir gefällst? Was für eine Frage – ich bin bezaubert! Nur – neben dir werde ich völlig unbedeutend aussehen in diesem Anzug. Ich werde mich umziehen müssen – oder?«

Felicitas lachte leise. »Ach was«, erwiderte sie und tippte ihrem Liebsten spielerisch mit dem Fächer auf den Unterarm. »Erstens passt deine Silberbrokatweste wunderbar zu meinen Farben, und zweitens steht dir der nachtblaue Frack immer noch am besten zu Gesicht. Du wirkst darin wie ein Edelmann. Ach, was sag ich? Viel besser noch. Wir werden sie alle blenden ...«

»Du wirst sie blenden«, sagte er mit verzagter Miene. »Reihenweise werden die anwesenden Herren dir zu Füßen sinken.«

»Hauptsache, du bist auch dabei«, scherzte Felicitas. »Und ich reiche dir dann die Hand, richte dich wieder auf, lasse mich von dir zu unserem Platz führen ...«

Er erhob sich vom Sofa, trat nah an sie heran und legte ihr die Hände um die schmale Taille. »Versprich mir, dass du keinem anderen schöne Augen machen wirst.« Er sah sie eindringlich an. »Auch nicht diesem Liszt. Man sagt, er habe eine Schwäche für Frauen und es sei ihm ziemlich gleichgültig, ob sie noch frei sind oder nicht ...«

»Aber Schatz!« Felicitas erwiderte seinen ernsten Blick mit einem schelmischen Funkeln in den Augen. »Du hast nichts zu befürchten«, beruhigte sie ihn, »der Liszt, der kann mir gestohlen bleiben. Den soll sich ruhig Iphigenie Trumpetter-Kämper anlachen. Ich hab einen viel Besseren ...«

»Franz Liszt ist reich und berühmt«, flüsterte Hans Christoph, »das werde ich nie sein. Ich bin nur ein ganz gewöhnlicher Arzt und ...«

»... der Mann, den ich über alles liebe«, vollendete Felicitas den angefangenen Satz. »Außerdem ist nichts, aber auch gar nichts Gewöhnliches an dir, mein Einziger. Ich habe einen anerkannt guten Geschmack und weiß genau, warum ich mir gerade dich ausgesucht habe.«

»Diese Worte hätten auch aus meinem Mund kommen können«, sagte er lachend. Dann, in einem plötzlichen Impuls, küsste er sie heftig auf den Mund. »Jetzt komm«, fuhr er fort, nachdem sie beide wieder zu Atem gekommen waren, »und die Konzertbesucher sollen Augen machen!«

Felicitas zog an diesem Abend wirklich alle Blicke auf sich – die bewundernden der anwesenden Männer, aber daneben auch neiderfüllte oder anerkennende Blicke von Seiten der Damen. Und sogar die Vertreterinnen der prominenten Frankfurter Familien verblassten trotz ihrer glitzernden Juwelen und teuren Toiletten ein wenig vor Felicitas' strahlender Frische.

Von allen Seiten wurde sie gegrüßt oder angelächelt; selbst Bettine Brentano, mit ihrem Freiherrn Achim von Arnim wohl wieder einmal bei ihrem Bruder in Frankfurt zu Besuch, aber diesmal in Begleitung eines langen und dürren Menschen, bedachte Felicitas von fern mit einem beinahe familiären Kopfnicken.

Doktor Faber bemerkte es voller Stolz. Er drückte unauffällig Felicitas' Hand und hauchte ihr ein Küsschen auf die Schläfe, was Felicitas wiederum mit einem spitzbübischen Grinsen beantwortete. »Wer ist denn der Lange, mit dem die Brentano hier aufgekreuzt ist?«, fragte sie hinter vorgehaltenem Fächer Helene, die sich ihr mit Annemarie zugesellt hatte. »Du kennst dich doch in diesen Kreisen aus.«

Helene musterte den betreffenden Mann kurz aus dem Augenwinkel. »Genau kann ich es dir nicht sagen«, meinte sie dann, »aber ich glaube, es ist dieser jugendliche Komponist aus Hamburg, dieser Brehms oder Brahms, der mit Robert Schumann befreundet ist, der wiederum mit Felix Mendelssohn befreundet ist, der wiederum ...«

»Schon gut, schon gut.« Felicitas legte Helene neckisch den Finger auf die Lippen. »Also ein Komponist. Der wahrscheinlich auch mit Liszt befreundet ist ...«

»Mag sein«, sagte Helene.

»Liszt hat in erster Linie weibliche Freunde und Verehrer«, meinte eine der Damen unmittelbar neben ihnen und hob vielsagend eine Augenbraue. »Von Liaisons mit Männern ist mir dagegen nichts bekannt. Aber bei Künstlern weiß man ja nie ...«

Felicitas und ihre Freundinnen hatten schon alle Arten von Klatschgeschichten über den berühmten Pianisten gehört, der an diesem Abend spielen würde. Aber was hier im Foyer hinter vorgehaltenen Fächern über ihn getuschelt wurde, übertraf alles bei weitem. Liszt, so flüsterte ihnen eine ältliche Matrone in etwas zu grellem Blau zu, habe in Paris eine adlige Dame namens Marie dazu gebracht, aus ihrer Ehe auszubrechen und mit ihm in Sünde zusammenzuleben. Mehrere Kinder seien aus dieser Verbindung bereits hervorgegangen; die Comtesse Marie würde nun von der feinen Gesellschaft geschnitten und sei ohne den berühmten Liszt nirgends mehr willkommen ...

Annemarie und Helene hatten sich für dieses Konzert ebenso prächtig zurechtgemacht wie Felicitas. Helene trug Altrosa, besetzt mit feiner, cremefarbener Valenciennespitze. Mit ihrem klaren, hellen Teint wirkte sie wie eine Puppe aus kostbarem Porzellan. Annemarie strahlte in Apfelgrün, einer Farbe, die ihr prachtvoll zu Gesicht stand. Ihr gesundes, rosiges Aussehen wurde dadurch noch besser zur Geltung gebracht, und ihre blonden Locken schimmerten beinahe metallisch im Licht der zahlreichen Kerzen, die im Foyer brannten. Beat Knöpfli, Bertram Gaiss und Hans Christoph Faber hatten sich, nachdem Mäntel und Hüte an der Garderobe abgegeben worden waren, zu einem Plausch unter Männern in eine Ecke des weitläufigen Raumes zurückgezogen. Währenddessen lauschten die drei Freundinnen gebannt den skandalösen Anekdoten, die ihnen von allen Seiten zu Gehör gebracht wurden.

Kurz bevor der Aufruf erfolgte, die Plätze im Saal einzunehmen, erschienen noch diejenigen Gäste, die immer ein wenig spät auf der Bildfläche aufzutauchen pflegten – Iphigenie Kämper née Trumpetter und Gatte. Iphigenie, seit einigen Monaten Mutter wie Felicitas, war es noch nicht ganz gelungen, ihre schlanke Taille wiederzugewinnen. Ihr goldorangefarbenes Satinkleid enthüllte erbarmungslos die scharfe Schnürung, der sich Iphigenie für diesen Abend unterworfen hatte: Die Fettpölsterchen, die sich unter dem glatten, glänzenden Stoff abzeichneten, hätte ein matter Stoff sicher besser zu kaschieren vermocht.

Leander Campini, wild gelockt und gelangweilt, wie man an seinem schwerlidrig-melancholischen Blick erkennen konnte, hielt seine Angetraute locker am Ellbogen gefasst und achtete ansonsten wenig auf sie. Sehr viel mehr Aufmerksamkeit widmete er dagegen einer jungen Dame, die, einer bunten Frühlingsblume nicht unähnlich, mit ihrer Mutter oder Tante neben dem Eingang zum Saal wartete. Dieses Mädchen schenkte Leander einen schmachtenden Blick. Er erwiderte ihre Huldigung hoheitsvoll lächelnd mit einem kaum merklichen Kopfnicken.

Annemarie stieß Felicitas sacht an. »Siehst du, was ich sehe?«, flüsterte sie. »Der schöne Leander lässt wieder seinen ganzen Charme spielen ...«

Felicitas unterdrückte ein Kichern. »Ganz, wie wir ihn kennen, nicht wahr?«, wisperte sie.

Helene nickte und klappte ihren Elfenbeinfächer auf. »Hat er sich nicht auf diese Weise seinen Goldfisch an Land gezogen? Iphigenie selbst war doch eine von seinen glühendsten Verehrerinnen, bevor sie so unklug war, ihn zum Mann zu nehmen ...«

Ein Lakai ging durch die Reihen der Anwesenden und forderte sie auf, doch im Saal die Plätze einzunehmen. Bertram, Beat und Hans Christoph kamen herüber, um ihre Damen in den Saal zu führen. Felicitas reichte ihrem Gatten die Hand. »Hoffentlich liegen unsere Plätze weit genug vorn, um richtig sehen zu können«, sagte sie.

»Ich denke, wir wollen eher hören«, meinte Hans Christoph lächelnd.

»Hmmm«, brummte Bertram Gaiss.

»Ach was«, sagte Annemarie mit einem vielsagenden Blick in Richtung Felicitas, »du wirst das Konzert wohl eher verdösen, wie immer. Aber bitte, mach mir keine Schande – versuche jedes Schnarchen zu vermeiden, hörst du, Schatz?«

»Sollte er das Schnarchen anfangen«, sagte Beat Knöpfli lakonisch, »so werde ich ihn ganz vorsichtig weck-chen, damit er k-cheinen in seinem K-chunstgenuss stört.«

Felicitas kicherte. Selbst jetzt noch, nach nunmehr fünf Jahren, fand sie Beats schweizerischen Akzent zum Schieflachen. »Beat«, sagte sie, »es k-chann aber sein, dass Bertram sich nicht weck-chen lässt. Was dann?«

Der Bankier warf Felicitas ein strahlendes Lächeln zu. »Es wird schon k-chlappen. Ihr k-chennt mich ja – so schnell lasse ich mich nicht k-chleinkriegen.«

Helene konnte sich ein Lachen über die Parodie ihrer Freundin nicht verkneifen. »Ach, du!«, sagte sie und schlug spielerisch mit ihrem Elfenbeinfächer nach Felicitas. »Immer noch machst du dich lustig über meinen Beat. Dabei ist er überhaupt nicht komisch und ...«

Annemarie Gaiss fiel ihr in die Rede. »Findest du? Ich meine, wenn man genau hinschaut, dann entdeckt man bei Beat eine gehörige Portion Humor – wenn auch Humor von einer recht gewöhnungsbedürftigen Sorte ...«

»Ach – so habe ich das doch nicht gemeint«, erwiderte Helene. »Ich wollte nur sagen, dass ich ...«

Diesmal ließ Beat sie nicht ausreden. »Psst, lass uns schnell hineingehen, K-chleines, damit niemand anderes unsere schönen Plätze besetzt.«

Helene gab sich geschlagen. Mit liebevollem Augenzwinkern folgte sie ihrem Beat in den Saal. »Kleines«, murmelte Felicitas an ihren Gatten gewandt, »so dürftest du mich nicht nennen.«

Doktor Faber drückte ihren Arm. »Wenn's aber doch stimmt«, gab er zurück.

Felicitas lag schon wieder etwas auf der Zunge, da sah sie über die Schulter, wie noch zwei verspätete Besucher von draußen ins Foyer eintraten. Es war das buntscheckig-stutzerhaft gekleidete Pärchen, das sie neulich im Waldcafé gesehen hatte. Der junge Mann trug unter dem schwarzblauen Frack eine kanariengelbe Weste, dazu eine ebenso grellfarbige Halsbinde. Seine Haare schienen mit der Brennschere in noch üppigere Locken gezwungen worden zu sein, und seine Füße steckten in den vorne wie abgehackt wirkenden Lackschuhen – der letzte Schrei in gewissen Kreisen.

Seine Begleiterin aber erschien in einer Aufmachung, die Felicitas den Atem anhalten ließ. Ihr stark gekräuseltes Haar fiel frei auf die Schultern; sie trug einen schmal geschnittenen hellgrauen Bratenrock aus feinem Tuch, eine Weste aus feingemusterter bunter Seide, eine weiße, zu einer üppigen Schleife gebundene Halsbinde und – enge schwarze Hosen!

Es fiel Felicitas schwer, nicht auffällig hinzustarren. Nur mit Mühe riss sie sich endlich von dem absonderlichen Bild los, das die beiden jungen Leute boten, und wollte Hans Christoph gerade in den Saal folgen. Da hörte sie ein leises Lachen direkt hinter sich und fuhr herum.

»Interessant, nicht?«, sagte Friederike Pinass und warf ihr einen vielsagenden Blick zu. »Es gibt also doch Frauen in Frankfurt, die mutig genug sind, einer gewissen französischen Dichterin nachzueifern.«

Sie strich mit der flachen Hand die ecrufarbene Spitze glatt, die das Dekolletee ihres braunsamtenen, schlichten Kleides zierte, und lächelte ihren Mann an. Peter Paul Pinass, wie immer in unauffälligem Dunkelgrau und Blausilber, schüttelte den Kopf. »Du irrst nicht oft, meine Liebe«, widersprach er seiner Angetrauten, »aber in diesem Fall schon. Bei der Person, die du als Frau bezeichnest, handelt es sich nämlich um Michele Bernardini, einen jungen Italiener, der vor vier Wochen zugereist ist und bis auf weiteres im Lämmchen residiert. Ich weiß es genau, denn er hat vorgestern ein Buch bei mir ausgeliehen, und wir kamen ins Gespräch. Zugegeben, er ist vielleicht ein bisschen zu hübsch für einen Mann, aber ...«

Felicitas erinnerte sich an den Tag im Waldgasthaus, als der junge Italiener Frauenkleider getragen und eindeutig mit dem Wildgelockten geturtelt hatte. »Ein Mann?«, sagte sie skeptisch. »Dann ist es aber schon sehr merkwürdig, dass er ...« Sie brach ihren Satz ab.

Friederike lächelte in sich hinein. »Ach so«, murmelte sie mit wissendem Blick. »Nun ja – man sagt, so was kommt in den südlichen Ländern weit häufiger vor als bei uns.«

»Was meinst du mit so was?«, wollte Felicitas wissen.

Doch Hans Christoph ergriff ihre Hand und zog sie energisch in den Saal. »Wir sollten uns setzen, sonst verpassen wir noch den Auftritt des Künstlers, oder jemand anders besetzt unsere Plätze«, sagte er.

Felicitas hatte den Eindruck, als wollte ihr Mann lieber schnell das Thema wechseln. Während sie ihm folgte, warf sie Friederike einen fragenden Blick zu.

Friederike lächelte und raunte ihr zu: »In der Pause können wir uns ja in aller Ruhe unterhalten.«

Die Plätze, die Doktor Faber ergattert hatte, lagen in der

Mitte der dritten Reihe – in unmittelbarer Nachbarschaft von der Gaiss' und Knöpflis. Friederike und Peter Paul Pinass saßen zwei Reihen hinter ihnen.

Felicitas machte es sich kommod, fest entschlossen, sich nun durch nichts mehr von dem zu erwartenden Kunstgenuss abbringen zu lassen. Das war nicht leicht, denn das sonderbare Pärchen – der Wildgelockte und der Italiener – hatte sich schräg vor ihr in der Mitte der zweiten Reihe niedergelassen, so dass Felicitas die beiden, ob gewollt oder nicht, dauernd im Blickfeld hatte. Sie steckten die Köpfe zusammen, tuschelten miteinander wie zwei verliebte Turteltauben, fütterten sich mit Konfekt – kurz, wenn Felicitas inzwischen nicht gewusst hätte, dass sie beide Männer waren, sie hätte sie nach wie vor für ein jungverliebtes Paar gehalten.

Zögernd zuerst, dann immer lauter, ertönte Applaus. Ein Mann hatte die Bühne betreten und sich dem Flügel genähert – ein großer, überschlanker Mann in einem schlichten schwarzen Anzug, der, hochgeschlossen wie er war, seinem Träger etwas Priesterliches verlieh.

Der Mann trug seine glatten, üppigen Haare schulterlang; die Frisur, so einfach sie sein mochte, passte irgendwie zu dem markanten, adlernasigen Antlitz, das sie umrahmte. Scharf geschnittene, männlich-schöne Gesichtszüge, lebendige und gleichzeitig melancholisch blickende Augen, langfingrige, sensibel wirkende Hände ... Felicitas, die Franz Liszt noch nie in Person gesehen hatte, begriff auf einmal, warum er besonders auf seine weiblichen Zuhörer eine so starke Faszination ausübte. Dieser Mann strahlte pure Sinnlichkeit aus – noch ehe er einen Ton angeschlagen hatte.

Felicitas überlief eine Gänsehaut. Unwillkürlich tastete sie nach Hans Christophs Hand. Anderen Frauen schien es ebenso zu gehen wie ihr; ringsum entfalteten sich Fächer und wurden heftig bewegt, als sei ihren Besitzerinnen urplötzlich zu heiß geworden.

Franz Liszt trat neben den Flügel und verneigte sich in einer katzenhaft-eleganten Bewegung vor seinem Publikum. Dann nahm er auf der Klavierbank Platz. Im Saal herrschte angespannte, atemlose Stille.

Der Virtuose legte die Finger auf die Tasten – sanft, als wollte er sie streicheln. Er beugte sich tief nach vorn, verneigte sich vor dem Instrument, bewegte die Lippen, wie zu einem zärtlichen Flüstern ... und dann – dann endlich erklangen die ersten Akkorde ...

Es war, als seufzten viele der Anwesenden erleichtert auf. Doch so, wie sich bei den ersten Tönen die Anspannung etwas gelockert hatte, stieg sie jetzt wieder an. Der Zauberer mit der Löwenmähne übte unumschränkte Macht aus, schlug sie alle in seinen Bann – Männer wie Frauen. Und das Stück, das er spielte, eine Klavieradaption der sechsten Symphonie von Beethoven, berührte in seiner Heiterkeit, seiner schwärmerischen Anmut, seiner geballten Kraft jeden der Zuhörer. Doch wie unnachahmlich-kunstvoll das Spiel dieses Zauberers auch sein mochte – ein großer Teil der Faszination ging von seiner Person aus. Das spürte Felicitas instinktiv.

Liszt spielte. Aber die Zuhörer schlossen nicht wie bei anderen Konzerten die Augen, um so die Musik besser genießen zu können – nein. Sie hielten die Blicke wie in Trance auf den Virtuosen geheftet. Sie mussten ihn sehen, mussten seine Bewegungen aufnehmen. Um auf diese Weise in den absoluten Genuss seiner Vorstellung zu kommen.

Eine Pause war tatsächlich notwendig, stellte Felicitas fest, als der Künstler nach diesem Stück seine Vorstellung unterbrach. Sie blickte sich um. Überall Gesichter, denen man die Anspannung ansah: In den Augen mancher Frauen schimmerte ein Ausdruck, als hätten sie zärtliche Stunden mit einem Liebhaber verbracht.

Felicitas spürte selbst eine Anspannung, obwohl sie nicht für Liszt als Person schwärmte. Und Annemarie und Helene fühlten sich nicht anders, das verrieten ihre glänzenden Augen.

»Ob wir versuchen sollten, ein paar Worte mit dem Meister zu wechseln?«, schlug Annemarie prompt vor.

»Untersteh dich«, sagte Bertram unwillig. »Sogar ein Franz Liszt braucht in der Pause ein bisschen Ruhe, um sich zu sammeln. Wie soll er denn sonst den zweiten Teil des Abends bestreiten?«

»Das will ich meinen«, sagte Hans Christoph Faber zustimmend.

Peter Paul Pinass, der mit seiner Friederike herübergekommen war, schmunzelte in sich hinein. »Ich habe mir sagen lassen, Liszt habe schon vierzehn Stunden ununterbrochen gespielt«, entgegnete er. »Aber es mag ja sein, dass er heutzutage nicht mehr dazu in der Lage ist.«

Friederike verzog den Mund zu einem winzigen Lächeln. Felicitas spürte, dass ihrer Freundin eine äußerst pikante Bemerkung auf der Zunge lag. Aber sie sprach sie in Gegenwart der Männer nicht aus. Erst als sie Felicitas, Helene und Annemarie beiseite genommen und sich mit ihnen ein paar Schritte weit von den Herren entfernt hatte, sagte sie: »Ich glaube, jetzt ist uns allen klar geworden, warum manche Frauen beim Anblick dieses Mannes zwischen den Beinen feucht ...«

»Friederike!« Felicitas hatte zwar das Gleiche gedacht, hätte aber niemals die Courage gefunden, es in Worte zu fassen. Stattdessen hatte sie sich sogar bemüßigt gefühlt, ihrer Freundin in die Rede zu fallen. Noch vor einem halben Jahr hätte

Friederike es nie und nimmer gewagt, etwas so Unaussprechliches auch nur anzudeuten. Doch seither hatte sie sich völlig verwandelt. Aus einem verschüchterten späten Mädchen war eine ... ja was denn eigentlich für eine Frau geworden?

»Aber wir sind doch alle erwachsen«, sagte Friederike und reckte sich. »Außerdem ist niemand in der Nähe, der an unserer Unterhaltung Anstoß nehmen könnte. Es sei denn ...«

»Nein, von uns stört sich bestimmt keine daran«, sagte Helene mit einem verschwörerischen Blick auf ihre Freundinnen. »Wir haben es alle gedacht – geben wir's ruhig zu. Und nur Friederike hat sich getraut, es in Worte zu kleiden.«

Annemarie seufzte. »Ich verstehe jetzt jedenfalls, warum Frauen wie Iphigenie Trumpetter diesem Liszt bis in die Garderobe nachsteigen. Ihr Leander muss sich nach allem, was gemunkelt wird, wohl schon seit längerem in ihrem Schlafzimmer rar machen – was ja zu erwarten stand. Und wie wir Iphigenie alle kennen ...«

»... hatte sie immer einen Hang zu Menschen von der Bühne«, ergänzte Helene. »Wenn sie jetzt also für Liszt schwärmt, dann finde ich das nicht besonders verwunderlich.«

»Abgesehen davon, dass sie verheiratet ist«, sagte Annemarie.

»Das hindert ihren Leander aber auch nicht daran, die Blicke wandern zu lassen«, meinte Felicitas.

»Wenn das mal nur die Blicke sind«, sagte Friederike trocken.

Das merkwürdige Pärchen trat aus dem Saal heraus. Der Wildgelockte hatte jetzt soweit alle Hemmungen fallen lassen, als er ungeniert den jungen Italiener namens Michele Bernardini an der Hand gefasst hielt und mit ihm eine Nische neben der Eingangstür ansteuerte. Was das vierblättrige Damenkleeblatt vom Thema Iphigenie Trumpetter-Kämper ablenkte.

»Du hast vor dem Beginn des Konzerts eine Bemerkung fallen lassen, Friederike«, murmelte Felicitas und sah den beiden jungen Männern nach. »Du sagtest, so etwas käme in südlichen Ländern häufiger vor als bei uns. Was meintest du damit?«

Helene und Annemarie machten ebenfalls neugierige Augen. Friederike räusperte sich. »Ich meinte, dass Männer sich für Männer interessieren anstatt für Frauen. Die beiden da drüben – die scheinen mir von der Sorte zu sein.«

»Was soll das heißen?« Felicitas schüttelte verwirrt den Kopf. »Ein Mann mit einem anderen Mann ... das kann ich mir beim besten Willen nicht vorstellen. Willst du damit sagen, sie lieben sich?«

»So sagt man«, bestätigte Friederike.

Felicitas schaute zu den beiden jungen Leuten hinüber und unterzog sie einer erneuten gründlichen Musterung. »Ich muss sagen, ich bin mir immer noch nicht sicher, ob der mit den schulterlangen Haaren nicht doch eine Frau ist«, murmelte sie gedankenverloren. »Ich kann einfach nichts Männliches an dieser Person finden. Jede Bewegung, jede Geste, sogar die Haltung – alles ist weiblich. Ein Mann würde sich doch irgendwie verraten ... oder nicht?«

»Mag sein«, überlegte Friederike. »Aber wie gesagt – Pinass hat ihn ja in der Bibliothek kennen gelernt. Und Pinass hat überaus scharfe Augen.«

Ein Raunen entstand unter den Umstehenden. Durch die Seitentür trat ohne Vorankündigung der Pianist ins Foyer. Franz Liszt hatte die Knöpfe seines Rockes geöffnet und die Halsbinde gelockert, doch er wirkte immer noch so distanziert und abwesend wie bei seinem Auftritt auf der Bühne. Sobald er ins Licht der Kandelaber getreten war, hatten die Damen nur noch Augen für ihn, und Felicitas bemerkte, wie auch der junge Italiener mit aller Macht versuchte, die Aufmerksamkeit des Virtuosen zu erhaschen. Seine Augen waren dunkel und feucht und sehnsuchtsvoll – so sehr, dass es Felicitas peinlich berührte.

Liszt, der den schmachtenden Blick sehr wohl bemerkt haben musste, beachtete ihn keineswegs. Er wandte sich völlig ungerührt einigen jungen Damen zu, die in Begleitung ihrer Herren waren und den berühmten Komponisten strahlend begrüßten. Doch Michele Bernardini gab sich noch nicht geschlagen. Er machte sich von seinem stutzerhaften Freund los und wollte geradewegs auf Liszt zusteuern.

Im selben Moment ergriff sein Freund ihn am Oberarm und streichelte gleichzeitig wie versehentlich mit der anderen Hand über seine Wange. Hier verweilten die Finger sekundenlang, wanderten weiter bis zur Oberlippe, tasteten ... und dann schob sich der Zeigefinger für den Bruchteil eines Augenblicks zwischen Michele Bernardinis Lippen. Die Berührung wirkte beiläufig, aber sie hatte zugleich etwas Intimes, ja, Unanständiges – jedenfalls etwas, das nicht in die Öffentlichkeit gehörte. Felicitas fühlte sich in peinliche Verwirrung gestürzt.

Michele Bernardini hatte sich indessen seinem Begleiter wieder zugewandt. Das Pärchen tuschelte miteinander und entfernte sich dann Hand in Hand durch den Haupteingang nach draußen. Felicitas sah die beiden in den Schatten der sinkenden Nacht verschwinden. Im selben Augenblick, noch bevor sie Zeit hatte, über das sonderbare Benehmen der beiden jungen Männer nachzudenken, stürzte aus dem Dunkel ein abgerissen gekleideter Junge herein – der Halbwüchsige, den Felicitas schon kannte. Er blieb stehen, sah sich suchend um, entdeckte Doktor Faber, der mit Apotheker Gaiss und Bankier Knöpfli seitlich an der Wand des Foyers stand. Hastig und nicht auf die missbilligenden bis offen empörten Blicke der Konzertbesucher achtend, rannte er barfüßig zu Doktor Faber hinüber. Felicitas sah ihn gestikulieren; seine angespannte Miene verriet, dass er Dringendes auszurichten hatte. Hans Christoph nickte, warf seinen beiden Freunden einen bedauernden Blick zu, kam zu Felicitas und ihren Freundinnen herüber. Der Junge folgte ihm auf den Fuß.

7

Felicitas hatte der Sinn nicht mehr danach gestanden, das Ende des Konzerts noch mitzuerleben, jetzt da Hans Christoph weggerufen worden war. Sie hatte sich ihm angeschlossen, wenn auch gegen seinen Wunsch, und war mit ihm zum Hause Reichardt gefahren, denn hierher hatte der Junge ihn bestellen müssen.

Anna Reichardt, die persönlich an der Tür auf den Arzt gewartet hatte, war völlig aufgelöst.

Sie zitterte am ganzen Leib, war kaum in der Lage, die Umstände zu schildern, und bedeutete Doktor Faber und Felicitas nur in wenigen abgehackten Worten, mit ins oberste Geschoss zu kommen.

»Nun sagen Sie mir doch, Anna«, erwiderte Hans Christoph Faber beschwichtigend, »um was für ein Übel geht es denn? Vor allem – wer aus Ihrer Familie ist krank?«

Anna Reichardt schluckte hart. »Mein Vater. Er atmete schon schwer, als ich den Jungen losschickte – und jetzt …« Sie brach ihren Satz ab und begann zu schluchzen. »Ich weiß nicht, ob ich Sie früh genug gerufen habe, Herr Doktor Faber«, schloss sie zitternd, »ich weiß es wirklich nicht. Und die Mutter … ihr geht es ebenfalls schlecht …«

»Seit wann?«

»Seit der Vater sich hinlegen musste«, flüsterte Anna Reichardt. Sie ging auf der Treppe voran und leuchtete dem Doktor und seiner Frau mit einer Petroleumlampe, deren Docht viel zu hoch stand und deshalb heftig schwelte.

»Und wann musste der Vater sich hinlegen?«, fragte Doktor Faber. Felicitas musste ihn wieder einmal bewundern für seine Nüchternheit und Gelassenheit. Er ließ sich von der zitternden und bebenden Anna nicht im Geringsten aus der Ruhe bringen.

»Gestern«, antwortete diese. »Er hatte über Schmerzen in der Brust geklagt, und Adele hat ihm darauf einen Wickel gemacht. Aber der nützte nichts, und in der Nacht wurde es viel schlimmer.« Sie weinte laut auf. »Ich hab bei ihm gewacht, Herr Doktor Faber«, fuhr sie bebend fort, »immer wieder hab ich den Wickel erneuert, aber dem Vater ist es nicht besser gegangen. Und dann bekam er kaum noch Luft, und ich hab den Jungen losgeschickt. Und da Sie nicht zu Hause waren, hat es noch länger gedauert ... Ach, Herr Doktor ...«, wieder schluchzte sie heftig auf, »der Vater soll noch nicht sterben!«

Anna Reichardt war einziges Kind, genau wie sie selbst – das wusste Felicitas. Und sie konnte die Angst der Frau sehr gut verstehen. Offenbar war auch sie der verwöhnte Liebling ihres Vaters gewesen und zitterte vor dem Gedanken, ihn zu verlieren. Felicitas kannte das Gefühl, wusste noch genau, wie verzweifelt sie beim Tod ihres geliebten Papas gewesen war.

»Anna«, sagte sie, »es wird schon nicht so schlimm werden. Hans Christoph ist nicht nur Arzt, er ist sogar ein sehr guter, wenn nicht der beste. Besteht auch nur die geringste Hoffnung, dann wird er Ihren Vater retten – ganz bestimmt!«

Anna Reichardt sah Felicitas mit rotgeweinten Augen an. Ihr Blick war irgendwie leer, hoffnungslos und geistesabwesend. »Ich glaube nicht mehr an Gottes Güte«, wisperte sie, »das ist das Schlimmste ... dass ich einfach nicht mehr glauben kann ...«

Auch dieser Gedanke war Felicitas nicht fremd. Sie hatte wie Anna Reichardt gezweifelt und mit Gott gehadert, damals. »So dürfen Sie nicht sprechen«, sagte sie und drückte der Frau sanft die Hand. »Sehen Sie, Ihr Vater ist alt und hat sein Leben gelebt. Da müssen wir uns mit der Tatsache vertraut machen, dass irgendwann alles zu Ende geht. Und niemand weiß, wann es soweit ist.«

Anna Reichardt weinte leise. »Das ist mir wohl bewusst«, flüsterte sie, »aber es ist so schwer zu ertragen!«

Sie hatten das Schlafzimmer der alten Herrschaften erreicht. Anna Reichardt klinkte die Tür auf. Der Vater lag in seinem Bett am Fenster – reglos, mit leicht geöffnetem Mund, die Lider nicht ganz geschlossen. Felicitas erkannte sofort, dass er nicht mehr am Leben war. Der wachsbleiche Ton seiner Haut verriet es ihr unmissverständlich.

Doktor Faber prüfte, nur um sich zu vergewissern, den Puls des alten Mannes. Dann schüttelte er den Kopf und ließ die magere, schon etwas erkaltete Hand des eben Gestorbenen wieder auf die Bettdecke sinken. »Ihm ist nicht mehr zu helfen«, sagte er leise, »aber Ihrer Mutter womöglich.« Er sah Anna Reichardt fest an. »Wo ist sie?«

»Ich weiß nicht«, war die Antwort.

Felicitas hatte bemerkt, dass die Tür zum Nebenzimmer einen Spalt weit offen stand. Sie ließ Anna Reichardts Arm los und betrat den Nebenraum.

Hier waren die Vorhänge zugezogen, und es brannte im Gegensatz zum Schlafzimmer des alten Mannes keine Lampe. Felicitas brauchte einige Atemzüge, bis ihre Augen in der fast völligen Dunkelheit etwas ausmachen konnten. Dann sah sie, auf dem Teppich in unmittelbarer Nähe eines runden Tisches am Boden liegend, eine weibliche Gestalt.

»Hier herein!«, rief sie mit gedämpfter Stimme.

Doktor Faber war zuerst an Ort und Stelle, während Felicitas Anna Reichardt die Lampe abnahm, um ihrem Mann zu leuchten.

Auch hier bedurfte es keiner großen Untersuchung. Anna Reichardts Mutter musste erst vor wenigen Augenblicken auf dem Boden zusammengesunken sein. Sanft hob Hans Christoph sie auf, trug sie aus dem kleinen Salon ins Schlafzimmer hinüber und bettete sie auf dem freien Bett neben dem des Toten. Denn auch bei ihr kam jede Hilfe zu spät. Sie musste beinahe zeitgleich mit ihrem Mann gestorben sein.

Anna Reichardt stand in stummem Entsetzen an der Seite ihrer toten Eltern und wusste sich in ihrem übergroßen Schmerz nicht zu fassen. Sie schwankte; ihr Gesicht war beinahe so bleich wie das der beiden Leichname, und ihre Augen waren ohne Blick. Als Doktor Faber ihr den Arm um die Schultern legen wollte, zuckte sie heftig zusammen. Aber sie ließ sich willenlos aus dem Zimmer führen. Ihre Bewegungen glichen denen einer seelenlosen Holzpuppe.

Von Felicitas und Hans Christoph Faber gestützt, stieg sie hinunter in ihre Wohnräume. Die alte Wirtschafterin erschien auf der Bildfläche. Blass und wortkarg nahm sie sich ihrer Herrschaft an, führte Anna Reichardt zum Sofa im Salon, brachte ihr auf Doktor Fabers Geheiß eine Tasse starken schwarzen Tee und tätschelte ihr dann die Hand, während sie sie zum Trinken nötigte.

Irgendwann, als Doktor Faber beim Ausfüllen der Totenscheine war, kam auch Cousine Adele in den Salon und erkundigte sich teilnahmsvoll nach Anna Reichardts Befinden. »Was kann ich für dich tun, Anna?«, fragte sie. »Herr Doktor – wäre eine heiße Fleischbrühe jetzt nicht vielleicht gut für sie? Anna hat schon seit dem frühen Morgen nichts mehr gegessen, und ich meine, sie sollte ...«

»Ich meine, ’s wär besser zu warten, bis ich selbst die Fleischbrühe mache könnt«, warf die alte Wirtschafterin ein. Sie bedachte Adele mit einem Blick, der tiefe Eifersucht verriet. »Da würd die gnä Fraa wenigstens was Rechtes kriege – ebbes, was gut für sie is …«

Adele erwiderte nichts darauf. Aber der Blick, den sie der Altgedienten zurückschoss, war auch nicht gerade freundlich. Offenbar konnten die beiden einander nicht riechen und machten kein Hehl daraus. Die Wirtschafterin fürchtete wohl, von Adele in ihrem Aufgabenkreis eingeschränkt zu werden, und wehrte sich auf ihre Weise.

Doktor Faber hatte nichts davon bemerkt. »Einen Versuch wäre es wert«, meinte er, kurz von seinen Papieren aufblickend. »Es nützt ihr ja nichts, wenn sie jetzt zu all dem Unglück auch noch fastet. Kochen Sie ihr die Suppe, Adele – und sparen Sie nicht mit Fleisch. Ein Hühnchen wäre das Beste.«

Adele schenkte Hans Christoph ein Lächeln, ehe sie den Salon verließ.

Felicitas ging zu ihrem Mann und schaute ihm über die Schulter. »Burkart Johann Philipp August«, stand da, »gestorben an Herzversagen, den 27. Juli 1835 …« Nach den üblichen bürokratischen Floskeln folgte Hans Christophs Unterschrift. Auf dem zweiten Schein, dem der Mutter Anna Reichardts, war dieselbe Todesursache eingetragen: »Margaretha Sybilla Burkart, gestorben an Herzversagen den 27. Juli 1835.« Felicitas verstand das nicht.

»Herzversagen bei beiden?«, fragte sie leise. »Das finde ich aber schon sehr sonderbar. Zumal sie doch beide gestern Morgen noch kerngesund waren …«

Hans Christoph sah auf. »Der alte Herr ist an einem akuten Herzanfall gestorben«, sagte er in gedämpftem Ton, »vielleicht aber auch an mehreren kleinen Herzanfällen, die sich über einen Teil des gestrigen und den ganzen heutigen Tag hin verteilt haben.« Er wischte sich über die Augen und kniff dann mit Daumen und Zeigefinger in die Nasenwurzel, wie er das immer tat, wenn er angespannt war. »Seine Frau dagegen«, führte er seine Erklärungen fort, »muss beim Anblick seines Leidens an gebrochenem Herzen gestorben sein. Das kommt vor bei Menschen, die sehr innig miteinander verbunden waren und sich selbst durch den Tod nicht trennen lassen wollten.«

»An gebrochenem Herzen ...«, murmelte Felicitas. Ein Blick in die Augen ihres Mannes zeigte ihr, dass Hans Christoph sich seiner Diagnose nicht vollkommen sicher schien. Doch er nickte, als sie seine Erklärung wiederholte.

»An der Tatsache, dass es gelegentlich vorkommt, ist nicht zu rütteln«, bestätigte er.

Adam hatte mit dem Wagen geduldig vor dem Haus gewartet. Als die Fabers wieder herauskamen, wollte er wissen, was denn jetzt geschehen solle. »Beliebe die Herrschafte widder zurück ins Konzert zu fahre – oder soll ich heim kutschiere?«

Hans Christoph wollte nach Hause. Felicitas tat es dagegen Leid um den Konzertabend, der auf eine so unschöne Art zu Ende gehen sollte. Sie wagte einen kleinen Vorstoß. »Der zweite Teil dürfte gerade erst halb vorüber sein«, sagte sie und legte einen bittenden Unterton in ihre Stimme. »Könnten wir nicht doch zurückfahren und noch die letzten Stücke anhören? Ich meine, wir haben doch die Karten teuer bezahlt, und außerdem sind Helene und Annemarie und Friederike noch da und warten vielleicht auf uns ...«

Sie vollendete ihre Bitte mit einem sanften, zärtlichen Jungmädchenblick, dem Hans Christoph nichts entgegenzusetzen hatte. »Schön, führen wir uns auch den letzten Teil noch zu Gemüte«, erwiderte er matt. »Vielleicht lenkt uns Liszts Spiel ja ein bisschen von dem ab, was wir gerade erlebt haben.«

Adam schnalzte mit den Zügeln. Der wohlgenährte Braune trabte an, und kurze Zeit später waren sie wieder im Konzertsaal.

»Wie schön, dass ihr zurückkommen konntet«, begrüßte Helene Felicitas, als sie sich wieder auf ihrem Platz zwischen ihr und Annemarie eingefunden hatte. »Wir hatten schon geglaubt, ihr wärt uns für den Abend verloren!«

»Wären wir fast auch gewesen«, flüsterte Felicitas und sah ihre Freundinnen bedeutungsvoll an. »Bei Reichardts hat das Schicksal wieder zugeschlagen – und heute gleich zweimal ...«

»Was?« Annemarie hob die Stimme, so dass sie von allen Seiten missbilligende Blicke erntete und schnell wieder in den Flüsterton verfiel.

»Ja«, wisperte Felicitas, »Anna Reichardts Eltern sind gestorben – beide auf einmal. Hans Christoph meint ...«

»Darf ich Sie bitten, das Flüstern zu unterlassen?« Die ungehaltenen Worte kamen aus der Reihe vor ihnen. Die Dame, die sich da die Störung ihres Kunstgenusses verbat, war eine Matrone weit über die vierzig, die jünger zu wirken suchte. Ihre Lippen trugen künstliches Rot, ihre Wangen waren zu Apfelbäckchen geschminkt, und sie hatte sich die Wimpern geschwärzt, was jetzt, nach mehreren Stunden, um ihre Augen herum dunkle Spuren hinterlassen hatte.

Felicitas lächelte die alte Schachtel an. »Wir werden uns bemühen, leiser zu sprechen«, wisperte sie ihr ins Ohr. Und dann zu ihren Freundinnen gewandt: »Damit Sie trotz Ihrer Taubheit Liszts Fortissimo noch hören können.«

Annemarie verschluckte sich an ihrem Lachen und musste

husten. Helene presste die Hand auf den Mund, brachte es aber trotzdem nicht fertig, lautlos zu lachen. Und dann prustete auch Felicitas los. So dass sich einige der Umsitzenden – einschließlich der alten Schachtel – empört zu ihr umwandten.

Die Freundinnen hatten sich wieder beruhigt. Vorn auf der Bühne, an dem großen schwarzen Flügel mit den vergoldeten Bronzeverzierungen saß der gefeierte Klaviervirtuose Franz Liszt und gab sein letztes Stück für diesen Abend zum Besten – eine eigene Komposition. Seine Verehrerinnen lauschten andächtig. Seine Bewunderer waren von seiner unglaublichen Fingerfertigkeit verzaubert und fragten sich, wie ein einzelner Mann mit nur zehn Fingern auf den schwarzen und weißen Tasten so komplizierte Tonfolgen zustande bringen konnte. Und Felicitas, die die Klavierversion der Beethoven'schen Pastorale noch im Ohr hatte, war enttäuscht.

Liszt war kein Komponist, sagte sie sich. Er mochte der beste Klavierspieler der Welt sein, aber was die Schöpferkraft anging, da waren ihm andere Komponisten himmelweit überlegen. Plötzlich hatte sie das Bedürfnis, mit ihren Freundinnen über die beiden Todesfälle im Haus Reichardt zu reden. Die schwirrenden, fliegenden Töne störten sie irgendwie in ihren Gedanken, die in eine ganz andere Richtung drängten.

Sie atmete auf, als der letzte Akkord verklungen war und der Pianist aufstand, um seinen Applaus entgegenzunehmen. Die Zuhörer spendeten ihn im Stehen, was Liszt weder zu freuen noch zu verwundern schien. Er stand da, leicht geneigt, und empfing die Huldigung seines Publikums, ohne eine Gemütsregung preiszugeben. Wieder erweckte er in Felicitas den Eindruck eines Priesters.

Annemarie und Helene meinten das beim Hinausgehen ebenfalls. »Er sieht aus wie ein Geistlicher«, sagte Helene nachdenklich.

»Vielleicht ist das einer der Gründe, warum die Frauen ihn so anhimmeln«, sagte Annemarie.

Friederike lachte. »Ich glaube, ihn umgibt eine Aura des Verbotenen. Katholische Priester müssen keusch leben. Was für eine Herausforderung für Eroberinnen, nicht wahr?«

»Ohhh!« So hatte Felicitas es noch nicht gesehen. »Gehört Liszt denn überhaupt der römischen Kirche an?«

»Was tut das zur Sache?«, fragte Friederike. »Eins ist sicher – er ist auf alle Fälle kein Priester.« Sie ergriff den Arm ihres Angetrauten, der ohne ein Wort an ihre Seite getreten war und jetzt den Damen ein kleines Lächeln widmete. »Wir haben das Konzert dennoch sehr genossen«, sagte er, während er Friederikes Hand drückte, »nicht wahr, mein Herz?«

»Oh, unbedingt«, stimmte Friederike ihm zu. »Liszt ist zweifelsohne der geschickteste von allen Klavierspielern unserer Zeit. Weshalb man ihm gern zuhört.« Sie warf ihrem Mann einen zärtlichen wie auch neckenden, herausfordernden Blick zu. »Was aber wiederum nicht bedeutet, dass man seine eigenen Kompositionen überbewerten sollte.«

»Du hast absolut Recht, meine Liebe«, stimmte ihr Mann ihr ohne Umschweife zu. »Vor dem Konzert war ich nicht völlig deiner Meinung – aber das hat sich im Verlauf des Abends grundlegend geändert.«

Er setzte den Zylinder auf und schickte sich an zu gehen. Friederike fasste ihn am Arm, um ihn zurückzuhalten. »Einen guten Heimweg wünsche ich euch allen«, sagte sie mit einem sanften Seitenblick auf ihren zerstreuten Gatten, der es doch beinahe glatt versäumt hatte, sich zu verabschieden. »Wir sehen uns bald wieder, hoffe ich!«

Bei ihrer Ankunft im Doktorhaus an der Fahrgasse hatte sich die Kunde von den beiden neuerlichen Todesfällen bei Reichardt schon bis hierher durchgesprochen. Kätt, die im Flur Mäntel und Hüte ihrer Herrschaft entgegennahm, war richtig aufgeregt. »Gestern hab ich die alt Fraa Burkart noch beim Gemüsstand uff'm neue Markt gesehe«, sagte sie und sah Felicitas dabei unverwandt an. »Se hat's Grünzeug für die ganze Familie eingekauft, und dann hat se mich gegrüßt, wie sie des immer gemacht hat ...« Kätt senkte den Blick. »Die alt Fraa Burkart war nobel – so, wie mer heut kaum noch eine find't«, setzte sie hinzu.

»Der Herr Doktor sagt, sie ist an gebrochenem Herzen gestorben«, erklärte Felicitas ihrer Perle, »nachdem sie ihren Mann hatte sterben sehen.«

»Ach ...«, murmelte Kätt, »das sieht ihr aber gar net ähnlich. Die alt Fraa Burkart war immer hart im Nehme ... der hat so schnell kein Schicksalsschlag was anhabe könne. Und dass sie jetzt einfach gestorbe ist, wo sie doch ihre Tochter noch hat – das is gar net nach ihrer Manier.«

Felicitas hatte sich aus ihrer dunkelblauen Pelerine geschält und reichte sie Kätt nun. »Ich muss sagen, ich kannte die alte Madame Burkart eigentlich nur vom Hörensagen«, erwiderte sie. »Auf jeden Fall war Anna Reichardt beim Ableben ihres Vaters zu Tode erschrocken, und dass ihre Mutter gleichzeitig verschieden ist, hat sie vollends erschüttert. Sie muss an ihren beiden Eltern sehr gehangen haben – jedenfalls mehr als allgemein üblich.«

»Was ist denn allgemein üblich?«, warf Hans Christoph ein. »Jeder liebt doch seine Eltern, abgesehen von einigen wenigen Ausnahmen – oder nicht?«

Felicitas nickte. »Aber bei Anna Reichardt hatte ich den Eindruck, als sei ihre Bindung an die Eltern ausgeprägter.«

»Sie war das einzige Kind«, meinte Hans Christoph. »Stell dir vor, deine Mutter wäre zusammen mit deinem Vater gestorben. Wie hättest du es ertragen, Felix? Wärst du weniger erschüttert gewesen als Anna Reichardt?«

Felicitas musste nicht lange darüber nachdenken. Sie schüttelte vehement den Kopf. »Ich glaube, ich wäre gleich mit gestorben«, flüsterte sie.

Kätt ging ihnen auf der Treppe voran. »Da wär noch ne Nachricht«, sagte sie zu Doktor Faber, als sie alle zusammen oben im Salon angekommen waren. »Es war einer von dene Kerle von der Konstabler-Wache da und bracht den Brief. Und Herr Dokter sollt ihn sofort lese, wenn er widder daheim wär ...«

Sie reichte ihrem Hausherrn die Botschaft, ein zweimal gefaltetes Blatt aus grauem Papier. Doktor Faber faltete es auf und überflog die klein geschriebenen und dicht gedrängten Zeilen, die auf dem Bogen standen. Als er fertig war, legte er das Blatt wieder zusammen und steckte es in die Hosentasche. Dann entledigte er sich seines Rockes und hängte ihn über eine der Stuhllehnen. Er sagte keinen Ton, sondern schickte Kätt nur mit einer Handbewegung hinaus.

»Augenblick ...«, sagte Felicitas unwillig, »nicht so schnell. Erstens möchte ich gern noch einen Schluck Wein trinken, wenn du mir den gestattest, mein lieber Gemahl. Und zweitens wäre es nett, wenn du mich erst fragen würdest, ob ich einverstanden bin, bevor du Kätt einfach wegschickst.«

Hans Christoph, der den Kopf gesenkt gehalten hatte, blickte verwirrt auf. Er war offenbar tief in Gedanken gewesen und hatte seine voreilige Handlungsweise überhaupt nicht bedacht.

»Verzeih, mein Schatz«, erwiderte er mit leiser Stimme, die seine Geistesabwesenheit verriet, »es tut mir Leid. Selbstverständlich darfst du noch ein Gläschen trinken – schätze, unsere Süße wird ohnehin schon von Leni versorgt worden sein.

Und du wirst sie wohl sowieso nicht mehr lange selbst stillen, jetzt, da ihr die ersten Zähne wachsen.«

Felicitas überlegte einen Augenblick, ob sie zornig werden oder ihm seine Übertretungen einfach verzeihen sollte. O ja – Übertretungen hatte er sich gerade ohne Zweifel wieder geleistet – er hatte einfach ihren Wunsch nach einem Glas Wein aus medizinischer Sicht bewertet und den Grund ihres Einspruchs nicht verstanden. Aber was würde sie erreichen, wenn sie ihm den jetzt klar machte? Felicitas seufzte und entschied sich dagegen. Der Abend war – was den einen Teil betraf – schön gewesen, abgesehen von dem traurigen Besuch im Haus Reichardt. Sie wollte nicht für noch mehr Wermutstropfen sorgen.

»Dann soll Kätt uns eine Flasche Burgunder aus dem Keller holen«, bestimmte sie. »Um die Gläser kümmere ich mich schon selbst.«

Hans Christoph lächelte. Er tauchte wieder aus seinen Grübeleien auf. »Und ich öffne dann die Flasche«, sagte er. »Aber Frieder soll in den Keller laufen – unserer Kätt will ich das um diese Stunde nicht mehr zumuten.«

Dass er sich immer in ihre hausfraulichen Befugnisse einmischen musste! Aber es gab jetzt Wichtigeres zu diskutieren. »Hans Christoph«, sagte sie, »was stand denn nun in dem Brief?«

»Nur dass die alte Wirtschafterin auf der Konstablerwache gewesen sei und lauter wirres Zeug gefaselt habe.« Doktor Faber kratzte sich hinter dem Ohr und kniff sich in die Nasenwurzel. »Der Konstabler, der sich ihre unzusammenhängende Aussage angehört hat, sei überhaupt nicht damit zurande gekommen. Und nun bittet Konstantin Mäurer mich, die Frau doch noch einmal zu befragen – besonders, was die Sache mit den verschiedenen Dosen beträfe.«

»Dosen?« Felicitas hatte sich auf einen der Polsterstühle an den ovalen Tisch gesetzt und bedeutete ihrem Mann mit einer einladenden Handbewegung, ihr gegenüber Platz zu nehmen. »Was denn für Dosen?«

»Tja, das wusste der betreffende Konstabler eben auch nicht.« Hans Christoph setzte sich nachdenklich. Er sah sie an und räusperte sich dann. »Die alte Frau habe davon gesprochen, dass in ihrer Vorratskammer Dosen gefehlt hätten oder dazugekommen seien – das sei nicht ganz klar gewesen.«

»Aber wieso befragt Konstantin Mäurer die Wirtschafterin denn nicht selbst?«, wollte Felicitas wissen. Sie sah im Geiste den hochgewachsenen und äußerst gut aussehenden Leiter der Untersuchungskommission vor sich, der, wenn sie es genau betrachtete, immer noch leidenschaftlich in sie verliebt schien und jedes Mal dunkelrot anlief, wenn sie ihn ansprach. »Konstantin Mäurer ist doch ein fähiger Polizist – das hat er im letzten Sommer schließlich bewiesen!«

»Schon richtig«, Hans Christoph nahm Felicitas' Hand, »aber er meint, ich kann mehr an Informationen aus der alten Frau herausholen, weil ich keine Amtsperson bin wie er.«

Felicitas lächelte über die unbewusste, besitzergreifende Geste, mit der ihr Mann ihre Hand in Beschlag genommen hatte. In seinem Herzen musste noch immer ein Funke Eifersucht glimmen, obwohl es dafür absolut keinen Grund gab. Schön – Konstantin Mäurer sah blendend aus, war gebildet und entstammte einem feinen Haus, aber ...

Hans Christoph presste sanft ihre Finger. »Ich werde seiner Bitte wohl nachkommen müssen«, meinte er. »Für Übermorgen wird voraussichtlich die Beerdigung des Ehepaars Burkart angesetzt werden, da mache ich morgen noch einmal einen Besuch im Haus Reichardt und frage bei der Gelegenheit die Frau ein bisschen aus.«

Kätt kam mit dem Wein. Felicitas stand auf, nahm die guten, mit einem feinen Rebenmuster verzierten Kristallgläser aus der Anrichte und stellte sie auf den Tisch. Hans Christoph entkorkte die Flasche. Duft erfüllte den kleinen Salon.

»Ein sehr guter Tropfen«, erklärte von der Tür her altklug der Frieder, der statt Kätt in den Keller gelaufen war. »Ich hab's an dem dicke Staub erkannt, der uff der Flasch lag ... lese kann ich ja leider net ...«

Doktor Faber warf dem halbwüchsigen Jungen einen belustigten Blick zu. »Das lässt sich ändern«, meinte er heiter, »ab morgen kommst du jeden Tag auf eine Stunde ins Ordinationszimmer, sofern keine Patienten anwesend sind. Dann bring ich dir das Lesen und Schreiben bei.«

Der Frieder machte ein Gesicht, als wisse er nicht genau, ob er lachen oder weinen sollte. »Is gut, Herr Dokter«, murmelte er unsicher. »Aber ob das bei mir was nütze tut ...«

»Wir lassen uns überraschen«, gab der Doktor zurück. »Und jetzt hopp, auf deinen Strohsack. Morgen früh ist die Nacht herum ...!«

Kätt verabschiedete sich, und der Junge drückte sich ebenfalls aus der Tür. Hans Christoph schenkte ein und reichte Felicitas eines der Gläser. Sein ernstes Gesicht wollte nicht so recht zu dem funkelnden Wein passen, der im Schein der Lampe rot aufleuchtete.

Felicitas nahm das Glas entgegen und berührte absichtlich-unabsichtlich mit ihrem kleinen Finger Hans Christophs Hand – ganz zart, aber so, dass es ihm nicht entgehen konnte.

Er erwiderte die Berührung mit bebenden Fingern. Plötzlich kam eine Stimmung über Felicitas, die sie aus den Anfängen ihrer Beziehung zu Hans Christoph kannte – eine seltsame, leidenschaftliche Anspannung, bei der sich ihr der Magen zusammenzog und ein köstliches Prickeln vom Nacken her über ihre Kopfhaut glitt. Sie schloss die Augen, wandte Hans Christoph das Gesicht zu, schürzte die Lippen. Küss mich – das brauchte sie ihm nicht zu sagen. In solchen Augenblicken empfand er ganz so wie sie – das wusste sie.

Hans Christoph erhob sich von seinem Platz gegenüber Felicitas und kam um den Tisch herum. Sie hatte ihr Glas abgestellt und war ebenfalls von ihrem Stuhl aufgestanden.

Dann stand er vor ihr und legte beide Hände um ihre Taille. Felicitas bog sich ihm entgegen, lehnte sich an ihn, genoss seine Nähe. Er presste den Mund auf ihre Lippen, die sich seinem Kuss ohne Zögern öffneten, und ließ seine Hände ihren schlanken Rücken hinaufwandern bis zum Ansatz ihres Haars. Hier verweilten seine Finger einen kurzen Augenblick, streichelten die seidenweichen Härchen in ihrem Nacken und liebkosten die weiche Haut hinter ihren Ohren. Dann glitten sie nach vorn, umschlossen warm und sanft ihre Wangen.

Sein Kuss wurde drängender. Felicitas erwiderte ihn, ungeachtet der Tatsache, dass eine Dame so etwas nicht tat. Sie spürte das Beben, das seinen Körper ergriff. Er ließ ihr Gesicht los, legte seine Hände auf ihre Hüften, zog sie enger an sich. Und dann küsste er sie wilder, leidenschaftlicher ...

Felicitas löste sich sanft, aber bestimmt aus seiner Umarmung. »Jetzt noch nicht, Liebster«, flüsterte sie. »Erst ein Glas Wein ...«

Er achtete gar nicht auf ihren Einwand, erfasste sie von neuem und zog sie an sich. Mit einem weiteren, verlangenden Kuss brachte er sie zum Schweigen. Felicitas konnte sich der Erregung, die sie überkam, nun auch nicht mehr entziehen. Sie gab ihren ohnehin halbherzigen Widerstand auf, ließ es zu, dass er Mund und Lippen ganz in Besitz nahm.

Der glühende Kuss schien eine Ewigkeit zu dauern, und Felicitas musste sich schließlich befreien, um wieder Atem zu schöpfen. Sie sog die Luft tief in die Lungen und umarmte dann ihren Mann, indem sie den Kopf an seine Schultern lehnte. »Gut«, flüsterte sie und sah mit kokettem Augenaufschlag zu ihm auf, »dann trinken wir den Wein eben hinterher …«

Durch die langen, weißen Vorhänge aus zartem Voile, die sich vor den halb geöffneten Fensterflügeln leise im Luftzug bewegten, schimmerten die ersten Sonnenstrahlen herein und vertrieben die Dunkelheit der Nacht aus dem ehelichen Schlafzimmer. Felicitas schlug die Augen auf und ließ den Blick schlaftrunken durch den dämmrigen Raum wandern. Dann seufzte sie leise und dehnte sich wohlig an Hans Christophs Seite. Es war schön gewesen – eine richtige Liebesnacht, und der Burgunder stand noch unberührt auf dem Tisch im Salon …

Sie lächelte, reckte sich noch einmal. Neben ihr rührte sich Hans Christoph, tastete nach ihrer Hüfte. Felicitas ergriff seine Hand und legte sie sich auf die Brust. Seine Finger streichelten schlaftrunken ihre nackte Haut.

Felicitas schob sich enger heran, schmiegte sich an ihn, ließ ihre Finger in den Halsausschnitt seines Nachthemdes gleiten und liebkoste seine Brust. Wie weich sich das Haar anfühlte … weich und gleichzeitig rau …

Er ließ ein leises, genüssliches Brummen vernehmen. Felicitas legte die Arme um ihn, zog ihn über sich. Wie ein Schlafwandler kam er ihrem sanften Drängen nach. Mit langsamen, traumwandlerischen Bewegungen nahm er seine Frau in Besitz, und Felicitas kam ihm entgegen, jeden Augenblick genießend, jede seiner Berührungen auskostend. Gemeinsam hießen sie den Tag in einem neuen, seltsam trägen Liebesspiel willkommen.

Sie schöpften gerade wieder Atem, als es zaghaft an der Zimmertür klopfte. Kätt fragte: »Sind die Herrschafte schon wach?«

»Gerade so«, antwortete Felicitas mit gespielt-schläfriger Stimme. »Was gibt es denn?«

»Unne wartet einer von dene Konstabler«, gab Kätt zurück. »Der Herr Dokter soll mitkomme, sagt er. Es gibt en Todesfall zu bescheinije.«

»Der Mann soll warten«, ließ sich Hans Christoph vernehmen. »Wir beeilen uns. Aber eine Tasse Kaffee muss er uns schon zubilligen – das ist das Mindeste. Einen Kaffee und eine frische Semmel.«

»Und ein kleines Glas Wein …«, wisperte Felicitas ihrem Mann mit glänzenden Augen zu.

8

Der Mann, der im Flur wartete, gehörte offenbar zu den Polizeispitzeln, die auf Geheiß der Obrigkeit überall ihre Nase hineinsteckten. Kätt, die ihn in den Salon bitten sollte, widmete ihm einen äußerst ablehnenden Blick, bevor sie ihn mit einer knappen Bewegung die Treppe heraufwinkte. »Der Herr Dokter lässt bitten«, fügte sie brummig hinzu.

Der Mann trat zögernd in den Salon ein, seine dunkelblaue Schirmkappe verlegen in den Händen drehend. Er verbeugte sich linkisch vor Felicitas, die bereits am Tisch Platz genommen hatte, und murmelte dann, zu dem eben eintretenden Doktor Faber gewandt: »'s wär nämlich eilig, hat Herr Konstantin Mäurer gesagt, weil ... weil ... Ich kann net genau sage, warum.«

»Nun – Er sagte doch, es sei ein Todesfall zu bescheinigen«, erwiderte Doktor Faber. »Da wird es sich gewiss um einen Selbstmord oder Unfall oder schlimmstenfalls um einen Mord handeln, nicht wahr?«

Der Mann, etwa Mitte dreißig und mit schon sehr schütterem Haupthaar, das im Gegensatz zu dem buschigen Backenbart stand, räusperte sich nervös und atmete tief durch. »Ja ja«, sagte er hastig, »das hab ich mir auch gedacht. Aber der Herr Konstantin Mäurer – der hat mich ohne Erklärung einfach zu Euch geschickt, Herr Dokter. Und deshalb weiß ich beim beste Wille net ...«

»Na – ist ja auch erst einmal egal«, meinte Hans Christoph mit einem lächelnden Blick auf Felicitas, die sich aus der auf dem Tisch stehenden Burgunderflasche gerade ein Glas eingeschenkt hatte. »Setz Er sich auf den Fensterplatz, Konstabler, und warte Er, bis ich gefrühstückt habe. Mit leerem Magen«, er lachte leise und zwinkerte dem Polizisten zu, »mit leerem Magen arbeitet es sich nicht so gut!«

Der Mann nickte. Er schien mit der Situation, wie er sie hier vorgefunden hatte, etwas überfordert. Felicitas entschloss sich, ihn zu erlösen. »Nein«, sagte sie und zog ihren zartrosa Schlafrock enger über der Brust zusammen, »setz Er sich doch einfach zu uns an den Tisch. Vielleicht mag er auch ein Tässchen Kaffee?«

»Das ... das ist doch aber net nötig«, stotterte der Polizist. »Gnä Fraa müsse sich keine Mühe mache – ich kann ja einfach drauße warte, wenn's beliebt ...«

»Nein, es beliebt nicht.« Felicitas widmete ihm einen strengen Blick. »Da setzt Er sich her – aber sofort. Und, Kätt«, sie wandte sich ihrer Perle zu, die mit der Kaffeekanne ins Zimmer getreten war, »der Mann bekommt auch eine Tasse. Sind genügend Wecken da?«

»Hmmm«, brummte Kätt. Sie war nicht begeistert von dem Ansinnen, das ihre junge Herrin an sie stellte. »'s wird schon reiche – wenigstens für Herrn Dokter und gnä Fraa ...«

»Und auch noch für den Herrn Konstabler«, ergänzte Felicitas. Sie nippte an ihrem Weinglas.

Kätt bemerkte das und heftete den Blick inquisitorisch auf sie. »Na, wer schon am frühe Morje so ebbes trinke muss«, brummelte sie, schnell das Thema wechselnd, »der wird Gründe habbe ...« Und sie vertiefte ihren Blick.

Felicitas spürte, wie sie errötete. So wie es ihr damals, kurz nachdem sie Hans Christoph Faber kennen gelernt hatte, bei

Kätts forschenden Blicken stets passierte. Kätt hatte wissend dreingeschaut – ganz so wie jetzt. Und das machte Felicitas nach wie vor zutiefst verlegen. Sie senkte den Kopf. »Es ist der Magen«, versuchte sie Kätt mit leiser Stimme zu erklären, »bei Magenverstimmung wirkt ein kleines Gläschen Rotwein sehr beruhigend.«

»Magenverstimmung …« Kätt nickte übertrieben. »So, so – Magenverstimmung.« Sie wandte sich der Tür zu, nachdem sie noch einen Blick auf Doktor Faber geworfen hatte, in dessen Augen ein Lachen funkelte. »Werd mal sehe, ob ich noch zwei Wecke zusätzlich finne kann«, setzte sie im Hinausgehen hinzu, »damit uns der arm Konstabler net verhungert …«

Hans Christoph hatte sich nach dem Frühstück bereit erklärt, Felicitas, Leni und die Kinder im Wagen mitzunehmen. Er würde seinen Amtsgeschäften nachgehen und nach erfolgter Leichenschau mit ihnen zu Felicitas' Mama weiterfahren. Das Mittagessen sollte heute im Garten des Weigand'schen Hauses stattfinden, so hatte es Frau Professor Weigand, stolze Großmutter, die sie war, schon in der vergangenen Woche geplant. Kätt würde Frau Professor bei der Kocherei zur Seite stehen – so wie früher, vor Felicitas' Heirat, als sie noch Wirtschafterin in Felicitas' Elternhaus gewesen war.

Kätt hatte sich gleich nach dem Frühstück, mit einem mächtigen Henkelkorb bewaffnet, zu Fuß auf den Weg zum Markt gemacht, denn es war noch allerhand fürs Mittagessen einzukaufen. Leni brachte ihren Kleinen und Charlotte Amélie, frisch gewaschen und aufs Feinste ausstaffiert, hinaus in Fabers Kutsche, die der Adam schon vorgefahren hatte. Und nachdem alle eingestiegen waren, sagte der Konstabler auf Doktor Fabers Frage, wohin es gehen sollte: »Zu Reichardt.«

Doktor Faber fiel aus allen Wolken. Felicitas wusste nicht,

was sie sagen oder denken sollte. Leni war ehrlich erschüttert. »Diesen Armen bleibt aber auch nichts erspart«, sagte sie mitfühlend. »Wer ist es denn diesmal – wieder jemand aus der Familie?«

Der Polizist schüttelte den Kopf. »Wohl net«, sagte er, »als ich losgegange bin, um Herrn Dokter zu hole, da habbe alle Familienmitglieder unne in der große Diel gestanne. Soweit ich sehe konnt, hat keiner von dene gefehlt …«

»Also los«, befahl Doktor Faber seinem Knecht. Adam schnalzte mit den Zügeln, und der Braune zog mit einem kräftigen Ruck an.

Um diese Zeit war der Verkehr auf der Fahrgasse besonders dicht. Selbst Adam, einer der ruhigsten und gelassensten Menschen, die Felicitas kannte, musste hier all seine Geduld zusammennehmen, um nicht in Gebrüll und Gefluche auszubrechen wie die anderen Fuhrleute.

Es dauerte eine halbe Stunde, bis sie vor dem Reichardt'schen Haus angekommen waren. Eine Droschke stand schon da, eine schwarze Berline, deren Kutscher Felicitas wohlbekannt war. Und dieser Kerl lächelte sie breit an, als Doktor Fabers Wagen neben seinem zum Halten kam. »Schöne gute Morje wünsch ich!«, rief er herüber und tippte lässig an seinen etwas ramponierten Lackzylinder mit der blau-weiß-roten Kokarde. »Der Ober-Konstabler wartet schon ungeduldig!«

Die Worte sollten für Doktor Faber bestimmt sein, schienen aber mehr an die junge Frau Doktor gerichtet. Der Arzt zog unwillig die Brauen zusammen. »Was grinst Er denn meine Frau so unverschämt an, Kerl?«, sagte er zu dem Kutscher. »Hat Er keine Manieren?«

Der Droschkenkutscher versuchte, ernst dreinzuschauen, was ihm aber nicht recht gelang. »Nix für ungut, Herr Dokter«, sagte er entschuldigend, »aber wenn einer früh am Morje schon so was Frisches und Appetitliches sieht – da muss einer doch einfach lächeln!«

Hans Christoph schien halbwegs besänftigt. »Werd Er nicht noch frech«, erwiderte er belustigt. »Sofort entschuldigt Er sich bei meiner Gemahlin!«

Der Kutscher räusperte sich, in seinen Augen blitzte ein Funkeln auf. »Verzeiht Ihr einem einfachen, ungebildeten Menschen sein überaus unpassendes Benehmen, Mamsellche?«, sagte er zu Felicitas.

Felicitas unterdrückte ein Kichern. Sie erinnerte sich an so manche Fahrt mit der Droschke dieses Mannes, als sie tatsächlich noch ein ›Mamsellchen‹ – also eine unverheiratete junge Dame – gewesen war. Aber jetzt wusste er es besser, und hier und heute konnte sie mit Rücksicht auf Hans Christoph seine Frechheiten nicht dulden. »Madame«, korrigierte sie ihn spröde, »und merk Er sich eins ganz genau: Gutes Benehmen ist keine Frage des Standes!«

»Werd's mir hinner de Ohre schreibe.« Wieder grinste der Kutscher. Dann deutete er auf die Eingangstür zum Reichardt'schen Haus. »Da kommt jetzt der Ober-Konstabler. Herr Dokter sollten vielleicht ...«

Hans Christoph war bereits aus dem Wagen gestiegen und ging Konstantin Mäurer entgegen. »Was sagt mir Ihr Mann da?«, fragte er. »Es gibt einen neuen Todesfall in diesem Haus? Erklärt mir doch die näheren Umstände, während Ihr mich zur Leiche führt.«

Konstantin Mäurer begrüßte Doktor Faber mit Handschlag und schüttelte dann den Kopf. »Ein ganz ungewöhnlicher Fall, und noch dazu recht ärgerlich«, sagte er. »Bei der Toten handelt es sich nämlich um die Wirtschafterin, die doch noch eine Aussage machen sollte ...«

Felicitas lauschte gebannt den Worten Mäurers. Wo der Leiter der Untersuchungskommission für Kriminalfälle bei einem Todesfall auftauchte, da waren besondere Ungereimtheiten aufzuklären. Die Wirtschafterin war so alt noch nicht gewesen – höchstens fünfzig, schätzte Felicitas, und außerdem hatte sie sich einer robusten Gesundheit erfreut.

»Was hat denn zu ihrem Tod geführt?«, sagte Hans Christoph – eine Frage, die Felicitas auf der Zunge gelegen hatte.

»Gehen wir doch hinein«, meinte Konstantin Mäurer mit einem Seitenblick auf Felicitas. »Da können Sie sich an Ort und Stelle ein Bild verschaffen, und die Dame wird sicherlich derweil liebenswürdigerweise im Wagen warten.«

Felicitas hätte den Konstabler am liebsten auf der Stelle erwürgt. Wie konnte der Kerl es wagen, sie mit ihrer Neugier allein zu lassen? Na – dem würde sie es geben! Sie erhob sich, stieg aus dem Wagen und kam hinter ihrem Mann her. »Hans Christoph – ich hätte gern mit Anna Reichardt gesprochen«, sagte sie, während sie Leni mit einer knappen Handbewegung bat, in der Kutsche zu bleiben. »Anna kann in diesen Zeiten ganz bestimmt jeden Trost gebrauchen ...!«

Hans Christoph sah sie zerstreut an. Er war in Gedanken bereits bei seiner Arbeit. »Ja, such sie nur auf.« Er nickte zustimmend. »Ich bin sicher, du wirst die rechten Worte für sie finden.«

Felicitas war zufrieden. Sie marschierte an den beiden Männern vorbei ins Haus und fragte ohne weitere Umschweife das ratlos dreinblickende Hausmädchen: »Wo finde ich denn die gnädige Frau?«

Das Mädchen knickste. Es war kreidebleich, was von dem grauen Leinenkleid, das es trug, noch unterstrichen wurde. Zitternd gab es zur Antwort: »In der Küch is sie – bei der Trud ...«

»Dann zeig Sie uns den Weg«, befahl Felicitas dem Mädchen, während sie dem Konstabler einen kühlen Blick zuwarf.

Das Mädchen folgte wortlos der Aufforderung. Die Küche, ein großer, bestens ausgestatteter Raum, lag auf der Gartenseite des Hauses. Ein mächtiger eiserner, mit schönen blauweißen Fliesen verkleideter Herd, der mehrere Feuerstellen, drei Backröhren und ein gewaltiges Wasserschiff aufwies, beherrschte den Raum. Die Mitte der Küche nahm ein wahrhaft riesiger eichener Arbeitstisch ein, an dem sich offenbar das Gesinde zu seinen Mahlzeiten einfand, denn an einer Längsseite des Tisches standen dicht zusammengerückt sechs solide gebaute Stühle. An der Wand über einer Anrichte prangten in einer hohen Stellage bunte Steinzeugteller und Tassen, die wohl für den Gebrauch durch das Gesinde bestimmt waren. Das Tafelgeschirr für die Herrschaft dagegen war gut und sicher in einem Geschirrschrank mit verglasten Türen untergebracht.

Gertrud, die Wirtschafterin, hatte man auf eine neben der Anrichte stehende schmale hölzerne Bank gelegt. Einer ihrer Arme hing herab, die Finger berührten den Boden. Neben der Leiche der Frau stand Anna Reichardt, die Hände ineinander verkrampft und offensichtlich vollkommen außer sich, denn sie schluchzte tonlos und mit zuckenden Schultern.

Felicitas ging schnell zu ihr hinüber und legte den Arm um sie. »Anna«, sagte sie sanft, »wie konnte denn das geschehen? Was hat zum Tod Ihrer Magd geführt – wissen Sie schon etwas?«

Anna Reichardt schüttelte den Kopf. »Nein«, wisperte sie und wandte Felicitas ihr blasses Gesicht zu, »keiner hat eine Ahnung. In der Küche war alles wie immer, als die Dorothee heute im Morgengrauen hier herunterkam und Feuer machen wollte. Doch dann sah sie unsere Trude vor dem Herd auf dem Boden liegen. Sie war schon tot, als das Mädchen sie fand – niemand konnte ihr mehr helfen.«

Doktor Faber hatte sich inzwischen über die Leiche gebeugt und die Kiefergelenke abgetastet. »Vermutlich ist sie gegen Morgen gestorben, noch vor Sonnenaufgang«, murmelte er. »Die Leichenstarre hat noch nicht eingesetzt. Und der Körper ist noch nicht völlig erkaltet ...«

»Das haben auch meine Männer schon festgestellt«, ließ Konstantin Mäurer sich vernehmen. »Was mich persönlich befremdet, ist nur die Art, wie diese Frau gestorben ist. Ich meine – sie war immer gesund, so sagte mir Madame Reichardt ... und niemand hätte auch nur im Traum daran gedacht, sie könne einfach so wegsterben ...«

»Offenbar ist es aber doch der Fall gewesen«, sagte Doktor Faber nachdenklich, »die Beule an der Stirn der Verstorbenen ist wohl erst entstanden, als sie auf die Steinplatten des Bodens aufprallte ...«

Felicitas war an die Seite ihres Mannes getreten und hatte die Beule auch bemerkt. Sie war nicht sehr auffällig, im Gegenteil, man hätte sie leicht übersehen können, denn sie hatte sich kaum verfärbt und war nur leicht geschwollen. »Kann es sein«, fragte Felicitas, »dass die Trude schon halb tot war, als sie sich die Beule zugezogen hat?«

Hans Christoph drehte sich zu ihr herum und sah sie geistesabwesend an. Es dauerte einen Augenblick, bis er sich auf seine Frau konzentrieren und ihr antworten konnte. »Das kann durchaus sein«, murmelte er, »wäre sogar wahrscheinlich ...«

»In anderen Worten, Gertrud sank zu Boden, weil vielleicht ihr Herz versagte, und im Sterben prallte sie mit der Stirn auf die Platten des Küchenfußbodens.« Konstantin Mäurer brachte die Vermutung auf den Punkt. »Demnach ist ihre Todesursache eine normale, und für uns Polizisten wäre dieser Fall damit abgeschlossen.«

»Ganz recht.« Hans Christoph Faber atmete tief durch. »Ich gehe von einem Herzversagen aus. Seltsam bei einer Frau, die nie in ihrem Leben krank gewesen ist, aber nicht ausgeschlossen. Denn immerhin war Gertrud ja schon über fünfzig ...«

Konstantin Mäurer nickte in Übereinstimmung mit dem Arzt. Aber Felicitas wusste: Hans Christoph war mit seiner Diagnose auch nicht annähernd so zufrieden, wie er den Anschein zu erwecken suchte. Er kratzte sich hinterm Ohr – was er nur tat, wenn er sich absolut nicht sicher war.

Felicitas beschloss nachzuhaken, auch wenn sie sich von ihrem Gemahl vielleicht eine Abfuhr einhandelte. »Kann es nicht auch sein, dass Gertrud gefallen ist, sich einen Schlag am Kopf zuzog und daran gestorben ist?«, forschte sie, Hans Christoph fest ins Auge fassend.

»Nein, höchstwahrscheinlich nicht«, widersprach Doktor Faber. »Die Beule entstand postmortal ... nach ihrem Tod. Da bin ich mir beinahe absolut sicher.« Er machte eine abschließende Handbewegung. »Aber ich weiß nicht, wie es bei dieser Frau zu einem Herzanfall hat kommen können. Sie war eine meiner Patientinnen, wenn man so will. Ich kannte sie recht gut.«

Eine Antwort, die Felicitas keineswegs zufrieden stellte. Hans Christoph schloss die Beule als Ursprung der zum Tode führenden Ereignisse aus. Doch einen Herzanfall fand er äußerst abwegig.

Felicitas schüttelte den Kopf. Sie wollte sich wieder Anna Reichardt zuwenden, die inzwischen auf der anderen Seite der Küche neben der großen Anrichte stand und, mit beiden Händen das Gesicht bedeckend, leise weinte. Das Hausmädchen namens Dorothee, das die Fabers und Konstantin Mäurer hierher geführt hatte, stand bei ihr und versuchte sie in einer rührenden, linkischen Art zu trösten. »Gnä Fraa – die Trud, die würd des gar net wolle, dass Ihr jetzt so weint«, sagte sie gerade, während sie ihre Herrin sanft am Arm fasste. »Die Trud, die hat doch immer so auf Anstand und Sitte geacht't … und es is kei gute Sitte für ne vornehme Fraa, wenn se sich gehe lässt, wege ner einfache Hausmagd, wie die Trud eine war …!«

Anna Reichardt schluchzte laut auf. Ihre Tränen strömten noch ungehemmter, und sie ließ sich sogar dazu hinreißen, Dorothee zu umarmen. »Warum all dieses Unglück, warum immer wieder neuer Kummer, neuer Schmerz? Was haben wir getan, Gott, dass du uns so leiden lässt?«

Die Küchentür öffnete sich. Herein kam der Herr des Hauses. Reichardt war allem Anschein nach aus seinem Comptoir geholt worden. Erregt stürzte er auf seine Frau zu, schubste das Hausmädchen zur Seite. »Anna – um Gottes willen, was ist geschehen? Man sagte mir …«

Anna Reichardt hob ihm ihr tränennasses Gesicht entgegen. »Gertrud«, schluchzte sie, »sie ist … sie ist …«

Reichardt bemerkte erst jetzt den Arzt und den noch neben der Leiche stehenden Konstabler. »Was ist mit Gertrud?«, fragte er lauter, als es angebracht schien.

Konstantin Mäurer tat einen Schritt auf Reichardt zu und hob die Hand. »Ihre Haushälterin ist einem Herzanfall erlegen. Doktor Faber hat sie bereits untersucht und wird sich jetzt um die Formalitäten kümmern.«

»Aber warum sind Sie dann hier?«, wollte Reichardt wissen. »Warum wimmelt es vor meinem Haus von Polizei? Was hat das zu bedeuten?«

»Ihre Gemahlin dachte, die Frau sei ermordet worden«, erklärte der Konstabler und versuchte, einen ruhigen Ton zu bewahren, obwohl in Reichardts Stimme deutlicher Unmut mitgeschwungen hatte. »Man schickte nach uns sowie nach dem hierfür befugten Arzt. Doch alle Befürchtungen stellten sich als unbegründet heraus.« Er trat einen Schritt näher und sah Reichardt ruhig an. »Seien Sie unbesorgt – ich ziehe meine Leute sofort zurück.«

»Das will ich aber auch meinen.« Reichardt schluckte schwer und drehte sich wieder zu seiner Frau um. »Und der Doktor soll für Anna ein Rezept ausstellen – ein Mittel, das sie ein wenig beruhigt. Sie sehen ja selbst, Herr Doktor Faber ...«, er sah den Arzt fest an, »Anna braucht Ruhe. Sie macht eine allzu schwere Zeit durch – eine Zeit der Prüfungen, die kaum zu ertragen ist.«

Hans Christoph nickte zustimmend. »Ich sorge dafür, dass Ihre Gemahlin ein wenig schlafen kann. Apotheker Gaiss hat bestimmt eine passende Arznei vorrätig. Lassen Sie das Mittel gleich holen, sobald ich es aufgeschrieben habe.«

Er klappte seine schwarze Tasche auf und zog den Rezeptblock hervor. Mit schnellen Kürzeln, für nicht Eingeweihte unleserlich, notierte er etwas auf dem kleinen Vordruck – Felicitas, die ihm unauffällig über die Schulter schaute, las: »Receptum: tinct. rad. Valerianae.«

Baldriantinktur. Felicitas bemerkte, dass der Konstabler sich zum Gehen anschickte. Gerade setzte er seinen Hut auf, einen dunkelgrauen, flachen Zylinder aus feinem Hasenhaarfilz, da trafen sich ihre Blicke.

Konstantin Mäurers Augen leuchteten auf – sekundenlang nur, aber unübersehbar. Da war es wieder, dieses merkwürdige Gefühl der Sympathie, das Felicitas in seiner Gegenwart überkam. Was zum Kuckuck hatte dieser Mensch an sich, dass sie sich ihm gegenüber gelegentlich so ausgeliefert fühlte?

Felicitas ärgerte sich. Sie drehte Konstantin Mäurer den Rücken zu. Konnte es wirklich sein, dass der Kerl immer noch in sie verschossen war – so, wie im vergangenen Jahr? Zu dumm, wenn es stimmte. Andererseits fand sie den Gedanken auch schmeichelhaft. Und kam sich dabei ein bisschen sündig vor ...

Sie ging zum Küchenfenster, von dem aus man in den Garten sehen konnte. Auf halbem Weg, direkt neben dem mächtigen Spülstein, der in der Nähe des Herdes in die Wand eingemauert war, stieß ihr Fuß gegen etwas Weiches.

Sie blieb erschrocken stehen und blickte nach unten. Bei dem Hindernis, gegen das sie getreten war, handelte es sich um eine dicke, grau getigerte Katze, die regungslos auf dem steinernen Fußboden lag.

Felicitas bückte sich, ging in die Knie, streckte die Hand aus und streichelte dem Tier über den weichen, seidig glänzenden Pelz. »Entschuldigung, Mieze«, sagte sie leise, »das wollte ich nicht. Hab ich dir wehgetan?«

Die Katze rührte sich nicht. Felicitas streichelte sie abermals. Dann, urplötzlich, begriff sie, dass das Tier tot war. Und sie erstarrte mitten in der Bewegung.

Hastig erhob sie sich wieder. Bis jetzt schien niemand sonst die tote Katze bemerkt zu haben. Sie lag auf den steinernen Fliesen, als schliefe sie, aber bei genauem Hinsehen entdeckte Felicitas, dass ihr die Zunge aus der Schnauze hing.

Ihre Augen waren halb geöffnet. Lange konnte sie noch nicht tot sein, sonst hätte sie sicher jemand bemerkt und weggeräumt. Aber warum lag sie hier mitten in der Küche? Kätt hatte einmal gesagt, Katzen verkröchen sich zum Sterben immer in irgendein Versteck. Wenn sie spürten, dass es mit ihnen zu Ende ging, zöge es sie auf einen Speicher, in einen dunklen Schuppen oder Verschlag – jedenfalls an einen Ort, wo sie ungestört seien ...

Die Zunge des Tiers schien unauffällig rot zu sein. Und sein Pelz – üppig, seidig und gepflegt – war so gar nicht das Fell einer kranken Katze. Kranke Tiere, auch das wusste Felicitas, sahen struppig aus. Diese Mieze bot das Bild einer gesunden, allerbestens versorgten Hauskatze, der es gut gegangen und die nach Strich und Faden verwöhnt worden war.

Felicitas winkte das Hausmädchen zu sich heran. Dorothee stieß einen kleinen Schreckensschrei aus, als sie die tote Katze sah. »Arme dicke Erna«, flüsterte sie, »da wird die gnädige Frau noch mehr weinen, wenn sie ihren Liebling auch noch verliert.«

»Ihren Liebling?«

»Sie hat an der Erna sehr gehangen«, erklärte Dorothee. »Ganz anders als die Trud. Die war net so gut auf die Katz zu spreche, weil das gerissene Vieh immer die Wurst und den Speck vom Tisch gemaust hat.«

»Aber dem Liebling der Gnädigen hätte Gertrud wohl kaum etwas zu Leid getan«, sinnierte Felicitas. »Eher hätte sie die dicke Erna einfach nur aus der Küche gescheucht – oder?«

»Net mal das.«

»Und warum nicht?«

»Weil sie diejenige war, die damals die dicke Erna ins Haus gebracht hat«, erwiderte das Hausmädchen mit einem dünnen Lächeln. »Die Trud hat die Katz genau so lieb gehabt wie die gnä Fraa ... auch wenn se se manchmal verfluche tat.«

Von der Haushälterin hatte der Katze also keine Gefahr gedroht. »Seh Sie zu, dass der Kadaver unauffällig weggeschafft wird«, flüsterte Felicitas dem Hausmädchen zu, »bevor Madame Reichardt bemerkt, dass ihrem Liebling etwas zugestoßen ist.«

»Aber was mag das gewesen sein?«, fragte Dorothee – eine

Frage, die auch Felicitas bewegte. »Wer tut so einem netten Vieh denn ebbes an?«

»Ich habe keine Ahnung.« Felicitas besah sich das Gesicht der Katze. »Vielleicht ist das Tier ja auch einfach ohne besonderen Grund gestorben – genau wie Gertrud.«

»Jedenfalls könne mer heut keine Erbsensupp koche«, fügte das Hausmädchen zusammenhanglos hinzu.

»Wie kommt Sie darauf?«, fragte Felicitas verdutzt.

»Ei – die Trud hat die ganze Erbse im Topf einkoche lasse«, sagte Dorothee. »Wahrscheinlich hat se vergesse, den Hafe vom Feuer ze nehme, und da sind die Erbse, die doch nur einweiche sollte, allesamt verkohlt ...«

»Hätte das nicht schrecklich rauchen müssen?« Felicitas verstand nicht recht. »Da wäre doch die ganze Küche voll Qualm gewesen.«

»Net, wenn's lange dauert«, sagte das Mädchen. »Und bei uns hatten die Erbse ja die ganz Nacht Zeit zum Vertrockne ...«

Der Topf mit den Erbsen stand noch auf dem Herd. Als Felicitas daran vorbeiging, um Ihrem Herrn Gemahl beim Ausfertigen des Totenscheins zuzuschauen, warf sie einen Blick hinein. Es war ein großer Topf, und die Erbsen darin waren tatsächlich schwarz. Sie wirkten wie ausgeglüht.

Das Hausmädchen hatte inzwischen die tote Katze in ein altes, grauleinenes Küchentuch eingewickelt und unauffällig hinaus in den Garten getragen. Als es wieder hereinkam, folgte in seinem Kielwasser die Cousine Adele. »Ach Gott«, sagte sie mit einem bedauernden Blick auf Wilhelm Adalbert Reichardt, »was muss ich hören? Es hat ein neues Unglück gegeben?«

Anna Reichardt, die das Gesicht an der Schulter ihres Mannes gebettet hatte, schluchzte laut auf und drehte sich zu

Adele um. »Unsere gute Gertrud«, sagte sie mit tränenerstickter Stimme, »sie ist gestorben – einfach so! Was sollen wir denn jetzt tun? Morgen werden meine Eltern beerdigt …« Ihre Worte wurden von einem weiteren wilden Schluchzer auseinander gerissen. Sie lehnte sich noch mehr gegen ihren Mann und krallte die Finger in die Aufschläge seines Rockes. »Wie sollen wir ohne Gertrud den Begräbniskaffee ausrichten? Und wie soll es ohne sie überhaupt weitergehen?«

Adele senkte für einen Augenblick den Kopf. Felicitas konnte nicht genau erkennen, ob sie Tränen verbergen wollte, aber es schien so. »Mach dir keine unnötigen Sorgen, meine Liebe«, sagte sie dann zu Anna Reichardt, »ich bin ja auch noch da. Und ich übernehme gerne die Leitung in der Küche. Du weißt …«, ihr Blick wanderte von Anna zu Wilhelm Adalbert Reichardt, »ich kann einen großen Haushalt führen. Das habe ich in meinem Elternhaus von Grund auf gelernt. Und deshalb …« Sie unterbrach sich. Wilhelm Adalbert Reichardt nickte ihr beinahe unmerklich zu, während ein hauchdünnes Lächeln um seine Lippen zuckte. »Adele hat Recht«, sagte er zu seiner Frau, »du solltest dich beruhigen und einfach alles ihr überlassen. Adele schafft das schon – auch hinterher. Wir werden den Verlust Gertruds verschmerzen können.«

Anna Reichardt weinte laut auf. »Nie«, schluchzte sie, »ich kann mir den Haushalt ohne Gertrud einfach nicht vorstellen. Sie war immer da – solange ich denken kann!«

Ihre Trauer war ohne Zweifel echt. Der Hausherr dagegen schien zwar betroffen, aber nicht wirklich bekümmert. Und der Cousine Adele war der Tod der altgedienten Haushälterin offenbar ziemlich gleichgültig. Felicitas bemerkte es mit Interesse. Der Konstabler hatte sich inzwischen vom Hausherrn und der weinenden Madame Reichardt verabschiedet, verbeugte sich noch einmal formvollendet vor Felicitas und der

Cousine, nickte Doktor Faber zu und verließ die Küche. Hans Christoph erhob sich vom Küchentisch, überreichte dem Hausherrn das Rezept und den Totenschein. »Sie kümmern sich darum, dass eventuelle Verwandte der Gertrud benachrichtigt werden?«, fragte er. »Und der Junge soll das Mittel für Ihre Frau Gemahlin sofort besorgen«, fügte er mit einem Blick auf die verstörte Hausherrin hinzu.

Wilhelm Adalbert Reichardt nickte. »Ich spreche Ihnen, Herr Doktor Faber, meinen tief empfundenen Dank aus«, sagte er, um Herzlichkeit bemüht, während er die beiden Papiere entgegennahm. Dann gab er das Rezept an Dorothee weiter, die unschlüssig und untätig neben der Tür stand. »Sie kann sich zur Abwechslung einmal bewegen und den Jungen damit losschicken«, befahl er ihr barsch. »Was steht Sie eigentlich überhaupt hier unten herum? Hat Sie keine Aufgaben?« Er musterte das arme Mädchen mit kaltem Blick. »Wenn ja, dann lässt sich das sehr geschwind ändern«, fügte er grob hinzu.

Die gescholtene Dorothee machte ein verängstigtes Gesicht und huschte aus dem Raum, so schnell sie konnte. Adele sah den Hausherrn bewundernd an. »Es ist gut, dass Sie das Personal so fest im Griff haben, Herr Vetter«, murmelte sie. »Anna ist für meinen Geschmack oft viel zu nachgiebig und milde. Sie müsste den Domestiken wirklich mehr abverlangen ...«

»Um diese Dinge könnten Sie sich kümmern, Adele«, erwiderte Wilhelm Adalbert Reichardt. Die Idee schien ihm eben erst gekommen zu sein. »Sie könnten Anna entlasten – die Leitung des Haushalts übernehmen, jetzt, da unsere Gertrud ja entfällt.«

»Mit Vergnügen und von ganzem Herzen nehme ich diese Aufgabe an, Herr Vetter!« Cousine Adele lächelte den Hausherrn an. »Wenn Anna einverstanden ist ...«

Die Hausherrin, noch immer weinend, nickte nur, dann schlang sie die Arme um den Hals ihres Mannes und verbarg das Gesicht erneut an seiner Schulter.

Dieser nickte Cousine Adele aufmunternd zu und führte seine Frau aus dem Raum. Nachdem Cousine Adele sich an seine Fersen geheftet hatte, waren Doktor Faber und Felicitas auf einmal allein in der Küche – mit der Leiche der Haushälterin, die immer noch auf der Bank lag.

»Na, das ist doch …« Hans Christoph war empört. »Uns einfach hier stehen zu lassen! So eine Achtlosigkeit kann man nur damit entschuldigen, dass in diesem Haus alles ein wenig aus dem Lot geraten ist!«

Felicitas trat in den Flur und winkte dem jungen Hausknecht, der mit einem Korb Holzspäne dahertrottete. »Er kommt mir gerade recht«, sagte sie zu dem Mann, »melde Er doch gleich dem Hausherrn oder der Mamsell Adele, Doktor Faber und Madame Faber empfehlen sich, und Doktor Faber lässt seine Liquidation durch Boten überbringen.«

»Liqui… was?« Der Bursche machte ein dümmliches Gesicht.

»Liquidation«, wiederholte Felicitas langsam. »Und außerdem muss Er noch danach sehen, dass die Tote versorgt wird. Hat Er das verstanden?«

Der Hausknecht, kaum älter als siebzehn, wie Felicitas jetzt erkannte, klappte den Mund auf. »Ja, ja …«, stammelte er verwirrt, »aber ich hab die dicke Erna doch schon unter de Erd …«

»Lieber Himmel, ist Er begriffsstutzig!« Felicitas kämpfte darum, nicht die Geduld zu verlieren. »Hier geht es keineswegs um die Katze, sondern um die Haushälterin. Die liegt nämlich noch in der Küche, und niemand hat sich bis jetzt die Mühe gemacht, sie wegbringen zu lassen!«

Der Bursche schnaufte. Dann machte er den Mund wieder zu. »Aber da muss ich mich net drum kümmere«, sagte er widerspenstig, »so was gehört net zu meine Aufgabe. Ich bin hier bloß der ...«

Felicitas riss die Geduld. Sie maß den Jungen mit Blicken, die ihn, wäre das möglich gewesen, auf der Stelle tot niedergestreckt hätten. »Er hat ein Spatzenhirn«, fauchte sie, »und mich wundert, dass Er in einem so vornehmen Haus überhaupt eine Stellung gefunden hat. Jetzt geht Er unverzüglich zu Seinem Herrn und meldet ihm, dass die Tote noch unversorgt in der Küche liegt. Außerdem richtet er die anderen Mitteilungen aus. Und wenn er das erledigt hat, erscheint er draußen vor dem Haus beim Wagen Doktor Fabers und meldet mir Vollzug. Verstanne?«

Bei dem letzten, wütend herausgespuckten Wort glitt ein verstehendes Lächeln über das etwas stumpfsinnige Gesicht des Hausdieners. Die Dame da – die hatte ja Frankfurterisch gesprochen! Das machte sie in den Augen des Dieners zu einer Person, mit der zu rechnen war. »Ei – ich geh dann jetzt sofort«, sagte er eifrig.

»Hat er denn auch wirklich begriffen, was er ausrichten soll?«, vergewisserte sich Felicitas noch einmal.

»Ei – sicher«, sagte der Knecht. »Die Trud muss noch de Mund zugebunne krieje, und der Dokter und sei Fraa is weg un schickt sei Rechnung später.«

So blöd war der Kerl also doch nicht. Er grinste Felicitas sogar reichlich frech ins Gesicht, als er den Korb mit den Spänen hinstellte und lostrabte.

»Wie heißt Er überhaupt?«, rief Felicitas ihm nach.

»Ei – ich bin der Konrad«, sagte er über die Schulter hinweg. »De best Mann im Haus«, fügte er augenzwinkernd hinzu und rannte schnell die Treppe hinauf.

»Das ist mir vielleicht einer«, brummte Doktor Faber. »Man weiß nicht, ob man über den lachen oder sich über ihn ärgern soll.« Er reichte Felicitas den Arm. »Gehen wir. Es hat, glaube ich, wenig Sinn, in diesem Haus auf jemanden zu warten, der uns zur Tür geleitet. Hier steht im Augenblick alles Kopf.«

9

Im Gegensatz zum Vortag, als sie den Nachmittag alle zusammen bei Mama verbracht hatten, war Felicitas an diesem Abend allein zu Hause. Hans Christoph traf sich wie jeden Donnerstag mit Bertram Gaiss, Doktor Barthold und einigen anderen Kollegen zum Kartenspiel. Die Herren würden Schafkopf spielen, dem Laster des Tabakrauchens frönen, sich das eine oder andere Glas Wein gönnen – oder Apfelwein, den der alte Doktor Barthold bevorzugte –, und erst spät in der Nacht aus dem Gasthaus aufbrechen.

Felicitas hätte ihrerseits auch etwas unternehmen können, zum Beispiel eine ihrer Freundinnen besuchen oder an der Soiree teilnehmen, die bei Friederike stattfand und zu der sich Clemens Brentano, Pinass' Freund, angesagt hatte. Hans Christoph räumte ihr dieses Recht ohne weiteres ein, obwohl das nicht selbstverständlich war. Aber irgendwie fühlte sich Felicitas heute nicht danach, den Abend in möglicherweise anstrengender Gesellschaft zu verbringen. Lieber wollte sie zu Hause bleiben, sich ein bisschen mit Charlotte Amélie beschäftigen und später, wenn die Kleine schlief, ein Buch aus dem Regal nehmen.

Hans Christoph speiste mit den Herren im Gasthaus, wie immer vor dem Kartenspiel. Daher hatte Kätt, die gute Seele, es ihrer jungen Hausherrin besonders nett und gemütlich gemacht. Sie hatte Felicitas zum Abendessen eine frische Bachforelle gebraten – mit Mandelsplittern, wie Felicitas sie am liebsten aß – und sich mit dem Nachtisch, einer schaumig leichten Orangencreme, wieder einmal selbst übertroffen. Alles war wie für eine fürstliche Tafel passend arrangiert gewesen. Dennoch hatte Kätt das ganze köstliche Mahl so gut wie unberührt wieder abräumen müssen.

Beim Nachtisch konnte sie sich nicht mehr beherrschen. »Ja, zum Donnerwetter, gnä Fraa – was is denn jetzt mit Euch los? Grad die Orangencreme is mir doch wirklich gelunge – warum habt Ihr denn net mal drei Löffelche davon gegesse? Zwickt's Euch im Mage?«

»Nein, nein«, sagte Felicitas schuldbewusst, »alles war ganz ausgezeichnet, und keiner könnt's besser kochen. Aber mir fehlt der richtige Appetit ... es liegt nicht am Essen. Ich muss die ganze Zeit an das Unglück denken, das die Reichardts schon wieder befallen hat.«

Kätt war besänftigt. »Ach so«, gab sie zurück, »ja, wenn mer daran denkt, kriegt mer wahrhaftig kein Bisse mehr runter. Die arm Trud ... so viel älter als ich war die auch net ... es könnt einen kalt überlaufen.«

»Nun kann sie ihre Aussage nicht mehr machen, und die Polizei wird nie erfahren, was sie eigentlich hatte melden wollen«, sagte Felicitas sinnend.

»Wahrscheinlich wollte die Trud bloß melde, dass in ihrer Küch gestohle worde ist«, meinte Kätt und stemmte die Fäuste in die drallen Hüften. »Ging es net um irgendwelche vertauschte Dose?« Sie machte eine künstliche Pause. »Ich mein, ich hätt so was aufgeschnappt, als der Konstabler hier war ...«, fügte sie mit einem fragenden Blick auf Felicitas hinzu.

»Das kommt mir plausibel vor.« Felicitas nahm den Dessertlöffel noch einmal zur Hand und führte ein wenig von der

Orangencreme aus dem Kristallschälchen in den Mund. »So wird's wohl gewesen sein.«

»Abber mer wird's nie mehr erfahre«, setzte Kätt gewichtig hinzu.

»Vielleicht doch!« Felicitas nahm einen weiteren Löffel. »Vielleicht hat sie vor ihrem Tod noch mit jemandem aus dem Haus darüber gesprochen.« Sie sah Kätt mit funkelnden Augen an. »Zum Beispiel könnte ich diese Dorothee fragen, das Hausmädchen. Die hatte doch der Gertrud zur Hand zu gehen – und sicher hat sie dabei oft mit ihr geredet. Oder nicht?«

Kätt schien sich da nicht so sicher. Sie wiegte den Kopf hin und her, so dass ihr hoch auf dem Hinterkopf sitzender Dutt ins Wackeln geriet. »Na – ob die Trud sich für Gespräche mit so nem Hausmädche net zu fein war ... wer weiß?« Sie räumte das restliche Geschirr zusammen. »Keine Creme mehr?« Und als Felicitas verneinte, stellte sie auch das Kristallschälchen mit dem Rest des Nachtischs zu den anderen Sachen aufs Tablett.

»Ich hatte den Eindruck, als habe Dorothee die Trude gern gemocht«, führte Felicitas ihre Überlegungen fort. »Ich bin überzeugt davon, dass ...«

»Gnä Fraa«, fiel Kätt ihr in die Rede, »wie ich die Trud kenne ... gekannt hab ... hat sie allweil auf Sitte und Anstand gehalte. Und es schickt sich net für ne alte Wirtschafterin, mit nem junge Gemüse Geheimnisse auszutausche.« Sie hob das Tablett vom Tisch hoch und machte sich auf den Weg zur Tür. »Soll ich gnä Fraa noch nen Schlummertrunk raufbringe?«

Felicitas wehrte erst ab. Dann überlegte sie es sich anders. »Lass den Frieder eine von den guten Rotweinflaschen aus dem Keller holen«, ordnete sie an. »Ein Gläschen genehmige ich mir. Wenn's der Herr des Hauses kann, dann kann ich's auch.«

Kätt schnaufte empört. »Das dürft Eure gnädije Fraa Mutter aber jetzt net erfahre«, stieß sie hervor. »Wenn die des wisse tät, dann ...«

»Aber sie weiß es nicht«, sagte Felicitas, »und woher sollte sie es auch erfahren, hm?«

Kätt blies die Backen auf. Sie packte ihr Tablett fester und presste es an ihren üppigen Busen, während sie mit dem Ellbogen die Türe aufklinkte. »Mer is viel zu gut ...«, brummelte sie in sich hinein, »viel zu nachsichtig ...«

Es dauerte nicht lange, und sie war mit dem Rotwein wieder da. Wortlos entkorkte sie die staubige grüne Flasche, schenkte ein wenig von der dunkelroten Flüssigkeit in ein Kristallglas, roch fachmännisch an dem Wein und nickte dann, während sie nachfüllte und Felicitas das Glas reichte. »Den Herrn Dokter wird's net freue, wenn er die letzte Flasch von dem da angebroche vorfind't«, murmelte sie unmutig.

Felicitas musste lächeln. Kätt hatte den Frieder ausgerechnet nach dem besten Burgunder geschickt, den Hans Christoph noch in seinem Weinregal liegen hatte. Es war der, von dem erst neulich eine Flasche geöffnet worden war. »Die letzte?«, fragte sie.

»Ja.«

»Oh – dann wird Hans Christoph wohl wieder neuen bestellen müssen.« Felicitas grinste spitzbübisch. »Und dem Bestellen geht immer eine Weinprobe voran ...«

»Nichts als wie dummes Zeug im Kopf«, brummelte Kätt vor sich hin. »Wann werdet Ihr endlich erwachse werde, gnä Fraa? Wenn das alles Eure gnädige Fraa Mutter wüsst ...«

»Also, wenn nur noch ein einziges Mal meine Mutter erwähnt wird, werde ich ernstlich böse«, konterte Felicitas und nahm einen großen Schluck von dem Burgunder. »Die Leni soll mit dem Kind heraufkommen. Und wenn sie mag, kann sie auch ein Gläschen mit mir trinken – genau wie eine gewisse Kätt ...«

Kätt fand die Idee völlig abwegig. »Wein«, sagte sie ablehnend, »so was hab ich ja schon seit Jahren net mehr getrunke! Und ich mein auch, 's wär net nötig, dass ne anständige Frau Wein trinkt. Wirklich net.«

»Soll das heißen, dass ich nicht anständig bin?«, fragte Felicitas halb scherzend, halb im Ernst.

»Bei Euch is des was anners. Ihr seid ja keine Frau von der normale Sort. Ihr seid was Bessers ...«

Das fand Felicitas ziemlich unlogisch. Aber sie entschied sich gegen eine Diskussion mit ihrer Perle. Aus Erfahrung wusste sie, dass sie in einem Gefecht mit Kätt nur den Kürzeren ziehen konnte. Kätt kam nicht mit schlüssigen Argumenten, sie hatte ihre persönlichen Überzeugungen, von denen sie auch nicht einen Zoll abwich.

»Schön«, sagte Felicitas also, »dann soll einfach nur die Leni kommen.«

Kätt nickte. Dann verschwand sie in der ihr eigenen, etwas poltrigen Art. Minuten später erschien Leni, das kleine Lottchen auf dem Arm. »Wir begrüßen die liebe Mama«, sagte sie, als wollte sie dem Baby Worte in den Mund legen, die es selber noch nicht sprechen konnte. »Satt und trocken sind wir schon. Nun fehlt uns nur noch ein bisschen gepflegte Geselligkeit.«

»Beide seid ihr also satt und trocken«, kicherte Felicitas. »Das ist gut. Aber die liebe Mama bin ich doch nur für Charlotte Amélie!«

Leni kicherte ebenfalls. »Blöde Angewohnheit«, bescheinigte sie sich selbst. »Ich nehme alles zurück und behaupte das Gegenteil.« Damit reichte sie Felicitas das Baby, das seine Mutter zufrieden anstrahlte.

Sie lachten beide. »Du siehst gut aus«, sagte Felicitas mit einem aufmerksamen Blick auf das hübsche, blau-rosa gestreifte Kattunkleid der jungen Madame Merker. »Sag nur, das ist das Gewand, das du dir selbst schneidern wolltest!«

Leni nickte und strich liebevoll mit der freien Hand über den üppig gekräuselten Rock des Kleides. »Und ich habe nur vierzehn Tage dafür gebraucht«, sagte sie nicht ohne bescheidenen Stolz. »Andererseits, wenn die Babett mir nicht geholfen hätte – ich hätt's nie so gut hingekriegt.« Sie deutete auf die komplizierten Raffungen am Mieder, die ihren etwas flachen Busen äußerst vorteilhaft zur Geltung brachten. »Um den Ausschnitt herum sitzt es dank Babett jetzt wie vom Schneider gemacht. Und überhaupt ...«, sie dehnte sich ein wenig, »ist es bequem – nicht zu eng und nicht zu weit.«

»Wie schmal es in der Taille ist!«, rief Felicitas bewundernd. »Wie hast du es nur geschafft, in so kurzer Zeit wieder so schlank zu werden wie vor deiner Schwangerschaft?«

Leni lächelte. »So schlank werde ich wohl nie mehr werden. Dass es den Eindruck erweckt, liegt nur am Schnitt dieses Kleides. Wie gesagt – die Babett hat mir geholfen. Ohne sie ...«

»Die Babett ist mir ein wahres Wunderwesen«, murmelte Felicitas. »Ich muss auch mal mit ihr sprechen. Meinst du, sie wird auch mir ihre Kniffe verraten? Schließlich bin ich mit ihr ja ebenfalls gut bekannt.«

»Keine Frage.« Leni rückte sich einen Stuhl zurecht und ließ sich gegenüber Felicitas am Tisch nieder. »Ganz bestimmt tut sie das – weil sie große Stücke auf dich hält.« Sie sah Felicitas mit einem Anflug der alten Schüchternheit an und fuhr dann fort: »Dass du mir das Du angeboten hast, zum Beispiel – das hat ihr großartig gefallen. ›Die Madame Faber‹, hat sie neulich gesagt, ›die weiß, woher du kommst. Sie weiß auch, dass dein Kind nicht von deinem Mann ist. Und trotzdem reicht sie dir die Hand ... das ist nobel, und das verdient Anerkennung.‹ So hat sie geredet.«

Felicitas wechselte schnell das Thema. So viel Lob machte sie verlegen, auch wenn es von Leni kam. »Was ich dich fragen wollte«, sagte sie ausweichend, »hat der junge Merker – ich meine, dein Mann – denn schon Fuß gefasst in seiner neuen Stelle?«

»Joachim?« Lenis Gesicht erstrahlte in einem sanften Lächeln, das ihr hübsches Aussehen noch unterstrich. »Joachim fühlt sich so gut in die Menschen ein, die mit ihren Leiden zu ihm kommen – ich glaube, er wird eines Tages ebenso geachtet und geliebt werden wie der alte Doktor Barthold. Schon jetzt ziehen alle Leute den Hut vor ihm ...«

Felicitas stellte sich den jungen Merker vor, wie er noch vor knapp einem Jahr gewesen war: Lang, schlaksig, unbeholfen bis linkisch im Umgang mit Menschen. Langsam, aber gründlich und mit einem hervorragenden Gedächtnis gesegnet, wodurch er alles Gelernte klar bewahren und folgerichtig anwenden konnte. Ein bisschen zu vorsichtig. Im Notfall jedoch blitzschnell zur Hand – niemand kam ihm da an Schnelligkeit gleich. Ein mutiger Chirurg – ohne Furcht vor unappetitlichen Anblicken ...

Heute, als fertiger Doktor, wirkte Joachim Merker eher hochgewachsen als schlaksig und irgendwie ehrfurchtgebietend, trotz seiner Jugend. Sein Umgang mit Menschen war lockerer geworden, er hatte das Linkische abgelegt und durch eine ruhige Gelassenheit ersetzt. Felicitas erinnerte sich an eine Bemerkung, die Doktor Barthold vor kurzem hatte fallen lassen: ›Der junge Merker wird noch von sich reden machen‹, hatte er gesagt. ›Eines Tages wird er in aller Munde sein. Ich glaube, er hat das Zeug zu einem Wohltäter der Menschheit.‹

Wohltäter der Menschheit. Ein so hohes Lob hatte er Hans Christoph nicht ausgesprochen. Ein bisschen neidisch konnte man da schon werden auf die Frau dieses Joachim Merker, die da so strahlend von ihrem Mann sprach und so glücklich wirkte. Felicitas räusperte sich. »Leni«, sagte sie, »ich glaube, das hat er auch schon unter Beweis gestellt, als er dich zur Frau nahm – obwohl er doch wusste ...«

Sie presste die Hand auf den Mund. »Verzeih«, stammelte sie, »so war das nicht gemeint, und ich wollte eigentlich damit sagen ...«

»Aber das weiß ich doch«, unterbrach Leni sanft. »Er hat mich ja auch von Anfang an geliebt. Und wenn das nicht der Fall gewesen wäre, dann hätte ich ihn nicht genommen.«

Felicitas schluckte. »Wirklich?«

»Aber was hätte ich denn mit einem Ehemann anfangen sollen, der mich nur aus Mitleid oder aus Edelmut heiratet?« Leni schüttelte energisch den Kopf. »Wie hätte ich denn mit so einem Menschen leben sollen? Ich hätte mich doch jeden Augenblick schämen müssen.«

»Das ist wahr«, sagte Felicitas betreten. Sie hatte verstanden, und Magdalena Merker, die völlig unbefangen vor ihr saß, stieg noch mehr in ihrer Achtung. »Ich glaubte bis jetzt tatsächlich, der junge Merker – ich meine, dein Mann – hätte dich aus diesen Beweggründen zum Altar geführt. Aber inzwischen ist mir aufgegangen, dass er eine Bessere als dich gar nicht hätte finden können. Er ist ein viel klügerer Kopf, als ich dachte.«

Leni winkte lächelnd ab. »Wir ergänzen uns gut.«

»Und ihr habt so viel Glück.« Felicitas betrachtete sie mit plötzlichem Ernst. »Mehr als andere Leute«, fügte sie hinzu.

»Was meinst du damit?« Leni blickte sie überrascht an.

»Ich bin auch glücklich«, sagte Felicitas sinnend. »Wenn

ich allerdings an die arme Anna Reichardt denke, dann muss ich zugeben, dass ich meinem Schöpfer gar nicht genug dafür danken kann, dass er mir solche Prüfungen erspart hat, wie Anna sie in diesen Tagen ertragen muss.«

»Wer weiß, was uns im Leben noch erwartet«, meinte Leni mit tonloser Stimme. »Allmächtiger – mein Kind zu verlieren und zugleich die Eltern, und dann noch die Wirtschafterin, die viele Jahre lang meinen Haushalt geführt hat …«, sie seufzte auf, »das ist schrecklicher, als man es sich vorstellen kann.«

Felicitas holte tief Atem. »Manchmal kommt mir der Gedanke, dass es vielleicht am Ende gar nicht Gottes Wille ist, der da geschieht«, murmelte sie. »Vielleicht ist das Schicksal eine eigene Kraft, die sich gelegentlich gegen den Willen Gottes richtet …«

»Das Schicksal ist bisweilen Gottes Gegenspieler«, erwiderte Leni unbeeindruckt, »das Böse, das ohnehin dem Guten immer entgegenwirkt. Was ist an diesem Gedanken denn so befremdlich, dass du derart die Stirn runzelst?«

»Tu ich das?« Felicitas fuhr sich mit der Handfläche über die Stirn. »Ich weiß nicht – wenn du aussprichst, was ich gedacht habe, dann hört es sich immer so klar und vernünftig an. Mir aber macht es Kopfzerbrechen, und ich bin noch zu keinem Ergebnis gekommen – weder, was den Auslöser für meine Überlegungen betrifft, noch, was mich eigentlich zum Grübeln bringt …«

»Das kann ich dir sagen«, gab Leni zurück. »Du verstehst nicht, warum dem Haus Reichardt so viel Unglück auf einmal widerfahren ist. Du wehrst dich gegen den Gedanken, dass auch das natürlich ist und dass diejenigen, denen es geschieht, damit leben müssen. Du bist eine liebenswürdige, menschenfreundliche Seele, und darum schmerzt es dich,

Anna Reichardt so gebeutelt zu sehen, ohne dass du ihr helfen kannst.«

»Mag sein.« Felicitas senkte den Kopf. »Aber das allein ist nicht die Ursache dafür, dass ich mich beim Gedanken an die Reichardts so unwohl fühle. Noch etwas beunruhigt mich – nur weiß ich nicht, was es ist!«

»Was in aller Welt spukt denn in deinem Kopf herum?« Leni musterte Felicitas besorgt. »Anna Reichardts jüngstes Kind ist an Durchfall gestorben – das hat mir Joachim gesagt. Es kommt häufig vor, dass Kinder von dieser schrecklichen Krankheit befallen werden, und manchmal führt sie eben zum Tode. Das zweite Kind hat sich einen Starrkrampf zugezogen – ebenso tödlich, wenn nicht rasch behandelt wird. Die alten Eltern hat der Schlag getroffen, erst den Vater, dann die Mutter. Was ist daran so unverständlich?«

»Nichts«, murmelte Felicitas. »Nur – die Haushälterin, die ist gestorben, obwohl sie doch ganz gesund war. Und das kommt mir komisch vor. Zumal sie ja eigentlich ...«

Sie verstummte. Nein, auch der Tod der Haushälterin war nicht ungewöhnlich. Die Frau hatte die fünfzig bereits überschritten gehabt, und was hatte Hans Christoph doch neulich gesagt? Mit wachsendem Lebensalter steigt auch die Wahrscheinlichkeit, am Versagen irgendeines Organs zu sterben – des Herzens beispielsweise oder der Nieren, oder der Leber ...

»Die alte Gertrud hat sich gern mal ein Gläschen über den Durst genehmigt«, sagte Leni. »Joachim meinte, es könne sein, dass sie es in der letzten Zeit übertrieben hat und deshalb so plötzlich abtreten musste. Vielleicht war es auch in ihrem Fall der Schlag, der sie aus dem Leben gerissen hat – das kommt vor bei Leuten, die hin und wieder zu viel trinken und nicht mehr die Jüngsten sind.«

»Das stimmt ja alles.« Felicitas sah Leni offen an. »Ich weiß selbst nicht, was mich dazu bringt, trotzdem weiter darüber nachzusinnen und Unnatürliches darin zu sehen. Ich sollte es einfach dabei bewenden lassen, morgen bei der Beerdigung der Eltern Anna Reichardt meines Beileids zu versichern und ihr ein paar tröstende Worte zu sagen ...«

»Ja, so werde ich es auch halten«, sagte Leni. »Und, glaube mir – du verschwendest nur deine Zeit mit Gedanken, die in eine andere Richtung führen.«

Sie plauderten noch ein Weilchen über dies und das, hauptsächlich über ihre Kinder. Lenis Kleiner zahnte natürlich auch, tat sich aber sehr viel schwerer damit als Charlotte Amélie und bescherte seiner Mutter einige schlaflose Nächte. Felicitas gab Leni für den kleinen Jungen ein Stück von der Veilchenwurzel ab, die Annemarie Gaiss ihr neulich für Lottchen zur Erleichterung des Zahnens mitgebracht hatte. Als die Kirchturmuhr zehn schlug, zog sich die junge Madame Merker zurück, um die Kinder zu Bett zu bringen. Und Felicitas war mit ihren wandernden Gedanken wieder allein.

Sie legte sich zu Bett. Aber einschlafen konnte sie nicht. Als es ihr gegen zwölf endlich doch gelang, plagten sie beunruhigende Träume. Und am nächsten Morgen erwachte sie unausgeruht.

Hans Christoph, der trotz des vergangenen Herrenabends munter und frisch am Frühstückstisch saß, wunderte sich über das matte Aussehen seiner Frau.

»Liebling – hast du etwas gegessen, was dir Magendrücken bereitet hat?«, fragte er besorgt, als er bei ihr am Frühstückstisch saß. »Die ganze Nacht hast du dich herumgewälzt und immerzu geseufzt und gestöhnt – es war mitleiderregend!«

»Ach, sorg dich nicht, Schatz«, entgegnete Felicitas. Sie bemühte sich, ihre Mattigkeit herunterzuspielen. »Ich hab bloß was Dummes geträumt – und ich weiß nicht einmal mehr, was es war.«

»Wird Zeit, dass wir wieder einmal etwas Schönes miteinander unternehmen«, meinte Hans Christoph. »Du brauchst Ablenkung, das bringt dich auf andere Gedanken. Bertram Gaiss erwähnte gestern, dass es nächste Woche bei ihm etwas zu feiern gibt. Wir sind eingeladen – zu welchem Anlass, das wollte er nicht preisgeben. Annemarie und er geben eine kleine Soiree. Diner – anschließend Abendunterhaltung. Er tat sehr geheimnisvoll.« Hans Christoph zwinkerte Felicitas zu. »Wahrscheinlich ist es ihm gelungen, irgendeine Zelebrität zu gewinnen ...«

Felicitas lächelte ihren Gatten geistesabwesend an. Sie hatte Kopfschmerzen, stellte sie fest. Und sie war sich noch nicht sicher, welches ihrer Kleider für die anstehende Beerdigung passend und statthaft wäre. Ein Schwarzes besaß sie nicht; da musste wohl das Dunkelblaue herhalten – oder das Dunkelbraune ...

»Was hältst du davon, Schatz?«, fragte Hans Christoph gerade nach. »Würde dich das nicht aufheitern und ein bisschen zerstreuen?«

»Zerstreut bin ich schon«, erwiderte Felicitas. Sie schenkte Hans Christoph endlich einen zärtlichen Blick. »Und aufheitern? Das hängt vor allem von der Zelebrität ab, die es Bertram Gaiss gelungen ist einzufangen.«

»Aber deine Neugierde wäre zumindest groß genug, um die Einladung anzunehmen«, sagte Hans Christoph ironisch. »Das ist gut – ich werde es Bertram mitteilen.« Er nahm ein zweites Butterhörnchen und versuchte, mit dem Löffel ein wenig Honig auf die Spitze zu klecksen. Dabei stellte er sich zum Erbarmen an, und Felicitas erbarmte sich denn auch.

»Lass mich das machen«, sagte sie sanft und nahm ihm

Hörnchen und Honiglöffel ab. Geschickt bereitete sie das Frühstücksgebäck mundgerecht für ihn vor und reichte es ihm dann vorsichtig über den Tisch.

Sie frühstückten schweigend. Beide hingen sie ihren Gedanken nach. Dann verabschiedete sich Hans Christoph – er habe noch eine Verabredung mit Konstantin Mäurer wahrzunehmen –, und Felicitas begab sich vor ihren Kleiderschrank. Dank dem schwarzen aromatischen Kaffee, den Kätt zubereitet hatte, war ihr Kopf wieder klar. Sie entschied sich für das Dunkelbraune, ein schlichtes Kleid aus Wolle, mit glänzenden, Ton in Ton gehaltenen seidenen Besätzen an Saum, Ärmeln und Ausschnitt. Dazu würde sie eine schwarzseidene Spitzenhaube tragen, darüber eine Schute aus schwarzem Stroh, von der Kätt einfach die goldgelbe seidene Blütendekoration abtrennen sollte, damit der sommerliche Hut nicht zu sehr auffiel.

Felicitas nahm die Schute vom Hutständer, zupfte die schwarzen Bänderschleifen ein wenig zurecht und klingelte nach Kätt, die kurz darauf erschien. »Wenn man die gelben Blumen abmacht«, sagte Felicitas zu ihr, »dann müsste der Hut für die Beerdigung taugen. Oder?«

Kätt befand das gute Stück für tauglich. »Gnä Fraa haben immer nen sicheren Geschmack gehabt«, lobte sie ihre junge Herrin. »Hätt's net besser auswähle könne. Und das Kleid geht aach – wenn Ihr nen Trauerflor um den rechten Ärmel bindet.«

Sie nahm den Hut mit, um ihn zuzurichten, wie sie sagte. Felicitas dagegen hatte bis zum Umkleiden noch reichlich Zeit. Diese würde sie mit Charlotte Amélie verbringen, die ihre Mama in letzter Zeit allzu selten sah. Denn seit die Kleine Zähnchen besaß und darum abgestillt worden war, bestand für Felicitas nicht mehr die Notwendigkeit, sich alle zwei, drei

Stunden persönlich um das Kind zu kümmern. Leni hatte beinahe alle Arbeiten, die Charlotte Amélie betrafen, stillschweigend übernommen – so dass Felicitas oft ein schlechtes Gewissen hatte.

Leni kam diesmal ungerufen. Sie hatte ihren eigenen Sohn auf dem linken, das Faber'sche Töchterlein auf dem rechten Arm und schaffte es auch noch, mit dem Ellbogen irgendwie die Tür zum Salon aufzuklinken. »Wir wünschen einen guten Morgen«, sagte sie fröhlich, »und hoffen, dass Charlotte Amélies liebe Mama wohl geruht hat!«

Felicitas lächelte etwas gequält. »Sie hat – mit gewissen Einschränkungen«, antwortete sie auf Lenis freundliche Begrüßung. »Gehst du auch zur Beerdigung – oder schickst du deinen Mann hin?«

»Weder er noch ich werden teilnehmen«, sagte Leni. »Joachim hat heute so viele Hausbesuche zu machen, dass einfach keine Zeit dafür bleibt. Und ich – ich bin ja nicht abkömmlich. Ich muss mich doch um die Kinder kümmern, wenn du bei Reichardts kondolierst.«

»Ja natürlich – wie dumm von mir.« Daran hatte Felicitas gar nicht gedacht. Die liebe Leni – ohne sie ging es einfach nicht mehr. »Andererseits – könnte nicht Kätt mal einen Nachmittag die Rolle der Kinderfrau übernehmen? Dein Kleiner ist doch kein Schreihals, und Lottchen würde sich auch nicht beklagen – oder?«

Leni schüttelte den Kopf. »Kätt hat heute selber ihren freien Tag. Sie wird ebenfalls einer Beerdigung beiwohnen – der von der alten Gertrud, die auf demselben Friedhof bestattet wird.«

»Gertrud auch?« Das nahm Felicitas wunder. »Schon so bald? Sie ist ja erst gestern verstorben!«

Leni setzte ihr Söhnchen auf den bunten persischen Teppich, der die Dielen im Salon zierte, reichte Felicitas Charlotte Amélie, die die Ärmchen nach ihrer Mutter ausgestreckt und zu greinen angefangen hatte, und zog sich dann einen Stuhl an den Tisch. »Mamsell Adele hat das angeordnet. Von Gertrud waren keine Verwandten aufzutreiben, und da bot es sich an, das Begräbnis so schnell wie möglich folgen zu lassen. Quasi in einem Aufwasch mit den Eltern der Hausfrau.«

Hörte sich vernünftig an. Dennoch, Felicitas hatte ein seltsames Gefühl dabei. Normalerweise wurden Tote aus Gründen der Pietät drei Tage lang aufgebahrt, selbst im Sommer. Und dieser Sommer war nicht so besonders heiß, dass man auf eine schleunige Bestattung hätte dringen müssen. Sollte Anna Reichardt ihrer alten Haushälterin so wenig wert sein, dass sie ihr nicht einmal die drei Aufbahrungstage einräumen wollte?

»Mamsell Adele hat überhaupt die Leitung des Haushalts übernommen«, ergänzte Leni gerade, »solange Madame Reichardt ihre Nerven noch nicht wiedergewonnen hat. Mamsell Adele scheint da belastbarer zu sein ...«

»Ist diese Adele eigentlich Cousine des Hausherrn oder der Hausfrau?«, wollte Felicitas wissen.

»Das weiß ich auch nicht«, erwiderte Leni nachdenklich. »Ich vermute aber, sie wird die Base des Hausherrn sein – wie sonst kann sie beim Tod der alten Burkarts so gelassen bleiben? Wäre sie Anna Reichardts Cousine, würde sie das Unglück sicherlich schwerer nehmen – meinst du nicht?«

»Wohl wahr.« Felicitas schwang ihr Töchterchen durch die Luft und drückte es an sich. Charlotte Amélie kreischte begeistert auf und verlangte ein zweites Mal, was ihr auch gewährt wurde. Jetzt war es Zeit für Fingerspielchen, wobei Lenis Bübchen ebenso artig mitmachte wie Felicitas' kleines Mädel. Die nächste Stunde verging wie im Flug. Die Mittagsstunde nahte,

Kätt deckte den Tisch – es gab frische Leber mit Zwiebeln, Apfelringen, Nudeln und Salat. Als Hans Christoph erschien, um sein Mahl zu Hause einzunehmen, ging Leni wieder, obschon Felicitas sie eingeladen hatte mitzuessen.

Felicitas drängte sie nicht. Bei solchen Gelegenheiten zeigte es sich doch, aus was für einfachen Verhältnissen Leni stammte. Noch immer brachte sie es nicht so ohne weiteres fertig, sich von ihren Domestikenmanieren zu lösen. Irgendwann bringe ich sie dazu, sich doch noch wie eine gutbürgerliche Dame zu benehmen, schwor sich Felicitas, als Leni mit den Kindern das Zimmer unauffällig verlassen hatte.

10

Halb Frankfurt war erschienen, um Anna Reichardts Eltern die letzte Ehre zu erweisen. Alles, was Rang und Namen hatte – mindestens je zwei Vertreter der führenden Familien der Frankfurter Gesellschaft –, drängte sich am Doppelgrab und auf den Wegen, die zum Erbbegräbnis der Familie Burkart führten. Felicitas und Hans Christoph Faber war es gelungen, einen Platz in den vorderen Reihen zu finden, von wo aus man der Grabpredigt folgen und die Familienangehörigen der beiden Verstorbenen sehen konnte.

Anna Reichardt wurde von ihrem Mann gestützt. Ihr Gesicht war verhüllt von einem beinahe blickdichten schwarzen Schleier, der an ihrem mit Seide bezogenen schwarzen Schutenhut befestigt war und von der hochgezogenen Krempe bis auf ihre Brust herabfiel. Zur Linken ihres Mannes stand Mamsell Adele, die Cousine, ebenfalls in tiefstem Schwarz, aber mit einer schmalen, hellblauen, hübsch gekräuselten Straußenfeder am Hut, die lustig im Wind flatterte und völlig deplatziert wirkte.

Mamsell Adele hielt sich auch diesmal wieder dicht an Wilhelm Adalbert Reichardts Seite; zu Felicitas' Bedauern war ihr Gesicht ebenso wenig zu erkennen wie das von Anna Reichardt. Trauerte sie etwa doch stärker, als Leni angenommen hatte? Und war sie dann vielleicht doch Anna Reichardts Base und nicht die von Wilhelm Adalbert Reichardt?

Die Zeremonie zog sich hin; der Pfarrer schien kein Ende in seiner Ansprache zu finden. Als er schließlich doch endete, defilierten die Trauergäste in langen Reihen an der Familie der Verstorbenen vorüber, um den Angehörigen die Hand zu drücken, ein paar mitfühlende Worte zu sagen.

Im Salon der Reichardts hatte Cousine Adele bestens für den Begräbniskaffee gesorgt. Es gab sogar eine Tischordnung. Dorothee, das Hausmädchen, wies Felicitas und Hans Christoph Faber an, unten an der langen, T-förmig zusammengestellten Kaffeetafel Platz zu nehmen, und Felicitas stellte fest, dass Platzkärtchen auslagen. ›Doktor Faber und Gemahlin‹ waren neben ›Herr Apotheker Gaiss und Gemahlin‹ platziert. Auf der anderen Seite waren Plätze für ›Leander Campini und Gemahlin‹ reserviert.

Leander Campini und Gemahlin waren noch nicht aufgetreten. Felicitas musste lächeln. Hoffentlich kommt es nicht wirklich zu einem Auftritt, dachte sie und steuerte auf Annemarie und ihren Gatten zu, um sie zu begrüßen.

Helene Knöpfli und ihr Beat sollten auf der anderen Tischseite sitzen, den Fabers und Gaiss gegenüber. Wie aufmerksam! Nur schienen sie nicht gekommen zu sein. Wie ärgerlich!

Annemarie fand das auch. »Wenn sich schon einmal die Gelegenheit ergibt, unauffällig interessante Leute zu beobachten«, murrte sie, »dann nimmt Schlauberger sie nicht wahr. Bestimmt ist wieder ihr Bankier-Gatte daran schuld, der auf keinen Fall einen wichtigen Termin absagen kann!«

»Na ja, wir kommen auch ohne sie aus – notgedrungen«, sagte Felicitas bedauernd. »Wer wird sich denn sonst noch einfinden, außer den Kämpers?«

»Den Campinis, meinst du?« Annemarie kicherte. »Iphigenies Schwester Elli kommt. In Begleitung!«

»Elektra Trumpetter?« Diese Neuigkeit war es wert, ausgeforscht zu werden. »Und in Begleitung? Weißt du, wer es ist?«

»Ein Ortsfremder«, antwortete Annemarie mit unterdrückter Stimme. »Die graue Maus hat sich einen von auswärts geangelt, heißt es.«

»Psst!« Felicitas packte ihre beste Freundin am Arm. »Da sind sie schon ... die ganze Sippschaft der Trumpetters erscheint auf der Bildfläche!«

Voran wogte Mathilde Trumpetter, die Mutter der Familie und beste ›Mäzenaterin von ganz Frankfurt‹, wie sie sich selbst bezeichnete. Ihr Mann, Vater Trumpetter, wie Felicitas ihn insgeheim nannte, folgte im Kielwasser seiner Frau. Und ihm wiederum folgten Leander Campini, Iphigenie sein Eheweib und Elektra, die Jüngste. An ihrer Seite ging ... Michele Bernardini!

Felicitas, die eigentlich über Mathilde Trumpetters schwarzes Festkleid hatte lästern wollen, blieb vor Erstaunen der Mund offen stehen. Sie musste ihn willkürlich schließen. Michele Bernardini und Elektra Trumpetter – was für eine Kombination! Hatte Felicitas doch mit eigenen Augen beobachtet, dass der Italiener eher an Männern als an Frauen interessiert war!

Annemarie machte ebenfalls große Augen. Michele Bernardini verhielt sich heute völlig anders als neulich im Konzert. Er schmachtete Elektra, die vor Verlegenheit zu zerfließen schien, heftig an – so heftig, dass selbst ihr Schwager Leander Campini, der Schauspieler, es nicht schlimmer hätte übertreiben können.

Die Gesellschaft Trumpetter nahm Platz. »Hach«, sagte Mathilde Trumpetter unüberhörbar laut, »was für eine reizende Idee, uns zu platzieren! Sonst hätten wir in diesem riesigen Saal heimatlos umherirren müssen!« Sie lachte über ihr

Scherzchen, erntete verständnislose Blicke, suchte nach erklärenden Worten.

»Mach es nicht noch schlimmer«, murmelte ihr Mann, Papa Trumpetter, und nahm ihre Hand. »Tildchen – dein Organ ist zu laut. Du bist auf einer Beerdigung, vergiss das nicht.«

Mathilde Trumpetter klappte den Mund auf und sah ihn entgeistert an. Es dauerte einen Moment, bis sie den Sinn seiner Worte verstanden hatte und den Mund wieder zumachte. Ihr Busen drohte die Enge ihres schwarzen Spitzenmieders zu sprengen und wogte gefährlich bei jedem Atemzug, den sie tat, gefährlich. Sie bot einen derart komischen Anblick, dass Felicitas Mühe hatte, nicht in Gelächter auszubrechen.

Schließlich riss sie sich vom Anblick Mathilde Trumpetters los und ließ die Augen zu den Mitgliedern der trauernden Familie hinüberwandern, die gerade den kleinen Saal betreten hatten. Anna Reichardt, fest gestützt von ihrem Mann, weinte immer noch. Mochte auch der dichte schwarze Schleier ihr Gesicht verhüllen, so verrieten ihre sacht zuckenden Schultern die stummen Schluchzer. Mamsell Adele machte ein ernstes Gesicht. Doch ihre ebenmäßigen Züge verrieten stille Gelassenheit. Sie schien gefasst – ebenso wie Wilhelm Adalbert Reichardt.

Neben dem Hausherrn betrat noch jemand den Saal; es war ein hochgewachsener, schlicht, ja, sogar ein bisschen schäbig gekleideter Mann von dreißig oder fünfunddreißig Jahren, dessen kraftvoller Körperbau Felicitas an einen Bauern denken ließ – oder an einen Förster –, jemanden, der den ganzen Tag an der frischen Luft verbringt. Das Gesicht des Mannes jedoch war kreidebleich. Er musste sich elend fühlen – dessen war Felicitas sich gewiss.

»Kennst du den da hinten?«, fragte sie Annemarie mit unterdrückter Stimme.

Annemarie schüttelte den Kopf. »Hab ihn noch nie gesehen. Vielleicht ist es ein entfernter Verwandter?«

»Bei dem da hinten«, Bertram Gaiss machte eine Kopfbewegung zu dem betreffenden Mann hinüber, während er Felicitas' etwas respektlose Wortwahl imitierte, »bei dem handelt es sich um den Bruder des Hausherrn. Der Mann ist Oberjäger am Hof von Kassel und hielt sich zufällig gerade in Frankfurt auf, als das Schicksal dieses Haus überschattete. Und darum konnte er zur Beerdigung kommen.«

Felicitas überspielte ihre leichte Verlegenheit mit einem strahlenden Lächeln. »Ich wusste gar nicht, dass Wilhelm Adalbert Reichardt überhaupt Geschwister hat«, sagte sie in gedämpftem Ton. »Ich dachte, er sei einziges Kind wie seine Frau ...«

»Nun ja, beinahe«, erwiderte Bertram Gaiss, diesmal ohne den spöttelnden Unterton von zuvor. »Er hat halt nur diesen einen Bruder. Aber zu erben gibt es bei seinen Eltern ohnehin nichts. Sein Vater ist Schreiber – wenn du weißt, was ich meine.«

Felicitas wusste. Schreiber gehörte zu den am schlechtesten bezahlten Berufen, die es gab. Menschen, die sich diese Profession auserkoren hatten, saßen den ganzen Tag bei schlechtem Licht in irgendeiner dunklen Kammer und malten in Schönschrift Dokumente und Urkunden für Regierungen und Fürsten, die sich, wenn es ums Honorieren ging, viel Zeit ließen. Oft vergaßen sie die Bezahlung ganz und gar, und der arme Schreiber musste sich, um an sein Geld zu kommen, die Hacken krumm laufen.

Nun ja, Wilhelm Adalbert Reichardt hatte sich einen anderen Beruf erwählt, nämlich den des Kaufmanns. Und dann hatte er das Klügste getan, was ein junger Mann ohne Mittel tun konnte: Er hatte eine reiche Erbin geheiratet – eine Kaufmannstochter, deren Vater das für ein bequemes Leben nötige Vermögen bereits erwirtschaftet hatte. Wilhelm Adalbert Reichardt war überdies sehr geschäftstüchtig, und so hatte das in die Ehe eingebrachte Vermögen seiner Frau stetig zugenommen. Reichardts Geschäft – Importgüter aller Art – zählte zu den am besten gestellten in ganz Frankfurt.

Reichardts Bruder war sicher weniger gut gestellt. Die Stellung eines Oberjägers konnte nicht sehr hoch dotiert sein, schloss Felicitas aus der bescheidenen Kleidung des jüngeren Reichardt. Andererseits – mit einem derart gut betuchten älteren Bruder hatte er kaum Grund zu Existenzsorgen. Die Geschwister mochten sich sehr, das war deutlich zu erkennen, als der jüngere Bruder sich jetzt näher an den älteren heranschob und ein paar Worte mit ihm wechselte.

Die Cousine, die der Unterhaltung zugehört hatte, nickte dazu und verschwand dann Richtung Ausgang. Felicitas sah es mit Verwunderung. Noch verwunderlicher aber war die Tatsache, dass Elektra Trumpetters Begleitung, dieser Italiener namens Michele Bernardini, ebenfalls dem Ausgang zustrebte.

Felicitas hatte den plötzlichen Drang, diesem sonderbaren Vogel nachzugehen. Hatte der Italiener vor, sich mit seinem Freund zu treffen, diesem anderen jungen Mann, der wie er beinahe mädchenhaft wirkte?

Sie musste es herausfinden. Die Neugier plagte sie allzu sehr. Sie neigte sich Annemarie zu und flüsterte ihr ins Ohr: »Entschuldige mich für ein paar Minuten – aber es geht nicht mehr anders, ich muss die Salle privée aufsuchen. Sonst stehe ich die Kaffeetafel nicht durch!«

Annemarie grinste. »Konfirmandenbläschen, was?«, sagte sie leise. »Ich habe diese Dorothee draußen in der Halle gesehen. Die wird dir den Weg weisen.«

»Aber sicher, bis gleich.« Felicitas war bereits aufgestanden und hatte sich unter dem überraschten Blick ihres Gemahls dem Ausgang zugewandt. Dort stand tatsächlich Dorothee, um die Gäste zu empfangen und an ihre Plätze zu geleiten, aber Felicitas schob sich einfach an ihr vorbei und ging in die Eingangshalle.

Michele Bernardini war nirgends zu entdecken. Cousine Adele dagegen tauchte eben aus der Küche auf und eilte auf Dorothee zu. »Es ist kein Kopfschmerzpulver mehr im Haus«, herrschte sie das Mädchen an.

Dorothee schluckte. »Aber das Besorgen von solchen Dingen gehört überhaupt net zu meine Aufgabe«, wehrte sie sich mit schwachen Kräften gegen den ungerechtfertigten Tadel. »So was hat immer die alt Trud besorgt ...«

»Sieht Sie hier irgendwo die alte Trude? Versuch Sie nur nicht, sich herauszureden! Sie hat es einfach versäumt, zum Apotheker zu gehen. Und jetzt stehen wir ohne das Mittel da!«

Dorothee senkte den Kopf, doch Felicitas bemerkte das aufmüpfige Funkeln in ihren Augen. »Soll ich dann jetzt schnell laafe?«, fragte sie vorsichtig. »Oder wollt Ihr lieber, dass der Junge ...«

»Pass auf, oder du kriegst eine Ohrfeige«, fauchte Cousine Adele sie an. »Impertinentes Ding – mich so frech von der Seite anzuschwätzen!« Sie maß Dorothee mit wütendem Blick. »Natürlich geht der Junge! Wer soll denn die Gäste einlassen, wenn Sie auf dem Weg zur Apotheke ist?«

Felicitas trat hinzu. »Verzeihung, Mamsell Adele«, sagte sie und lächelte die Cousine des Hausherrn an, »ich glaube, ich habe noch ein Pulver in meinem Täschchen – das kann ich Ihnen gerne abtreten, wenn's recht ist.«

Adele drehte den Kopf um. Es gelang ihr nicht gleich, den bitterbösen Gesichtsausdruck, den sie Dorothee gezeigt hatte, in eine sanfte Miene zu verwandeln. Sie räusperte sich und sagte dann mit leicht belegter Stimme: »O – es ist mir überaus recht, aber ich kann das großherzige Angebot nur annehmen, wenn es Ihnen keine Umstände bereitet, Madame ... wie war doch Ihr Name?«

»Faber ... Madame Faber«, sagte Felicitas trocken, »die Gattin des Hausarztes der Familie. Und es macht mir überhaupt keine Umstände.«

Sie kramte in ihrem Pompadour, fand das Briefchen aus Ölpapier, zog es zwischen Taschentüchlein und der Flasche mit dem Kölnischen Wasser hervor und reichte es Mamsell Adele. Die nahm es mit spitzen Fingern und einem angedeuteten Knicks in Empfang. »Ich bedanke mich von Herzen«, murmelte sie demütig, »und bitte dafür um Verzeihung, dass ich nicht gleich wusste, wer Sie ...«

»Aber das macht doch nichts«, schnitt Felicitas ihr das Wort ab. »Sie sind schließlich erst seit verhältnismäßig kurzer Zeit in Frankfurt. Wie sollen Sie da die ganze Bekanntschaft der Familie Reichardt kennen?«

Cousine Adele knickste ein zweites Mal. Ihr Lächeln nahm das ganze Gesicht ein, mit Ausnahme der Augen. Die blickten immer noch ein wenig zornig. »Sie sind sehr freundlich«, erwiderte sie. »Und jetzt«, fuhr sie, an Dorothee gewandt, fort, »bedank Sie sich gefälligst auch bei Madame Faber. Sie hat allen Grund dazu!«

Das Hausmädchen verneigte sich pflichtgemäß vor der Arztgattin. »Danke«, hauchte sie. Sie war sichtlich erleichtert.

»Aber nicht doch«, sagte Felicitas. »Wer hat denn die Kopfschmerzen?«, fragte sie die Cousine des Hausherrn.

»Wilhelm Adalberts Bruder«, antwortete Mamsell Adele. »Ich werde das Pulver für ihn in einem Glas Wasser auflösen lassen. Dorothee ...«, sie musterte das arme Mädchen schon wieder mit strengem Blick, »hat sie nicht gehört?«

»Ja, Mamsell?« Dorothee machte runde Augen und senkte dann in gespielter Demut den Blick.

»Hier, das Pulver!« Mamsell Adele reichte ihr das Ölpapier-Briefchen. »Jetzt geh Sie endlich an Ihre Arbeit, dummes Geschöpf!«

Als Dorothee sich eilig Richtung Küche entfernte, erhaschte Felicitas noch ihren Blick, der Mamsell Adele galt und Gift und Galle enthielt. Irgendwie musste Felicitas ihr Recht geben. Wilhelm Adalbert Reichardts Cousine behandelte sie wirklich ungerecht.

Michele Bernardini war soeben von draußen hereingekommen und stand etwas unschlüssig in der Halle. Felicitas riskierte einen unauffälligen Blick in seine Richtung, entdeckte aber in der offen stehenden Tür zur Straße niemanden. Warum mochte der Italiener wohl vor dem Haus gewesen sein?

Felicitas entschloss sich, genau das zu tun, weswegen sie den Saal verlassen hatte. »Sagen Sie«, fragte sie Mamsell Adele, »wo finde ich das private Gemach? Ich kenne mich in diesem Haus überhaupt nicht aus ...«

Die Cousine schien wie aus einem Traum zu erwachen. Geistesabwesend sah sie Felicitas an. »Das private Gemach? Es befindet sich im ersten Geschoss – gleich rechterhand neben der Treppe. Sie werden es gut ausgestattet finden.«

Felicitas folgte der Anweisung. Der kleine, mit hübschen Majolikafliesen ausgekleidete Raum enthielt eine eiserne, weiß emaillierte Badewanne, die nach der neuesten Mode auf schön geschwungenen, mit Löwentatzen verzierten Beinen stand. Ein Lavoir mit Waschschüssel und Wasserkanne, ein Frisiertisch in bequemer Größe und ein kleiner Polsterstuhl bildeten die restliche Ausstattung. Das wichtigste Utensil aber, die Toilette, nahm eine winzige, enge Nische am anderen Ende des Raumes ein – ein kleiner Raum im Raum. Sie bestand aus einem Kasten aus dunklem, poliertem Holz, in den eine porzellanene Schüssel mit einem Abflussloch eingelassen war. Der Sitz konnte mit einem ebenfalls hölzernen Deckel verschlossen werden. An der Wand neben der Toilette hing eine glänzende Messingkette mit einem Griff aus Porzellan daran.

Felicitas betrachtete dieses Wunder der Technik. Wasserspülung – die Reichardts hatten tatsächlich Wasserspülung! Ihr Blick wanderte aufwärts ... Das Wasser zum Spülen der Toilette wurde offenbar eimerweise heraufgeholt und in einen mächtig großen eisernen Behälter eingefüllt, der oben an der Wand angebracht war.

Felicitas betätigte den Zugmechanismus, indem sie an der Kette zog. Ein kleiner Strom Wasser brauste durch das Rohr, umkreiste die Innenseite der Toilettenschüsssel und rauschte durch das Abflussloch wieder hinaus. Erstaunlich!

Es war die allerneueste Technik. Irgendein genialer Engländer hatte es nach Felicitas' Wissen konstruiert. Solche Abstrusitäten kommen immer aus England, hatte Hans Christoph neulich noch gesagt. Die sind irgendwie verrückt und versuchen auch noch, anderen Leuten ihre Verrücktheiten schmackhaft zu machen.

Also, diese Verrücktheit gefiel Felicitas. Eindeutig. Sie war sich sicher: Wasserspülung im privaten Gemach würde sich mit der Zeit durchsetzen, auch wenn das noch dauern mochte. Sie lächelte. Man stelle sich vor: ein Klosett direkt neben dem Schlafgemach, nur für den Herrn und die Dame des Hauses ... mit Wasserspülung ... was für ein Luxus!

Alle Kammerstühle, alle Nachttöpfe würden überflüssig werden. Die Mägde, die für das Ausleeren dieser notwendigen Übel verantwortlich waren, würden aufjauchzen, wenn solche Arbeiten wegfielen. Sie konnten ihre Zeit mit anderen, nützlicheren und angenehmeren Aufgaben füllen.

Felicitas widmete der Kette mit dem hübschen, blümchenverzierten Porzellangriff einen letzten, wohlwollenden Blick. Dann überprüfte sie ihr Aussehen im Spiegel, bändigte mit dem Finger schnell ein widerspenstiges Löckchen, das sich aus der glatten Haarpracht an der Stirn hervorgestohlen hatte, und machte sich dann wieder auf den Weg nach unten in den Saal.

Annemarie Gaiss kicherte, als Felicitas neben ihr Platz nahm. Hans Christoph lächelte. »Hat dir der Aufenthalt in dem neu gestalteten privaten Gemach gefallen, dass du so lange dort geblieben bist?«, wollte er augenzwinkernd wissen.

»Ich habe vorher ein paar Worte mit Mamsell Adele gewechselt«, sagte Felicitas, ohne auf den scherzenden Ton einzugehen. »Der Bruder des Hausherrn hatte Kopfschmerzen, und ich habe Adele das Pulverbriefchen gegeben, das ich noch hatte.«

»So, so«, fuhr Hans Christoph in neckischem Ton fort. »Aber du wirst doch die Technik ausprobiert haben – oder nicht?«

Felicitas nickte wortlos.

»Einmal – oder zwei-, dreimal?«

»Ach, Hans Christoph! Ich bin doch kein Kind mehr!«

»Wenn das mal stimmt ...«

Felicitas sah ihren Mann ernst an. »Muss ich dich ermahnen, wie Herr Trumpetter seine Frau ermahnen musste?«, flüsterte sie. Sie warf einen raschen Blick zu Anna Reichardt hinüber, die den Schleier hochgeschlagen hatte und sichtbar um ihre Fassung rang.

»Anna Reichardt kann sehen, dass du Witze reißt«, setzte Felicitas hinzu und legte Hans Christoph die Hand auf den

Arm. »Wenn du mich schon als Kindskopf bezeichnest, dann gib wenigstens du den Anschein eines Erwachsenen.«

Doktor Faber, der bis jetzt gelächelt hatte, erstarrte. »Den Anschein?«, fragte er mit unterdrückter Stimme. »Was willst du denn, bitte schön, damit sagen?«

»Genau das, was ich schon gesagt habe«, gab Felicitas ungerührt zurück. »Es ist kindisch, mir Dinge zu unterstellen, die kindisch sind.«

Hans Christoph klappte der Mund auf. »W...was?«, stotterte er. »Aber ich wollte doch nur ...«

In diesem Augenblick sprang Wilhelm Adalbert Reichardts Bruder von seinem Platz neben dem Hausherrn auf, stieß den Stuhl von sich, so dass er umstürzte, und suchte, so schnell er konnte, aus dem Saal hinauszukommen.

»Guntram!«, rief der Hausherr, »was soll denn das? Wo willst du hin?«

»Lass mich!« Das war alles, was sein Bruder entgegnete. Er sah bleich aus, seine Lippen hatten einen bläulichen Ton, und sein Gesicht war schmerzverzerrt.

Wilhelm Adalbert war ebenfalls aufgesprungen und lief ihm hinterher. Seine Frau starrte ihm nach, während ein neuer Tränenstrom sich aus ihren Augen über ihre Wangen ergoss.

Felicitas hatte den plötzlichen Drang, zu der armen Anna Reichardt hinüberzugehen, den Arm um ihre Schultern zu legen und ihr ein tröstendes Wort zu sagen. Und da Hans Christoph immer noch sprachlos war, folgte sie einfach ihrem Gefühl. Sie erhob sich und trat an die Hausherrin heran. »Anna«, sagte sie sanft, »ich möchte Ihnen noch einmal mein tiefstes Mitgefühl aussprechen. Nehmen Sie es nicht so schwer. Ich weiß, das ist leichter gesagt als getan, aber die Zeit heilt alle Wunden – auch Ihre.«

Anna Reichardt senkte den Kopf und griff nach Felicitas'

Hand. »Danke, Madame Faber«, wisperte sie mit tränenerstickter Stimme. »Danke – von ganzem Herzen. Wenn nur erst dieser Tag vorüber wäre ...«

»Er wird vergehen.« Felicitas legte eine Hand auf ihre Schulter. »Sehen Sie, Ihre Eltern waren alt. Sie hatten ihr Leben gelebt, und es ist doch, genau betrachtet, eigentlich schön, dass sie miteinander gegangen sind, nicht wahr? So hat nicht der eine den anderen überlebt, und es ist Ihrer Frau Mutter eine Zeit des Herzeleids und der Trauer um ihren Gemahl erspart geblieben.«

Anna Reichardt schluchzte leise auf. Dann hob sie den Kopf wieder und sah Felicitas an. »So habe ich es noch nicht betrachtet«, gab sie tonlos zurück. »Ich habe nur meine eigene Trauer gespürt. Aber Ihre Worte stimmen mich ruhiger. Wollen Sie nicht bei mir Platz nehmen, solange mein Mann sich um seinen Bruder kümmert?«

Felicitas nickte, aber sie setzte sich nicht. Denn sobald Anna ihren Satz beendet hatte, erschien Wilhelm Adalbert Reichardt bereits wieder im Saal. Er kam mit langen Schritten auf Doktor Faber zu und bedeutete ihm aufgeregt mitzukommen. »Mein Bruder«, sprudelte er hervor, »es geht ihm nicht gut. Bitte, Doktor – sehen Sie einmal nach ihm!«

Die Kaffeetafel war vorzeitig aufgehoben worden. Alle Gäste hatten das Haus Reichardt wieder verlassen, und nur Doktor Faber und Felicitas hielten sich noch hier auf. Man hatte Guntram Reichardt nach oben in den kleinen Salon getragen und ihn auf die grün gestreifte Chaiselongue gebettet, die an einem der vier großen, mit weißen Spitzengardinen verhangenen Fenster stand. Doch der Mann, grau im Gesicht und mit kaltem Schweiß auf der Stirn, wand sich in offensichtlich großen Schmerzen.

»Was kann das sein«, röchelte er, den Blick auf Doktor Faber geheftet, »gestern, als ich hier ankam, ging es mir doch noch ausgezeichnet!«

Hans Christoph Faber schüttelte den Kopf. »Das kann ich im Augenblick noch nicht sagen«, erwiderte er in dem Ton, den Felicitas gut kannte und der ihr verriet, dass ihr Mann ratlos war. »Wenn Sie mir sagen könnten, was Sie seit gestern alles an Speisen und Getränken zu sich genommen haben?«

Guntram Reichardt stöhnte auf und würgte zum wiederholten Mal. Als das Hausmädchen Dorothee ihm eine Schüssel hinhielt, spuckte er blutige Flüssigkeit aus. Dann hustete er. »Ich habe mit meinem Bruder und der Schwägerin zu Abend gespeist«, brachte er rau und tonlos hervor, »es gab kalten Braten, Gemüse und ...«

Wieder würgte er. Diesmal kam nichts mehr: Sein Magen mußte vollkommen leer sein.

Hans Christoph wandte sich an den Hausherrn »Erzählen Sie mir, was Ihr Bruder gegessen hat«, forderte er ihn auf, »ihn strengt das Reden zu sehr an, das sehen Sie ja.«

»Wie Guntram schon bemerkte«, sagte Wilhelm Adalbert, »hatten wir kalten Braten zum Abendessen, dazu Möhren, grüne Bohnen und einen Salat. Aber wir haben alle davon gegessen – wenn etwas nicht gut gewesen wäre, müssten wir uns ja ebenfalls übel befinden!« Er sah seinen Bruder besorgt an. »Aber uns fehlt nichts ...«

»Haben Sie auch heute Morgen gemeinsam das Frühstück eingenommen?«, erkundigte sich Hans Christoph. »Gab es nicht irgendeine Speise, von der Ihr Bruder allein genommen hat?«

»Nicht, dass ich wüsste.« Wilhelm Adalbert schüttelte den Kopf und warf einen schnellen Blick zu Mamsell Adele hinüber, die auf der anderen Seite des Zimmers stand und durch das Fenster auf die Straße hinunterblickte. »Nur – vorhin hat er ein Kopfschmerzpulver eingenommen, das Adele ihm gab. Aber auch davon kann er doch nicht solche Magenkrämpfe bekommen haben!«

»Nein, sicher nicht«, bestätigte Doktor Faber. »Das Pulver stammte von meiner Frau, die es Ihrer Cousine abtrat, weil sie keines mehr im Hause hatte. Ich kann dafür garantieren, dass es von milder Wirkung ist und Ihren Bruder keineswegs so krank gemacht haben kann.«

»Aber was ist es dann?« Wilhelm Adalbert sah noch einmal zu Adele hinüber, ehe er sich wieder an Doktor Faber wandte. »Können Sie nichts tun, um Guntram Erleichterung zu verschaffen?«

»Ich stehe vor einem Rätsel«, murmelte Hans Christoph. Er nahm Dorothee die Schüssel mit dem Erbrochenen ab, musterte den Inhalt intensiv und roch daran. »Er muss vor allem trinken, so viel er kann«, fügte er mit erzwungener Sachlichkeit hinzu. »Sorgen Sie dafür, dass er nicht zu viel Flüssigkeit verliert. Lassen Sie ihm warmen Tee aus Kamillenblüten einflößen, mit einer Prise Salz versetzt. Und er muss warm gehalten werden.«

Mamsell Adele drehte sich um und kam herüber. »Ich kümmere mich darum«, sagte sie gefasst. »Und Sie macht sich in die Küche, um den Tee aufzubrühen«, forderte sie in knappen Worten das Hausmädchen auf. »Muss Ihr eigentlich immer ausdrücklich befohlen werden, was Sie tun soll – oder denkt Sie auch hin und wieder einmal selbst?«

Dorothee trollte sich, nicht ohne Mamsell Adele im Weggehen noch einen funkelnden Blick zuzuwerfen.

Felicitas dachte sich ihr Teil. Sie ging an das Fenster, an dem vor Augenblicken noch die Cousine des Hausherrn gestanden hatte, zog den dünnen Spitzenvorhang ein wenig beiseite und schaute hinaus. Die Straße war menschenleer. Nur linkerhand bog gerade eine schmale Gestalt in eine Seitenstraße ein ... ein einsamer Passant offenbar, der unten zufällig vorübergegangen war. Sonst parkte nur noch der Faber'sche Wagen da unten vor dem Haus; Adam musste die Zeit inzwischen verflixt lang werden.

Aber der Adam war so etwas ja gewöhnt. Immer wieder kam es vor, dass der Doktor bei einer Visite länger brauchte und sein Kutscher warten musste.

Ob sie hinuntergehen und ihm ein bisschen Gesellschaft leisten sollte? Felicitas überlegte einen Augenblick. Dann entschied sie sich dafür. »Hans Christoph«, sagte sie, sich zu ihrem Mann umwendend, der gerade dem Kranken den Puls fühlte, »ich warte im Wagen, wenn du nichts dagegen hast. Hier bin ich ja doch überflüssig und im Wege.«

»Ja, tu das nur«, murmelte Hans Christoph geistesabwesend. »Ich lasse dir sagen, was weiter geschehen soll.«

»Meinst du damit, dass du vielleicht hier bleiben wirst?« Felicitas hatte es sich beinahe schon gedacht. Sie kannte Situationen wie diese zur Genüge und hatte es längst aufgegeben, sich deswegen den Kopf zu zerbrechen. Hans Christoph war eben Arzt – und Ärzte hatten immer zur Verfügung zu stehen, ob es ihren Frauen nun passte oder nicht.

»Mag sein«, bestätigte Hans Christoph. »Die Magenbeschwerden sind so akut, dass ich den Mann besser persönlich unter Beobachtung halte.« Er schüttelte den Kopf, steckte seine schöne goldene Sprungdeckeluhr, die er zur Pulsmessung benutzt hatte, wieder ins Uhrentäschchen seines Fracks und räusperte sich. »Wie gesagt«, wandte er sich seiner Frau noch einmal zu, »ich lasse dich gleich wissen, was zu tun ist – gib mir nur ein paar Minuten Zeit.«

»Gut.« Felicitas nickte ihm zu, dann verabschiedete sie sich von den restlichen Mitgliedern der Familie Reichardt, die um die Chaiselongue mit dem Kranken versammelt waren. »Ich wünsche Ihnen allen, dass dieser Trauertag sich nicht noch aufreibender gestalten möge«, sagte sie und schenkte Anna Reichardt ein kleines Lächeln. »Gehaben Sie sich wohl – und möge Gott Sie vor weiterem Übel bewahren!«

Damit verließ sie den Salon. Auf der Treppe zur Halle kam ihr Dorothee entgegen, die Kanne mit dem Kamillentee in beiden Händen vor sich hertragend. »Wollt Ihr schon gehen, Madame Faber?«, fragte das Hausmädchen. In ihrer Stimme schwang deutliches Bedauern mit.

»Ja. Warum fragt Sie?«

»Ihr seid in diesen Stunden der einzige Mensch, der nett zu mir gewesen ist.« Dorothee fasste die Kanne, ein schönes Stück mit breitem Goldrand am Hals und einem wunderhübschen Blütenmedaillon auf einer Seite, fester und drückte sie an die Brust. »Das hat mir gut getan, wisst Ihr.«

»Sie hat es wohl nicht leicht in diesem Haus?«

Dorothee nickte langsam. »Aber erst, seit Mamsell Adele hier eingezogen ist«, murmelte sie stockend.

»Die Mamsell mag Sie wohl nicht besonders?«

»Sie mag mich überhaupt nicht«, erwiderte Dorothee. Ihre Stimme hob sich. »Und ich habe keine Ahnung, warum das so ist. Ich tu doch meine Arbeit und lass mir nix zuschulde komme!«

»Das spielt manchmal keine Rolle«, sagte Felicitas. »Wenn eine Antipathie vorhanden ist – dann hilft gar nichts.«

»Eine Anti... was?« Dorothee sah Felicitas mit runden Augen an.

»Nun – ein gewisses Nicht-Leiden-Können, das Gegenteil von Sympathie. Versteht Sie?«

Dorothee nickte. »Gegen die alt Trud hatte sie auch ne Antipathie«, sagte sie im Brustton der Überzeugung. »Obwohl die Trud sich böse Worte nie und nimmer hätte gefallen lassen. Noch am Abend, bevor sie gestorbe is, da hat sie mir gesagt, Mädchen, hat sie gesagt, wenn die Mamsell meint, sie könnt hier die Hausfrau in die Eck drängen, dann hat sie sich aber verrechnet!«

»So, hat sie das gesagt ...« Felicitas fand diesen Gedanken merkwürdig. »Aber warum sollte die Mamsell denn die Hausfrau verdrängen wollen? Anna Reichardt wird sich von den Schicksalsschlägen erholen, die sie betroffen haben – ganz bestimmt. Und dann wird sie ihre Aufgaben wieder ganz allein wahrnehmen können – auch ohne die Hilfe der Cousine ihres Mannes.«

»Mamsell Adele is aber net dem Hausherrn seine Base«, widersprach Dorothee. »Die is mit der gnä Fraa verwandt. Darum darf sie ja auch uns Domestiken vorschreiben, was wir machen sollen.«

»Hat die gnädige Frau das so angeordnet?« Felicitas war überrascht. Adele – die Cousine der Hausfrau?

»Net direkt.« Dorothee schickte sich an, weiter die Treppe hinaufzusteigen. »Es war mehr der gnä Herr. Der wollt, dass sei Fraa sich erst mal ausruht. Und wer könnt solange besser die Aufsicht führen, als die Bas von der Fraa? Hat er gemeint ...«

»Da hatte er nicht Unrecht.« Felicitas raffte ihre Röcke, drückte ihre Krinoline ein wenig zur Seite und ließ das Mädchen passieren. »Wahrscheinlich versucht Mamsell Adele nur, alles so gut wie möglich zu machen. Und dabei übertreibt sie's vielleicht ein bisschen mit der Härte den Domestiken gegenüber.«

»Mag ja sein«, schmollte Dorothee. »Aber's wär weiß Gott net nötig. Wir tun ja alle unser Bestes ...« Sie nahm die nächste Stufe. »Jetzt muss ich aber – sonst krieg ich den nächsten Rüffel ...«

Damit knickste sie und lief los. Felicitas sah dem Mädchen nachdenklich zu, wie es eilig die Treppe hinaufstieg. Allerdings, dachte sie. Mamsell Adele hatte keinen Grund, Dorothee immerfort zu tadeln. So, wie das Mädchen sich anstrengte ...

Sie ging hinunter in die Halle. Hier lungerten zwei halbwüchsige Jungen herum, beide barfüßig und schmuddelig, mit recht abgetragener Kleidung und von magerer Gestalt. Der eine, dessen schulterlanges blondes Haar im Nacken zu einem altmodischen dünnen Rattenschwänzchen zusammengebunden war, nahm Haltung an, als er Felicitas kommen sah. Er stellte sich gerade hin und straffte die Schultern, während der andere in seiner nachlässigen Haltung verharrte und sie nicht einmal eines Blickes würdigte.

Der mit dem Zöpfchen kam auf Felicitas zu. »Kann ich irgendwie behilflich sein, Madam?«, fragte er dienstbeflissen. »Ich könnte Euch ne Droschke rufen oder Euch zu Fuß nach Haus begleiten«, er musterte Felicitas gründlich, »oder vielleicht darf ich Euch ja auch das Täschchen tragen ... oder ...«

»Lass gut sein, Junge«, unterbrach Felicitas ihn. »Ich brauche weder einen Begleiter noch einen, der mir mein Täschchen trägt«, hier musste sie unwillkürlich lächeln, denn sie hatte ja lediglich ihren winzigen Pompadour bei sich. »Außerdem wartet draußen vor dem Haus mein eigener Wagen auf mich«, fügte sie hinzu, »du siehst, bei mir gibt's nichts zu verdienen.«

Dem Jungen stand die Enttäuschung ins Gesicht geschrieben. Er wollte gerade wieder an seinen Platz neben der Tür zurückgehen, als er sich noch einmal an Felicitas wandte. »Aber vielleicht habt Ihr morgen ne Besorgung zu machen«, sagte er mit neuer Begeisterung, »und es ist grade keiner von Euren Domestiken frei. Da könnte ich doch ...«

Wieder fiel Felicitas ihm ins Wort: »Jetzt aber gemach, bei mir im Haus dient schon ein Junge in deinem Alter. Und mehr Hilfe brauch ich beim besten Willen nicht. Es tut mir Leid, Junge – aber so steht's nun mal.«

Der Halbwüchsige sank in sich zusammen. Seine Schultern sackten wieder nach unten, sein Rücken wurde krumm, er schien zu schrumpfen. »Schade«, murmelte er und schlurfte in seine Ecke zurück.

Felicitas empfand plötzlich brennendes Mitleid mit diesem Gossenkind.

»Sag mal, wieso treibt ihr euch eigentlich hier in der Halle dieses Hauses herum?«, fragte sie den mit dem Rattenschwanz und meinte damit alle beide Jungen. »Und wie heißt ihr überhaupt?«

Der Rattenschwanz blieb stehen und drehte sich zu ihr um. In seinen dunkelbraunen Augen glänzte neue Hoffnung auf einen bezahlten Auftrag. »Ei – wir haben Erlaubnis vom Hausknecht gehabt«, sagte er, »aber dann sind die Gäst alle so schnell widder weggewese ... und weil Ihr ja noch da wart, habbe mer uns gedacht, mer könnt doch Euch und den Herrn Dokter mal anspreche, damit das Warte net ganz umsonst gewese wär ...«

»So, so.« Felicitas wusste nicht, ob sie ihm das glauben sollte. Doch der andere Junge, der bis jetzt stumm und in krummer Haltung an der Tür gelehnt hatte, nickte und bestätigte die Erklärung seines Freundes mit einem Brummen. »Und jetzt warte mer noch darauf, dass der Hausknecht vielleicht 'n paar Stücke Kuchen für uns runterbringt«, setzte er hinzu. »Es is bestimmt was liege gebliebe – so üvverstürzt, wie die Leut abgehaue sind ...«

»Du hast mir noch nicht gesagt, wie du heißt«, wandte sich Felicitas wieder an den mit dem Rattenschwanz.

»Friedrich Karl, und der da hinne – das is der Anton. Der hätt auch gern nen Auftrag ...«

Das hoffnungsvolle Glitzern in den Augen des Gossenkindes war Felicitas nicht entgangen. »Ihr könnt euch ja morgen früh mal bei mir melden«, sagte sie zögernd, »meine Wirtschafterin hat bestimmt irgendeine Arbeit für euch.« Was das für Arbeiten sein sollten, wusste sie noch nicht. Kätt würde höchstwahrscheinlich aus der Haut fahren bei dem Ansinnen, diese beiden schmuddeligen Gesellen in ihrer sauberen Küche zu beschäftigen. Aber vielleicht kam ja auch alles ganz anders ...

Der Rattenschwanz tat vor Freude einen kleinen Hopser. Der andere, etwas Ältere zuckte die Achseln. »Mer könne ja mal komme«, meinte er ohne Begeisterung. »Wo is denn Euer Haus?«

»In der Fahrgasse, das Haus vom Doktor Faber. Wenn ihr's nicht finden könnt, fragt die Leute auf der Straße. Jeder kann euch den Weg weisen.«

Der Redselige zeigte immer noch eine unbändige Freude, während der andere Junge offenbar nicht daran glaubte, morgen Arbeit zu bekommen. Doch immerhin hatte er sich bereit erklärt, auf Verdacht zu erscheinen. »Also dann, Karl und Anton«, sagte Felicitas, während sie zur Haustür schritt, »wir sehen uns morgen!«

Der mit dem Rattenschwanz war schnell. Er preschte vor und riss die Tür für Felicitas auf. Dabei grinste er sie so breit an, dass sie lachen musste. Doch nach dem kurzen Heiterkeitsausbruch presste sie schnell die Hand auf den Mund. Es ziemt sich nicht, in einem Trauerhaus laut zu lachen, tadelte sie sich selbst in Gedanken und warf auch dem Jungen einen strengen Blick zu. »Etwas mehr Ernst, wenn ich bitten darf«, sagte sie zu ihm, aber diese Worte der Zurechtweisung waren in Wirklichkeit eher an sie selbst gerichtet.

Der Gassenjunge hatte sie durchschaut – sie erkannte es deutlich an seinem verschmitzten Blick. »Soll mir'n Befehl sein«, murmelte er und grinste noch einmal, aber nicht mehr ganz so breit.

Adam saß auf dem Bock des kleinen Zweisitzers, hatte die Schirmmütze über die Nase nach vorn geschoben und schien zu dösen. Als Felicitas an ihn herantrat, fuhr er zusammen und richtete sich ruckartig auf. »Gnä Fraa«, sagte er, und seine Stimme klang ein wenig schlaftrunken, »is der Kaffee schon vorbei? Ich dacht, es könnt länger dauern ...«

»Herrn Reichardts Bruder ist plötzlich krank geworden«, erwiderte Felicitas. »Der Doktor wird noch ein Weilchen an seiner Seite bleiben. Und da dachte ich mir, ich könnte auch hier auf ihn warten. Da drinnen herrscht eine so bedrückende Stimmung ...«

»Kei Wunner«, murmelte Adam. Er war aufgestanden und vom Bock abgestiegen, um seiner jungen Herrin in die kleine Kutsche zu helfen. »Ich hab all die annern Gäst abfahre sehe und es net recht verstanne. Hab angenommen, die gehen auch früher – von weje der trübe Stimmung ... in nem Haus, wo in der letzte Zeit so viel Unglück geschehe is ...«

Felicitas nickte. Sie reichte Adam, der den dreistufigen Tritt an der Seite des Wagens heruntergeklappt hatte, die Hand. Mit Schwung hievte sie der Hausknecht und Kutscher hinauf, und sie ließ sich in den Sitz sinken. »Hier draußen ist so schöne frische Luft«, seufzte sie. Ein Gedanke kam ihr. »Sag Er mal – war der Mann, der hier eben vorbeigekommen ist, auch einer von den Gästen?«

»Mag schon sein«, sagte Adam. »Er is aus dem Haus gekomme – aber aus dem Dienstboteneingang komischerweise. Dabei hatte er'n ziemlich feinen Rock an – so'n glänzendes, teures Tuch ...«

»Wie sah er denn aus?«

»Lange Haar«, überlegte Adam, »bis auf die Schultern, wie die junge Stutzer des heut trage ...« Er machte eine Pause. »Für meinen Geschmack 'n bisschen zu auffallend ... halt net wie'n richtiger Mann ...«

»Waren die Haare gekräuselt? Und hatte er so eine zierliche, schlanke Gestalt?«

»Ja, ja.« Adam nickte. »Hätt er net Hose angehabt, mer hätt ihn glatt für'n Mädel halte könne. Und bei ihm war so einer mit wilde Locke.« Er räusperte sich. »Es nimmt üvverhand mit dene Stutzer«, fügte er missbilligend hinzu. »Wo soll das hinführe, frag ich mich ...«

War die sonderbare Gestalt, die Adam gesehen hatte, der, mit dem Michele Bernardini im Konzert gewesen war? Felicitas war sich beinahe sicher. Aber wieso sollte der sich hier im Reichardt'schen Haus aufgehalten haben? Darauf hatte sie keine Antwort, denn Michele Bernardini war doch in Begleitung Elektra Trumpetters zum Begräbniskaffee erschienen ...

11

Es dauerte beinahe eine Stunde, bis Hans Christoph herauskam. Guntram Reichardt gehe es kein bisschen besser, berichtete er, und er wisse nicht, wie er die schrecklichen Magenkrämpfe des Mannes behandeln solle. Man würde auf sein Anraten auch noch den alten Doktor Barthold konsultieren, der bald kommen müsse. Vielleicht wisse der aufgrund seiner viel längeren Erfahrung, was man tun könne. »An solchen Tagen wünschte ich mir, ich hätte einen anderen Beruf als den des Arztes ergriffen«, sagte er bedrückt, während er neben Felicitas im Wagen Platz nahm, »man fühlt sich so erbärmlich hilflos und unwissend ... Man kann nicht helfen und würde es doch so gern tun! Die Medizin steckt in den Kinderschuhen. Könnte man doch in einen Menschen hineinsehen und genau feststellen, wo die Ursachen seines Leidens liegen!«

»Bertram Gaiss hat vielleicht ein Mittel, um Reichardts Bruder Erleichterung zu verschaffen.« Felicitas legte beruhigend die Hand auf Hans Christophs Arm. »Hast du nach ihm schicken lassen?«

»Nein!« Doktor Faber hatte die Stimme gehoben und hörte sich gereizt an. »Wie kann der Apotheker helfen, wenn der Arzt nicht weiß, wie das Mittel aussehen muss, das Hilfe bringt? Du hast manchmal schon sonderbare Vorstellungen, Felix!«

»Nun werde nicht gleich beleidigend!« Felicitas zog ihre

Hand zurück und machte einen Schmollmund. »Kann es nicht doch sein, dass Guntram Reichardt irgendetwas gegessen hat, das er nicht verträgt? Und wenn ja – gibt es dann nicht etwas, um seinen Magen zu beruhigen?«

Hans Christoph verneinte. »Wir haben alles besprochen, was er heute zu sich genommen hat«, sagte er unwirsch. »Er hat nichts anderes gegessen als die anderen im Haus. Und da es denen gut geht, kann Guntram Reichardts übles Befinden nicht damit zusammenhängen!«

»Also doch eine echte Krankheit«, sinnierte Felicitas. »Welche Seuchen machen denn Magenbeschwerden und Krämpfe?« Sie sah ihren Mann erschrocken an. »Es wird doch nicht die Ruhr oder die Cholera sein?«

»Felix«, Doktor Faber hielt bei diesem Gedanken beinahe die Luft an, »Gott möge es verhüten. Aber ich glaube nicht daran.«

Adam hatte die Zügel genommen und den dicken Braunen in Zuckeltrab versetzt. Der Wagen rollte los, bahnte sich den Weg durch den Verkehr, der zu dieser Tageszeit immer noch recht dicht war. Während der Fahrt sprachen Hans Christoph und Felicitas nicht mehr miteinander. Beide hingen ihren Gedanken nach, und das taten sie auch den Rest des Tages.

Gleich nach seiner Ankunft in der Fahrgasse verschwand Doktor Faber in seinem Studierzimmer und begann medizinische Bücher zu wälzen. Felicitas setzte sich in den Salon und versuchte sich mit irgendeiner Handarbeit zu beschäftigen, aber es kam nichts Rechtes dabei zustande. Leni, die mit den Kindern heraufgekommen war, konnte sie auch nicht vom Grübeln abbringen. Heute war zu viel Unerklärliches vorgefallen, als dass sie es einfach dabei hätte belassen können.

Was hatte der sonderbare, geckenhaft aussehende Freund

von Michele Bernardini im Haus der Reichardts zu suchen gehabt? Und wieso – wenn Michele Bernardini offensichtlich eher Männern als Frauen zugetan war – machte er Elektra Trumpetter den Hof? Das musste sie herausfinden. Ihre angeborene Neugier forderte es.

Gleich morgen würde sie versuchen, das Rätsel zu lösen. Und Friederike Pinass, die ja immer alles wusste, sollte ihr dabei helfen.

Die Turmuhr schlug sieben, und Kätt trug das Abendessen auf. Sie hatte sich Mühe gemacht – die Dickmilchsuppe mit Rosinen war wunderbar gelungen, und sie hatte sogar daran gedacht, für ›Herrn Dokter‹ einen Topf Kaffee aufzubrühen, da ›Herr Dokter‹ wie so oft bis in die Nacht arbeiten wollte. Aber Hans Christoph und Felicitas saßen vor ihren Tellern, starrten in die appetitlich duftende Suppe und gaben kein Wort von sich – geschweige denn eins der Anerkennung für die Köchin.

Schließlich wurde es Kätt zu viel. »Ei – was hält der Mensch denn davon«, sagte sie beim Abräumen der Teller. »Gibt's da jetzt im Haus Reichardt schon widder en Unglück. Der Adam sagt mir, jetzt läg der Bruder vom Reichardt im Sterbe ...«

Doktor Faber hob ruckartig den Kopf. »So weit ist es noch nicht«, sagte er barsch, »vorerst handelt es sich um Magenkrämpfe.«

»So fängt's halt immer an«, brummelte Kätt. »Anfangs tut's nur ein bisschen weh – und am End is mer tot ... und da hilft aach kei Medizin – nix für ungut, Herr Dokter!«

»Lieber Himmel, Kätt!« Doktor Faber musste trotz seiner bedrückten Stimmung lachen. »Sie hat ja nicht sonderlich viel Vertrauen in uns Ärzte, was?«

»Doch, doch«, widersprach Kätt halbherzig, »avver viel

mehr als mei alte Großmutter kann doch en Dokter aach net zuwege bringe. Isses net so?«

Felicitas blieb der Mund offen stehen. Was ihre alte Perle sich erlaubte! Kätt hatte ja aus ihrem Herzen nie eine Mördergrube gemacht, aber die Sprüche, die sie jetzt machte – die gingen doch entschieden zu weit!

»Nun aber genug«, sagte sie energisch, während sie versuchte, Kätt streng anzusehen. »Ich hätte diesen Tisch gern noch vor Mitternacht abgeräumt, weil ... weil ...« Ihr fiel keine vernünftige Begründung ein außer der des Bedürfnisses nach Ordnung. Und die würde Kätt ihr bestimmt nicht abnehmen. »Also, ein bisschen hopplahopp, wenn ich bitten darf«, fügte sie hinzu und wandte das Gesicht ab, damit Kätt das Grinsen nicht sah, das sich nun doch auf ihr Gesicht gestohlen hatte.

»Schon gut«, brummte Kätt, »ich weiß, wann ich üvverflüssig bin. Trotzdem hätten gnä Fraa wenigstens sage könne, ob die Supp gut oder net so gut war ...«

»Sie war ganz hervorragend«, ließ sich Doktor Faber vernehmen und lächelte Kätt an. »Hab ich Ihr eigentlich schon gesagt, dass Sie in letzter Zeit besonders gut kocht und dass Sie außerdem immer noch aussieht wie's blühende Leben?«

»Ach Gott, Herr Dokter ...« Kätt wusste auf einmal nicht so recht, in welche Richtung sie schauen sollte. Sie lief rot an wie ein junges Mädchen und nestelte an ihrem Schürzenband herum. »Wenn eine mal die vierzig üvverschritte hat«, fuhr sie verlegen fort, »dann isses mit dem blühende Lebe net mehr so weit her ... Und wenn mer dann noch bedenkt, wie's bei de Reichardts geht ...«

»Auf diesem Haus hat das Schicksal seine Hand«, meinte Doktor Faber. »Am Ende geht's halt doch immer, wie's Gott gefällt.«

Kätt nickte heftig. »Und wenn mer da angekomme is mit seine Überlegunge, dann muss mer halt sage – der Arzt kann nur so weit helfe, wie's der liebe Gott zulässt. Isses net so?«

»Im Grunde ja.« Doktor Faber blickte auf seine Hände. »Aber er bietet uns auch die Möglichkeit, nachzuforschen und die Ursachen der Krankheiten herauszukriegen. Und wenn es wieder einem klugen Kopf gelungen ist, auf diesem Gebiet weiterzukommen, dann können wir Ärzte ...«

»... dem lieben Gott besser ins Handwerk pfuschen?«, sagte Felicitas mit einem boshaften Unterton. »Aber das tut ihr ja schon – ihr und die Herren Apotheker!«

Als Hans Christoph sich seiner Frau zuwandte, sah Felicitas, wie die Begeisterung, die eben noch in seinen Augen gelegen hatte, wieder erlosch. »Du hast so eine Art, einem den Wind aus den Segeln zu nehmen«, sagte er müde. »Warum fällst du mir in den Rücken? Ist es nicht schlimm genug, dass ich so wenig für Guntram Reichardt tun kann?«

»Verzeih«, entschuldigte sie sich mit leiser Stimme. »Ich wollte dich und vor allem deinen Berufsstand nicht beleidigen. Aber man hat eigentlich immerzu den Eindruck, die Medizin tappt im Dunkeln.«

»Tut sie ja auch – meistens.« Hans Christoph schien wieder versöhnt. »Dennoch versucht man als Arzt, was in seinen schwachen Kräften steht.«

Kätt wagte lächelnd einen Rettungsversuch. »Also – Herr Dokter sollten sich jetzt abber net gar so klein mache. Ich hör immer widder, mein Herr Dokter is der best in der ganze Stadt, und wenn man schon mal nen Dokter braucht, dann sollt's der Herr Dokter Faber sein, aus der Fahrgass!«

Hans Christoph bedankte sich mit einem Lächeln für das Kompliment. Kätt nahm das voll gestellte Tablett mit den Tellern und der Suppenterrine und trug es hinaus. Felicitas und ihr Gatte waren allein. Einen Augenblick lang blieb Doktor Faber noch am Esstisch sitzen und starrte vor sich hin. Dann stand er auf, straffte die Schultern und wandte sich zur Tür. »Ich mache mich wieder ins Studierzimmer«, sagte er zu Felicitas. »Warte nicht auf mich – geh zu Bett, wenn du müde wirst. Es kann recht spät werden.«

Es wurde spät. Felicitas, die für ein paar Atemzüge aus dem Tiefschlaf auftauchte, als Hans Christoph endlich zu ihr ins Bett kam, hatte sekundenlang den Eindruck, als graue vor dem Fenster schon der Morgen. Doch sie drehte sich um, kuschelte sich an ihren Mann und schloss genüsslich die Augen. Unbekümmert ließ sie sich wieder in den Schlaf zurücksinken. Sollten doch erst einmal die Amseln anfangen zu singen. Dann konnte man sich immer noch überlegen, ob man heute ganz früh aufstehen oder lieber noch ein Weilchen faulenzen wollte.

Das Frühstück würde Hans Christoph bei ihr einnehmen, hatte Felicitas sich geschworen. Sie würde ihn erst an seine Arbeit entlassen, wenn der Tisch wieder abgedeckt war. Und sie würde darauf bestehen, dass er nicht nur schnell eine Tasse Kaffee hinunterstürzte, sondern auch ein wenig Nahrung zu sich nahm. In letzter Zeit hatte er für ihren Geschmack allzu häufig die Mahlzeiten versäumt.

Sie sah ihren Mann prüfend an. Hans Christoph, angetan mit einer ganz neuen, blütenweißen Halsbinde, zog sich gerade den leichten Rock an, den er sich herausgesucht hatte. Das Wetter war sehr warm; wenn ein Mann schon dazu gezwungen war, seinen Hals mit einer Krawatte zu umwickeln, so sollte er ansonsten nicht mehr als nötig leiden müssen.

Felicitas stimmte da völlig mit Hans Christoph überein. Zu Hause erlaubte sie ihm selbstverständlich, bei warmer Witterung Halsbinde und Kragen abzulegen und sogar den obersten Hemdenknopf zu öffnen. Doch in der Öffentlichkeit ging das natürlich nicht an. Da musste man als Arzt schließlich ein gutes Beispiel geben und durfte sich nicht gehen lassen, was die Kleidung betraf.

»Hans Christoph«, sagte Felicitas, während sie ihm beim Überstreifen des Rocks behilflich war, »wirst du heute wieder einen Besuch bei den Reichardts machen?«

»Sicher. Gleich nach dem Frühstück.« Er atmete tief ein. »Ich habe möglicherweise eine Kur für Guntram Reichardt gefunden – zumindest könnten Erbrechen und Dysenterie damit unter Umständen gemildert werden. Ich werde das Mittel selbst bei Bertram Gaiss beschaffen und es bei den Reichardts vorbeibringen ...«

Er bot Felicitas den Arm. Sie lächelte und nahm sein Angebot an, sie zum Frühstück in den Salon zu führen. »Was wirst du heute tun?«, fragte er. »Manchmal wünschte ich mir, ich könnte mehr Zeit mit unserer Kleinen verbringen – so wie du. Darum beneide ich dich, Felix!«

Sie blickte zu ihm auf. »Du musst nur wollen«, erwiderte sie mit einem spitzbübischen Lächeln. »Ich weiß, du wirst mir widersprechen, aber möglich wäre es schon, dass du dir hin und wieder ein paar freie Stunden gönnst.«

Er gab darauf keine Antwort, doch an seiner Miene konnte Felicitas erkennen, dass er mit ihr übereinstimmte. »Wir werden sehen«, sagte er nur. In Gedanken war er offenbar schon wieder bei seinen medizinischen Fragen.

Der Frühstückstisch war bereits gedeckt. Felicitas klingelte nach Kätt, die beinahe augenblicklich mit den frischen Wecken und der dampfenden Kaffeekanne erschien. Leni folgte gleich hinter ihr, das fröhlich krähende Lottchen auf dem Arm.

»Da ist der Papa«, sagte Felicitas ihrem kleinen Mädel vor, während sie das Kind von Leni entgegennahm und auf ihrem Schoß platzierte. Dann ergriff sie Charlotte Amélies Händchen und deutete damit auf Hans Christoph. »Daaa ... ist der Papaaa!«

Lottchen kreischte vor Vergnügen. Doktor Faber lachte leise, stand auf und nahm Felicitas die Kleine vom Schoß. »Ja, da ist der Papa«, sagte er, »und der Papa wird bald öfter da sein ... damit sein Töchterlein ihn auch kennen lernt!«

Leni musste am Tisch Platz nehmen und bekam auch eine Tasse Kaffee. Gerade als sie sich niedergelassen hatte und die Tasse mit dem belebenden schwarzen Getränk an die Lippen führen wollte, schollen von draußen laute Stimmen herein.

»Ihr Kerle – ich werd euch lehre, einfach in fremder Leut Häuser einzudringen!« Das war Kätt, und sie hörte sich wütend an.

»Aber wir sollten doch ... wir waren doch hierher be...«

»Ihr wart üvverhaupt nix!« Kätt hatte dem Jungen, der sich da zu rechtfertigen versuchte, einfach das Wort abgeschnitten. »Ihr macht euch raus uff de Gass – alle beide! Lumpengesindel!«

»Was ist denn da los?«, wunderte sich Hans Christoph. Er wollte seiner Frau das Baby wiedergeben, aber Felicitas war schon aufgestanden. »Ich regle das selbst«, sagte sie. »Ich hab den Aufruhr ja auch verursacht.«

»Wie darf ich das verstehen?«

»Später«, vertröstete Felicitas ihren Gemahl. Dann ging sie zur Tür und trat auf den Flur hinaus.

Unten in der Diele stand Kätt, beide Fäuste in die drallen Hüften gestemmt, und blickte dräuend auf die beiden schmuddeligen Halbwüchsigen hinab, die sich Zoll für Zoll rückwärts Richtung Haustür bewegten. Der mit den offen flatternden halblangen Haaren hielt demütig eine speckige blaue Schirmmütze in der Hand. Der mit dem Rattenschwänzchen schien keine Kopfbedeckung zu besitzen.

Felicitas begann die Treppe hinunterzusteigen. »Da seid ihr ja!«, rief sie den Jungen zu. »Und tatsächlich pünktlich, wie vereinbart!«

Kätt fuhr zusammen, blickte nach oben, zeigte Verblüffung. »Wollt Ihr damit sage, die Kerle habbe gar net geloge?«, fragte sie ungläubig.

»Ganz richtig«, sagte Felicitas trocken. »Ich möchte gern, dass die beiden eine Arbeit übertragen bekommen und dafür anständig bezahlt werden – wenn sie ordentlich arbeiten.«

Der mit dem Rattenschwanz stieß einen Freudenschrei aus, der ein bisschen wie das Quieken eines Ferkels klang. Der andere zerknüllte seine Mütze, zerrte sie wieder auseinander und blickte Felicitas mit offenem Mund entgegen. »Ihr wollt uns wirklich in Taglohn nehmen?«, wollte er wissen.

»Hat sie doch eben gesagt«, meinte der Rattenschwanz. »Die meint, was sie sagt!«

»Kaum zu glaube ...« Der mit der Mütze – Anton, wenn Felicitas sich recht erinnerte – kam auf sie zu und machte einen übertrieben tiefen Kratzfuß. »Zu Diensten«, murmelte er, »und's soll Euch net reuen!«

»Bestimmt net!«, fiel Karl, der Rattenschwanz, bereitwillig ein. »Wenn Ihr uns nur sagt, was mer mache solle – es wird sofort erledigt!«

Felicitas heftete den Blick auf Kätt. »Was gibt es zu tun?«, fragte sie ihre Perle. »In der Küche ist doch bestimmt reichlich Arbeit.«

Kätt war alles andere als begeistert. »Ich muss uff de Markt«, antwortete sie. »'s wär net schlecht, wenn mir einer die Körb trage könnt. Aber wie soll ich wisse, ob mir des Gesindel net davonläuft mit meine Einkäuf ...«

Die beiden Jungen sahen sich an. Dann richteten sie einhellig den Blick auf Kätt. »Wir schwören«, sagte Karl, »dass wir ehrlicher Eltern Kinder sind. Und ...«, er blickte kurz zu Felicitas hinüber, als wolle er sie um Unterstützung angehen, »wir habbe noch nie ... also ... noch net oft lange Finger gemacht ...«

»Ich glaube dir jedes Wort«, sagte Felicitas fest. »Also, ihr geht mit Kätt Besorgungen machen. Und wenn ihr wieder da seid, kommt ihr zu mir in den Salon, damit ich euch euren Lohn geben kann. Vielleicht auch eine weitere Aufgabe – das wird sich finden.«

Diesmal verlieh auch Anton mit der Mütze seiner Begeisterung Ausdruck. Er hüpfte in die Luft, aber der Hopser wirkte so winzig und verhalten, dass es Felicitas einen Stich versetzte. »Los dann«, forderte sie die Bengels auf, »macht euch in die Küche. Kätt hat vor dem Gang auf den Markt vielleicht noch einen Napf Hafersuppe für euch – und einen Weck dazu.«

»Ob noch was übrig is, weiß ich net«, brummelte Kätt wenig erfreut. »Und ich nehm die Bursche auf Eure Gefahr mit, gnä Fraa ... vollkommen auf Eure Gefahr!«

Felicitas war schon beinahe wieder die Treppe hinaufgestiegen. Wortlos nickte sie nur, was ihr Faktotum aber deutlich sehen konnte. Brannten die Jungen wirklich mit dem Korb voller Lebensmittel durch – nun gut, dann hatte sie sich eben in ihnen geirrt. Machten sie aber ihre Sache gut und entlasteten Kätt ein wenig bei der leidigen Schlepperei, dann durften sie darauf hoffen, noch öfter Arbeit zu finden. Denn der Frieder, der bis vor kurzem in Haus und Stall ausgeholfen hatte, war von einem Glasermeister aus der Nachbarschaft in die Lehre genommen worden – und das ganz ohne Lehrgeld. Ein absoluter Glücksfall für den Buben. Der hatte die Gelegenheit nicht ungenutzt vorübergehen lassen – und Doktor Faber hatte ihn natürlich nicht festgehalten.

Noch als Hans Christoph gegangen war und Felicitas sich in der Schlafkammer vor dem Frisierspiegel für den Besuch bei Friederike Pinass zurechtmachte, gingen ihr die beiden Gossenkinder nicht aus dem Kopf. Denen boten sich solche Chancen nicht – denn sie hatten niemanden, der sich für sie einsetzte. Der Frieder hatte da mehr Glück gehabt. Wäre damals sein Vater allerdings nicht beim Ausladen von Fässern verunglückt und hätte Doktor Faber ihn nicht behandelt und hätte Felicitas nicht die Familie des Verunglückten kennen gelernt und sich ihrer angenommen, dann ...

Sie zupfte an ihren Schläfenlocken. Ihr Entschluss stand bereits fest: Sie würde auch bei den zwei Gossenkindern Schicksal spielen und zusehen, dass sie etwas mehr Glück hatten. So schwer war das gar nicht, wenn die Betreffenden mitspielten. Leni war Madame Merker. Der Frieder hatte einen Lehrmeister. Frieders Schwester Bärbel arbeitete inzwischen als Magd bei Annemarie Gaiss und hatte in dem Provisor von Apotheker Gaiss einen ehrlichen Bewunderer gefunden, der sich ganz offensichtlich Hoffnungen machte. Für Bärbel ein Riesensatz die Leiter hinauf, wenn man bedachte, dass ihr Vater nur ein einfacher Hafenarbeiter war ...

O ja – sie würde die zwei Kerle, wie Kätt sie genannt hatte, in die richtige Richtung schubsen. Mit leuchtenden Augen lächelte sie ihrem Spiegelbild zu. Aber zuerst musste sie herausfinden, wieso der Freund von Michele Bernardini gestern bei Reichardts gewesen war.

Friederike würde überrascht sein, wenn Madame Faber unangemeldet bei ihr aufkreuzte. Voller Tatendrang warf Felicitas sich ihre hellblaue Kattunpelerine um die Schultern, setzte den leichten Strohhut mit den tiefblauen Schleifen auf und band ihn unter dem Kinn fest. Dann nahm sie ihren Parasol aus dem Ständer. Ohne Sonnenschirm konnte man heute nicht ausgehen. Tat man es doch, musste man befürchten, braun gebrannt zu werden. Bei Felicitas ging das besonders schnell – sie wusste es aus peinlicher Erfahrung.

Die Fahrgasse war bevölkert wie immer. Felicitas schritt aus, um möglichst schnell an ihren Bestimmungsort zu gelangen, zu der hübschen, großzügig geschnittenen Wohnung in dem schmalbrüstigen Haus am Hirschgraben, die Friederike und Pinass seit ihrer Hochzeit bewohnten.

Schon hatte sie den Weckmarkt hinter sich gelassen, auf dem um die Buden der Händler herum dichtes Gewimmel herrschte, als ihr Blick von zwei Marktbesuchern angezogen wurde, die sich in eine Nische zwischen zwei Buden gedrückt hatten und dort ziemlich heftige Küsse austauschten. Der Mann trug einen sehr feinen, leichten Wollrock in Hellgrau und einen rehbraunen Zylinder, den er abgenommen hatte. Die Frau – nein, die Dame, wenn man von ihrem unmöglichen Benehmen absah – war in adretten, rosa gestreiften Kattun gekleidet. Ihre Schute, ebenfalls rosa mit duftigem Blütenschmuck, war verrutscht und saß ihr beinahe im Genick ...

Felicitas, peinlich berührt, wollte den Blick gerade wieder in eine andere Richtung lenken, da erkannte sie plötzlich, wer die Leute waren, die sich da so heiß küssten. Die Überraschung raubte ihr für einen Augenblick den Atem. In der Nische zwischen zwei Marktständen standen eng umschlungen – Wilhelm Adalbert Reichardt und Cousine Adele!

Felicitas beschleunigte ihre Schritte. Das war ja unglaublich! Die arme Anna Reichardt saß zu Hause und trauerte um Eltern und ihre jüngst verstorbenen Kinder, und ihr ungetreuer Ehemann trieb sich derweil mit ihrer Cousine herum! Und dabei lag doch sein eigener Bruder auf den Tod danieder.

Mit einem verächtlichen Schnaufer warf Felicitas noch einen allerletzten Blick in die Nische zwischen den Buden. Der Ehebrecher hielt Adele immer noch in den Armen und schien auf sie einzureden ...

Felicitas schritt schnell vorüber. Schweinehund. Bei Gelegenheit würde sie es Anna Reichardt stecken, was zwischen ihrem Mann und dieser Cousine vor sich ging. Die Ehefrauen waren doch immer die Letzten, die so etwas erfuhren – nämlich erst dann, wenn es die Spatzen schon von allen Dächern zwitscherten.

Friederike saß in ihrem wunderhübsch eingerichteten Salon und hatte sich gerade eine Kanne Kaffee bringen lassen, als Felicitas bei ihr eintraf. Sie freute sich ehrlich, das war ihr wie immer anzusehen. Hatte sich die einstige alte Jungfer ansonsten ganz schön gemausert, so hatte sie es bis jetzt noch nicht gelernt, ihr Mienenspiel ganz unter Kontrolle zu bringen. »Herein, herein!«, rief sie strahlend, und, ernster, an das Mädchen gewandt, das Felicitas eingelassen hatte: »Eine zweite Tasse, aber etwas hurtiger als sonst, wenn ich bitten darf.«

Felicitas sah sich bewundernd um. »Immer wieder erfreut dieser Raum meine Augen«, sagte sie lächelnd. »Die sanften Grüntöne, in denen du hier alles hast ausstatten lassen – die tun einfach wohl!«

»Freut mich, dass es dir gefällt.« Friederike nahm dem wieder herbeigeeilten Mädchen die Tasse aus der Hand und stellte sie selbst für Felicitas zurecht. Sie schenkte Kaffee ein. »Kandis? Sahne?«

»Weder das eine noch das andere.« Felicitas nahm Friederike gegenüber auf dem mit olivgrünem Samt bezogenen Sofa Platz. »Schwarz – so mag ich ihn am liebsten.«

»Du auch?« Friederike lachte. Dann schickte sie mit einer kleinen Handbewegung das Mädchen hinaus, stand auf und ging zu dem Humidor, der auf der Anrichte an der Stirnseite des Raumes stand. Sie klappte den Deckel auf, nahm eine lange, dünne und sehr schwarze Zigarre aus dem Kasten und angelte gleichzeitig nach einem Feuerzeug, das neben dem Humidor stand. »Es macht dir doch nichts aus, wenn ich mir eine genehmige – oder?«

»Nein, überhaupt nicht.« Felicitas nippte am Kaffee. »Ich muss mich erst wieder fangen. Dabei hilft vielleicht der Rauch einer guten Zigarre ...«

Friederike setzte sich wieder, strich eins der langen Schwefelhölzer an der rauen Seite des Feuerzeuges an und zündete mit der aufflackernden Flamme geschickt ihre Zigarre an. Der daraus aufkräuselnde aromatische Rauch vertilgte sofort den scharfen, stechenden Schwefelgeruch, den das Zündholz hinterlassen hatte.

»Du musst dich fangen?«, sagte Friederike. »Warum das?«

»Ich habe Wilhelm Adalbert Reichardt mit der Cousine seiner Frau gesehen.« Felicitas nahm einen Schluck Kaffee.

»Aber das ist doch nichts Bemerkenswertes!« Friederike paffte, blies Rauch in die Luft, lächelte den blauen Wölkchen nach. »Sie lebt ja seit einiger Zeit in seinem Haus und führt, soweit ich weiß, seit dem plötzlichen Tod der Wirtschafterin seinen Haushalt.«

»Ich meine, ich habe Wilhelm Adalbert Reichardt mit der Cousine seiner Frau ... zusammen gesehen.« Felicitas holte tief Luft. »Sie küssten sich in aller Öffentlichkeit.«

»Das nehme ich dir nicht ab«, sagte Friederike lachend. »Du musst dich verguckt haben. So etwas könnte sich gerade ein Mann wie Reichardt doch überhaupt nicht leisten.«

»Sie versteckten sich in der Lücke zwischen zwei Ständen auf dem Weckmarkt«, sagte Felicitas beharrlich. »Ich habe gute Augen und irre mich nicht. Es waren Wilhelm Adalbert Reichardt und diese Mamsell Adele – ohne jeden Zweifel!«

»Wenn das wahr wäre ...«, Friederike blies eine mächtige Wolke Tabakrauch in die Luft, »dann würde es Reichardt die Reputation kosten, wenn es herauskäme.« Sie sah Felicitas scharf an. »Du sagtest, Adele ist Anna Reichardts Cousine?«

»Allerdings«, bestätigte Felicitas. »Was ich besonders ekelhaft finde, weil doch gerade ihr Onkel und ihre Tante so plötzlich gestorben sind und sie eigentlich trauern müsste, anstatt mit ihrem Schwager die Ehe zu brechen.«

Friederike sagte nichts dazu. Sie blickte nachdenklich den Rauchwolken nach, die sie in langsamer Folge an die Zimmerdecke schickte. Schließlich wandte sie sich wieder Felicitas zu. »Aber das war ja wohl nicht der urprüngliche Grund deines Besuchs«, wollte sie wissen. »Weshalb bist du wirklich hier? Doch nicht nur, um mich zu besuchen ...«

Wie scharfsinnig diese Frau doch war! Felicitas räusperte sich verlegen. »Eigentlich wollte ich dich etwas fragen, Friederike ...«

»Was ist es? Nur heraus mit der Sprache!« Friederike schaute sie aufmunternd an. »Ich antworte, so gut ich es vermag.«

Felicitas fand zu ihrem Lächeln zurück. »Was du vermagst, ist meistens ganz erstaunlich«, erwiderte sie. »Also höre: Gestern, als ich mich mit Hans Christoph im Hause Reichardt beim Beerdigungskaffee aufhielt, wurde der Bruder des Hausherrn plötzlich krank, und Hans Christoph kümmerte sich um ihn. Währenddessen kam nach Aussage von unserem Knecht Adam dieser junge Mensch mit den schulterlangen Locken aus dem Hintereingang des Hauses heraus und ging seiner Wege. Nun frage ich mich, beziehungsweise dich, Friederike: Was hat dieser junge Mensch bei den Reichardts zu suchen? Wie passt er da hinein? Hat er etwa Freunde oder Verwandte unter den Bediensteten? Und, wenn er der intime Freund von diesem Italiener, Michele Bernardini ist – warum befasst sich Michele Bernardini dann mit Elektra Trumpetter? All diese Dinge wüsste ich gern. Kannst du mir weiterhelfen, Friederike?«

Friederike paffte eine weitere blaue Wolke in die Luft. Dann legte sie die Zigarre auf einem kleinen, mit bunten Streublümchen verzierten Teller ab, der eigens für diesen Zweck konstruiert schien, denn er hatte auf einer Seite eine passende Delle. »Guntram Reichardt ist in der vergangenen Nacht gestorben«, sagte sie nachdenklich, »dies vorweg. Aber was der Intimus von Michele Bernardini bei Reichardt treibt ... ich habe keinen blassen Schimmer. Ich weiß nur, dass beide, sowohl er als auch der Italiener, im Lämmchen ein Zimmer bewohnen – ein gemeinsames Zimmer. Dass Michele Bernardini Elektra Trumpetter den Hof macht, kann nur einen einzigen Grund haben: die reichlich bemessene Mitgift, die Elektra mitkriegt.«

»Welchem Broterwerb geht der Italiener eigentlich nach? Er scheint nicht zu arbeiten – ist er reich?« Noch bevor die letzten Worte heraus waren, wurde Felicitas bewusst, wie dumm ihre Frage war. »Nein – reich kann er nicht sein«, berichtigte sie sich. »Aber wovon lebt er dann?«

Friederike nahm ihre Zigarre wieder auf und betrachtete sie, während sie sie zwischen den Fingern drehte. »Pinass erzählte mir, Michele Bernardini sei in seinem Archiv gewesen und man hätte sich ein wenig unterhalten. Doch worüber – das hat Pinass nicht erwähnt. Ich werde ihn fragen, wenn er zum Essen nach Hause kommt; vielleicht bringt uns das weiter. Denn ich selbst kann es dir beim besten Willen nicht sagen.«

Also wusste auch die stets gut unterrichtete Madame Pinass nicht wirklich etwas über diesen Michele Bernardini oder seinen sonderbaren Freund. Ärgerlich. Felicitas nahm einen weiteren Schluck aus ihrer Kaffeetasse und betrachtete dabei das schöne Stück, einen schlank geformten Becher mit hochgezogenem Henkel und zierlich geschweiftem Fuß. Das Dekor der Tasse bestand aus einem breiten Rand in Türkis, der oben mit einer schmalen Goldkante abgesetzt war und auf einer Seite ein ovales Medaillon mit einer Ansicht von Frankfurt zeigte. Reizvoll, denn auf Friederikes Tasse war eine andere Ansicht zu bewundern – der Blick auf das jenseits liegende Sachsenhäuser Ufer. Was der Porzellanmaler nicht dargestellt hatte, waren allerdings die ärmlichen und baufälligen Häuschen der Armen, die an diesem Ufer standen ... Aber die schmückten ja auch nicht besonders ...

Plötzlich fielen Felicitas die beiden Gossenjungen ein, die sie Kätt in die Küche geschickt hatte. Diese zwei Straßenkinder würden sich glücklich schätzen, wenn sie von Felicitas einen neuen Auftrag erhielten.

Eine Idee kam ihr. Sie würde die Jungen auf Michele Bernardini ansetzen – und auf dessen sonderbaren Freund. Es konnte kaum auffallen, wenn sie den Italiener samt Intimus ein bisschen beschatteten, denn in ganz Frankfurt wimmelte es ja von Armeleutekindern, die herumlungerten und nichts Rechtes zu tun hatten.

Eben wollte sie Friederike ihre Idee mitteilen, als ihr etwas ins Bewusstsein kam, was die Freundin vor einer kleinen

Weile bemerkt hatte. »Guntram Reichardt ist gestorben, sagtest du?«

»Ja, stell dir vor.« Friederike nickte. »Das Mädchen kam in aller Herrgottsfrühe mit dieser Neuigkeit vom Bäcker«, bestätigte sie. »Armer Kerl. Noch recht jung, erst Mitte dreißig. Kein Alter, um den Rasen von unten zu betrachten.«

»Was sagte das Mädchen denn noch? Wusste es, was die Todesursache gewesen war?«

»Der Magen«, sagte Friederike, »und am Ende das Herz. Es hat schließlich nicht mehr mitgemacht – kein Wunder, wenn einer sich die ganze Nacht über heftig erbrochen und gleichzeitig unter wüsten Schmerzen gelitten hat.«

»Dann war sein Tod wohl so etwas wie eine Erlösung für Guntram Reichardt?« Felicitas musste an ihren Mann denken, der die Todesnachricht – wahrscheinlich erst jetzt – erfahren würde. »Hans Christoph hatte noch gehofft, ihm helfen zu können.«

»Wer bei den Reichardts krank wird, dem kann keiner mehr helfen«, erwiderte Friederike ernst. »Mir scheint, die ganze Familie ist im Augenblick von einem üblen Stern bestrahlt.« Sie tat einen mächtigen Zug, blies den Rauch in einer dicken Wolke an die Decke und brach dann unvermittelt in Gelächter aus. »Übrigens«, stieß sie lachend aus, »diese Worte sind original von unser aller Freundin – du-weißt-schon-wer.«

Amalie. Caecilie Amalie. Ach Gott. »Hat unser aller Freundin auch erwähnt, welcher Stern das sein sollte?«, fragte Felicitas kichernd.

»Na, welcher schon? Saturn natürlich.« Friederike wurde wieder ernst. »Aber ich habe mir die Tabellen angesehen. Saturn kann diese vielen Desaster nicht verursacht haben. Es muss Gott persönlich gewesen sein – so es ihn denn gibt.«

Felicitas schlug erschrocken die Hand vor den Mund. »Friederike – so was darf man nicht einmal denken! Sogar die Franzosen, die doch abgestritten hatten, dass Gott existiert, haben diese Meinung letzten Endes widerrufen. Weil es ketzerisch ist, Ihn einfach zu leugnen.«

»Darüber müssen wir bei Gelegenheit einmal diskutieren«, sagte Friederike milde. Sie bedachte Felicitas mit einem nachsichtigen, beinahe zärtlichen Blick. »Aber nicht heute. Heute steht mir nicht der Sinn danach. Sag – warum interessiert dich eigentlich der Italiener? Kann es sein, dass du in ihn verschossen bist – oder bist du einfach nur neugierig?«

»Das Letztere«, antwortete Felicitas spontan. »Verschossen? O Gott – ich mache mir überhaupt nichts aus solchen Schönlingen, wie dieser Kerl einer ist. Andererseits kann ich mir vorstellen, warum Elektra Trumpetter sich sein Werben gefallen lässt.«

»Warum?«

»Das arme Mädchen hatte doch noch nie einen Verehrer.« Felicitas stellte ihre Tasse auf die türkisgrün glasierte Untertasse und drehte sie so, dass das Medaillon mit dem Sachsenhäuser Ufer in ihrem Blickfeld war. »Elektra wird überglücklich sein, dass so ein hübscher Kerl sich ausgerechnet für sie interessiert.«

»Das glaube ich kaum«, murmelte Friederike. »Sicher – hübsch ist der Junge. Aber Interesse an Elektra oder überhaupt an einer Frau ...? Du hast ganz Recht, wenn du das anzweifelst. Es muss etwas völlig anderes dahinter stecken.«

12

Die beiden Schmuddelkinder warteten im Flur, als Felicitas zur Haustür hereinkam. Kätt, die sie eingelassen hatte, machte ein grimmiges Gesicht.

»Und?«, erkundigte sich Felicitas. »Haben die Jungen gut gearbeitet?«

»Schon«, knurrte Kätt missmutig, »aber jetzt stehen sie halt da und warten und warten. Als ob se den Hals net voll krieje könnte ...«

»Aber sie sind ja auch noch nicht bezahlt worden.« Felicitas warf den zwei Jungen einen wohlwollenden Blick zu. »Sie haben ja Geld von mir zu kriegen.«

»Habbe se net«, widersprach Kätt energisch. »Ich hab dene Kerle schon vom Wechselgeld ihr'n Teil abgegevve. Also wäre mer quitt.«

»Wie viel habt ihr denn bekommen?«, wandte sich Felicitas an die Jungen.

Der mit dem Rattenschwanz sah plötzlich sehr verlegen aus und blickte zu Boden, während der andere mit dem schulterlangen Zottelhaar wie wild seine Mütze zu kneten begann. »Also«, sagte der Rattenschwanz, der offenbar das Reden für beide besorgte, »die Magd hat uns ...«

»Magd«, schnitt Kätt dem Jungen das Wort ab. »Für solches Straßengesindel wie dich immer noch Wirtschafterin – verstanne!«

»Verstanne«, murmelte der Junge. »Also – sie hat uns jedem einen Kreuzer gegeben, und wir wären ja auch damit zufrieden. Aber wir dachten ... wir dachten, wir könnten doch ...«

»Wir hätten gern noch mehr Arbeit«, warf der mit der Mütze ein. »Wir würden uns auch richtig anstrengen – egal, wie die ... die Wirtschafterin schimpfe tät ...«

»Einen Kreuzer – so, so.« Felicitas musterte Kätt. »Und was haben die beiden dafür geleistet?«

Kätt wich plötzlich dem Blick ihrer jungen Herrin aus. »Ei – sie habbe halt das Holz für heute und morje gehackt ... und dann sind sie mit mir uff de Markt, habbe die Körb mit den eingekaufte Sache heimgetrage ... so, wie Ihr es gewollt habt.«

»Und was haben sie noch getan?« Felicitas verbiss sich ein Grinsen. »Für einen ganzen Kreuzer ist das ja wohl nicht sonderlich viel.«

Kätt, durch Felicitas' Frage ermuntert, zuckte die Achseln. »Der Adam brauchte Hilfe im Stall«, sagte sie brummig. »Da hab ich die beide zum Ausmiste geschickt. Und später habbe se mir noch das Wasser für die nächsten Tage in die Küch getrage ... halt, was mer so mache muss in nem Haushalt ...«

In anderen Worten – Kätt hatte die zwei Gossenkinder weidlich schuften lassen. Sie hatten sich den Kreuzer überaus schwer und sauer verdienen müssen. Und dennoch spekulierten sie darauf, in diesem Haus weitere Arbeiten verrichten zu dürfen ...

»Also«, sagte Felicitas mit einem festen Blick auf Kätt, »ich finde, sie haben sich noch etwas mehr verdient als nur einen lumpigen Kreuzer.« Sie trat auf die Jungen zu und lächelte sie an. »Sie kriegen jetzt auf der Stelle eine warme Mahlzeit«, diese Worte waren wieder an Kätt gerichtet, »und sobald sie ihren Teller leer gegessen haben, werden sie zu mir heraufgeschickt.«

»In den Salon?« Kätt starrte ihre Herrin entgeistert an.

»In den Salon.«

»Aber so dreckig, wie die sind ...« Kätt verstand offenbar die Welt nicht mehr. »Die mache doch's ganze Sofa dreckig mit ihre Hosenböde ...«

Dreckig waren die Jungen allerdings – man konnte es riechen. »Dann legen wir eben, bevor sie sich setzen, ein Tuch darüber.« Felicitas blieb unbeeindruckt. »Und – besser noch«, fügte sie in einem plötzlichen Impuls hinzu, »das Essen soll für die beiden im Salon serviert werden. Sie können jetzt gleich mit mir nach oben kommen – dann verlieren wir keine Zeit.«

Sie ging voran, und als die zwei Straßenkinder zögerten, ihr zu folgen, winkte sie ihnen. Der ungläubige Ausdruck auf den Gesichtern der Jungen wich offener Vorfreude. Sie trabten hinter Felicitas die Treppe hinauf, hefteten sich wie brave Hunde an ihre Fersen und blieben im Salon so lange an der Tür stehen, bis Kätt, die widerwillig mitgekommen war, das feine, gelb gestreifte Sofa mit zwei leinenen Handtüchern bedeckt hatte. Dann erst setzten sie sich – ganz vorne auf die Kante.

Kätt ging wieder. Augenblicke später betrat Leni mit einer Terrine, einigen dicken Scheiben Brot und zwei Näpfen nebst Löffeln den Salon. »Hier wäre die Suppe«, sagte sie mit einem erstaunten Blick auf die beiden Jungen, die mucksmäuschenstill und völlig befangen auf dem Sofa saßen. »Kätt sagte ...«

»Ganz recht.« Felicitas deutete auf den Tisch. »Stell doch die Sachen da hin. Diese zwei haben redlich fürs Essen gearbeitet und sollen jetzt auch reichlich kriegen.«

Sie wartete, bis alles bereitstand und Leni wieder gegangen war. Dann forderte sie die Jungen auf, sich an den Tisch zu setzen und zuzulangen. Es bedurfte keiner zweiten Aufforderung. Wie ausgehungerte Wölfe fielen die beiden Gossenkinder über die Speisen her; sie aßen schweigend und vertilgten auch den allerletzten Krümel.

Schließlich war nicht der geringste Rest mehr in der Terrine, und die Näpfe waren so leer, dass sie wie abgeleckt glänzten. »Nun zur Sache«, meinte Felicitas, die die ganze Zeit über staunend zugesehen hatte. »Ich habe einen neuen Auftrag für euch – und diesmal geht es nicht nur um einen Kreuzer, sondern um etwas mehr. Ihr sollt Auskünfte für mich einholen.«

»Auskünfte?«, fragte Karl mit dem Rattenschwanz.

»Einholen?«, echote Anton mit der Mütze verständnislos.

»Im Lämmchen wohnt ein Italiener namens Michele Bernardini«, erklärte Felicitas geduldig. »Ihr sollt für mich herausfinden, in welcher Beziehung dessen Freund zum Haus Reichardt steht.«

Die zwei sahen sich an und hefteten dann den Blick verwirrt auf Felicitas. Sie hatten offenbar nicht richtig verstanden, was sie von ihnen wollte. »Also, dieser Welsche hat nen Freund«, versuchte Karl mit dem Rattenschwanz sich zu vergewissern. »Und wir sollen herausfinden, wieso der was mit denen im Haus Reichardt zu tun hat …?«

»Ganz recht.« Karl war deutlich der Gewitztere der beiden. Felicitas lächelte ihn wohlwollend an. »Der Freund hat wild ondulierte Locken, und ich habe ihn aus dem Hintereingang des Hauses kommen sehen. Ich möchte wissen, was er bei Reichardts zu suchen hatte.«

Anton mit der Mütze schien ratlos. »Und wie sollen wir das rauskriegen?«, fragte er zögernd.

»Ganz einfach.« Karl mit dem Rattenschwanz grinste seinen Kameraden an. »Wir fragen einfach mal den Hausknecht aus. Der is doch'n anständiger Kerl und jagt uns schon nicht weg.«

»Meinst du?« Anton war sich keineswegs sicher. »Neulich hat er es aber doch getan.«

»Das war nur wegen der Mamsell Adele«, beruhigte ihn Karl. »Wir müssen eben aufpassen, dass die nicht in der Nähe is.«

»Ihr werdet meinen Auftrag ganz sicher gut und gründlich erledigen«, sagte Felicitas und legte so viel Überzeugungskraft in ihre Worte, wie sie aufbringen konnte. »Ich verlass mich auf euch. Macht eure Sache gut – dann soll es euer Schaden nicht sein.«

Karl nickte so heftig, dass sein Rattenschwanz ins Wippen geriet. Anton mit der Mütze wirkte nicht ganz so begeistert, aber er nickte ebenfalls. »Und wie viel könne mer erwarte?«, wollte er wissen.

Felicitas überlegte nicht lange. »Für jeden ... sagen wir, drei Kreuzer«, erwiderte sie, worauf die Jungen große Augen machten.

»Ihr ... Ihr ... könnt mit uns rechne«, stotterte Karl und lief vor Freude rot an. Anton mit der Mütze schluckte, so dass sein schon recht ausgeprägter Adamsapfel heftig auf und ab tanzte.

»Wir machen uns dann gleich auf den Weg«, sagte er, plötzlich voller Dienstbeflissenheit. »Wer weiß – vielleicht kommt der Freund von dem Welsche ja noch mal aus dem Lämmchen raus. Und wir könnten dann schon mal ...«

»... anfangen, ihn auszuspionieren«, vervollständigte Karl eifrig den Satz.

»Wann is es Euch dann recht, dass mer mit dem, was mer rausgefunne habbe, wiederkomme?«, fragte Anton.

»So schnell ihr könnt«, antwortete Felicitas. »Wie gesagt – ich verlass mich auf euch. Auch auf eure Schnelligkeit.«

Als die Jungen abgezogen waren, ließ sich auch Felicitas zum Mittagessen nieder. Hans Christoph hatte ausrichten lassen, er werde erst am Abend wieder zu Hause sein, und Felicitas konnte sich denken, was ihn so lange aufhielt. Auf jeden Fall würde er bei den Reichardts vorsprechen, um offiziell den Tod des Guntram Reichardt zu bescheinigen und den Totenschein auszufertigen. Das würde wohl den halben Nachmittag in Anspruch nehmen, denn die Todesursache stand ja nicht fest.

Felicitas grübelte, während sie ihren Speckpfannkuchen verzehrte, über die Rätsel nach, die sie selbst zu lösen gedachte. Wilhelm Adalbert Reichardt – ein Ehebrecher. Und das mit der Cousine seiner Frau. Gedankenverloren steckte sie den letzten Bissen in den Mund, schob den Teller weg, erhob sich vom Tisch und klingelte nach Kätt. Dann zog sie sich in ihr Schlafgemach zurück.

Bis die beiden Jungen mit den Ergebnissen ihrer Ermittlungen zurückkehrten, konnten – nein, würden Stunden vergehen. Sie würde noch einmal ausgehen. Anna Reichardt in dieser für sie so schweren Zeit zu besuchen und ihr Trost zuzusprechen – das war völlig unverfänglich. Vielleicht gelang es ihr bei dieser Gelegenheit, ein paar Worte mit dem Hausmädchen Dorothee zu wechseln und mehr über Mamsell Adele herauszubekommen.

Für ihren Spaziergang wählte sie ein leichteres Kleid aus – ein sommerliches Blau, das zu dem sonnendurchglühten Nachmittag passte, dazu den hübschen Pompadour, den sie neulich auf dem Ausflug ins Waldlokal bei sich gehabt hatte. Sie zog sich um, richtete ihr Haar neu, setzte den Hut auf, band die Schleife, nahm Sonnenschirm und Pompadour ... etwas knisterte in dem kleinen Handtäschchen.

Da war das Zeitungsblatt, das sie wohl damals ganz geistesabwesend eingesteckt hatte. Gesche Gottfried hingerichtet ...

Die Schlagzeile fesselte ihr Auge. Sie faltete das Blatt auseinander und begann zu lesen. Der Zeitungsschmierer hatte ja die ganze Geschichte niedergelegt, und zwar in ziemlich reißerischer Manier – ausführlich, ohne die skandalösen Details auszulassen. Diese Gesche Gottfried war eine Serienmörderin gewesen, hatte mehrere Menschen getötet, und zwar mit Rattengift.

Abscheulich. Angewidert zerknüllte Felicitas das Blatt in der Hand. Wie konnte man nur so etwas lesen! Aber die Menschheit war ja wild auf Sensationen, je ekelhafter, desto besser.

Einen Grund hatte die Gottfried aber offenbar nicht gehabt. Felicitas runzelte die Stirn, während sie die Zeitungsseite wieder glättete und den letzten Absatz doch noch überflog. Da stand, sie habe es getan, weil es so leicht gewesen sei ...

Furchtbar. Was machte eine unbescholtene Frau denn zur Mörderin?

Aber die Gottfried hatte tatsächlich in ihrem Prozess ausgesagt, sie habe ihre Opfer nur getötet, weil niemand sie daran gehindert habe. Das stand da – dick und deutlich. Felicitas fand das völlig unglaubwürdig. Niemand tötete ohne Grund ...

Zeitungsschmierer. Hans Christoph hatte ganz Recht, wenn er Sensationsjournalisten verachtete. Man musste ihnen das Handwerk legen. Jetzt ballte Felicitas das Papier endgültig zusammen. Dreck. Und solcher Dreck gehörte in den Ofen. Sie würde die Zeitungsseite höchstpersönlich ins Feuer werfen.

Kätt hatte den Tisch im Salon bereits abgeräumt, und Felicitas hatte keine Lust, ihr in die Küche nachzulaufen. Also legte sie die Papierkugel auf die Anrichte und ging die Treppe hinunter. Kätt würde das Ding finden und es, ordentlich wie sie war, schon seiner gebührenden Verwertung zuführen.

»Gehe gnä Fraa noch mal aus?« Kätt war unten im Flur und musterte Felicitas erstaunt. »Ich dacht, Ihr wolltet ...«

»Bin bald wieder da«, unterbrach Felicitas sie ungeduldig. »Falls der Doktor früher heimkommen sollte – ich besuche die arme Anna Reichardt. Sie kann bestimmt jeden Trost brauchen, den sie kriegen kann.«

Kätt schüttelte den Kopf, gab aber keine Antwort außer einem knappen Kopfnicken.

Draußen auf der Straße spannte Felicitas ihren kleinen weißseidenen Sonnenschirm auf und ging schnellen Schrittes los. Doch irgendwie hatte sie an diesem Tag keine Augen für die Menschen auf der belebten Straße oder die Auslagen an den Ständen auf dem Markt, die sie sonst immer so gern betrachtete. Sie konnte es kaum erwarten, ihre Neugier zu befriedigen und mehr über die sonderbaren Vorgänge bei den Reichardts herauszubekommen.

Dorothee ließ sie ein. Das Mädchen machte einen müden, geradezu übernächtigten Eindruck. »Wenn Ihr Euren Herrn Gemahl sucht«, sagte es, »dann kommt Ihr zu spät. Doktor Faber is schon widder weg.«

»Nein – ich möchte die Frau des Hauses besuchen«, erwiderte Felicitas. »Ist sie zu sprechen?«

»Im Salon«, gab Dorothee knapp zurück. »Heut is der Teufel los«, setzte sie leise hinzu. »Der Sargschreiner is auch drinnen – er misst grad den Sarg für den Herrn Guntram an ...«

»Dann komme ich wohl äußerst ungelegen?« Felicitas sagte es in energischem Ton; sie hatte nicht vor, sich so schnell abweisen zu lassen, auch wenn die Zeit für einen Besuch nicht gerade günstig gewählt war.

»Ach, ich weiß net ...« Dorothee schüttelte den Kopf. »Unsere gnä Fraa is heutzutag dankbar für jede Ablenkung von all dene schreckliche Sache, die hier passiert sind.« Sie öffnete die Tür jetzt ganz und winkte Felicitas herein. »Ich meld Euch an.«

Felicitas trat in die Halle und wartete. Kurz darauf war Dorothee wieder da. »Gnä Fraa lässt bitte«, sagte sie.

Es war dunkel in dem eigentlich recht freundlich eingerichteten Raum im ersten Geschoss des großen Hauses. Anna Reichardt saß am Fenster, dessen kostbare weiße Spitzengardinen zugezogen waren, und blickte Felicitas mit rot geweinten Augen entgegen. »Das ist lieb von Ihnen, dass Sie kommen«, sagte sie mit tränenerstickter Stimme. »Mein Mann wird sich wohl gleich zu uns gesellen – er hat mit dem Schreiner verhandelt und kommt herüber, um ein Schälchen Kaffee mit mir zu trinken, sobald alles erledigt ist ...«

Sie schluchzte auf und bedeckte das blasse Gesicht mit beiden Händen. Felicitas trat an ihre Seite und nahm ihre Hand. Sie empfand Mitleid mit dieser Frau – tiefes Mitleid, das beinahe wehtat. »Anna«, sagte sie, »lassen Sie sich nicht von der Last des Unglücks niederzwingen. Ihr Geschick ist schwer, aber Gott wird Ihnen das Leben auch wieder leichter machen.«

Anna Reichardt bemühte sich, ihre Fassung wiederzugewinnen, das war ihr deutlich anzumerken. »Und ich habe ja auch Hilfe«, flüsterte sie, »meine liebe Cousine Adele ist da – als habe der Himmel sie geschickt. Ohne sie wüsste ich nicht zurechtzukommen.«

»Das ist wahr«, ließ sich der Hausherr von der Tür her vernehmen. Wilhelm Adalbert Reichardt war hereingekommen und begrüßte Felicitas mit einer knappen Verbeugung. »Sie müssen meiner Gemahlin ihren aufgelösten Zustand verzeihen, aber sie hat schon immer schwache Nerven gehabt.«

Seine Stimme hatte recht gelassen geklungen – allzu gelassen in Anbetracht dessen, dass sein Bruder gerade gestorben war. Felicitas wunderte sich. Sie sah ihn an und fand auch in seiner Miene kaum einen Anflug von Trauer oder Betroffenheit.

»Ich möchte Ihnen mein herzliches Beileid ausdrücken.« Bis auf die übliche Floskel fand sie im Augenblick keine weiteren Worte. Sie räusperte sich, ehe sie fortfuhr: »Ihre Frau hat sicherlich in der letzten Zeit allzu viel Kummer erleiden müssen. Es ist kein Wunder, dass sie so verstört ist.«

»Aber wir haben diesen Kummer ja alle zu tragen«, erwiderte Wilhelm Adalbert Reichardt und bot Felicitas mit einer Handbewegung Platz an dem kleinen Teetisch an, der vor dem anderen Fenster stand. »Die Kinder, die uns genommen wurden, waren auch meine Kinder. Doch was hilft es, mit dem Schicksal zu hadern – nicht wahr?« Er setzte sich auf den am Kopfende des Tisches stehenden Stuhl und winkte mit einer zweiten Handbewegung seiner Frau, sich ebenfalls dazuzusetzen. »Wie Anna sagte – wir haben Gott sei Dank Adele zu Gast. Ohne sie würde alles vollkommen aus den Fugen geraten.«

Lump, dachte Felicitas grimmig. Dann folgte sie seiner Einladung und nahm Platz, während auch Anna Reichardt sich aus dem Sessel am Fenster erhob und an den Tisch kam.

Dorothee brachte ein Tablett mit Tassen, der Kaffeekanne und einer Porzellanschale voll Gebäck. Wortlos tischte sie auf und entfernte sich dann wieder mit einem Knicks. »Wird Mamsell Adele auch kommen?«, fragte Felicitas.

»Mamsell Adele hat zu tun«, verneinte der Hausherr. »Nun haben wir ja auch noch meinen Bruder zu begraben – und die Vorbereitungen, die eigentlich meine Frau treffen müsste, bleiben an ihr hängen.«

In seinen Worten klang ein schwerer Vorwurf mit, unter dem Anna Reichardt sichtbar zusammenzuckte. Sie wirkte plötzlich noch gebeugter und bedrückter.

»Tadeln Sie Anna nicht«, bemerkte Felicitas mit einem sanften Blick auf die Ärmste. »Das wäre ungerecht.« Was war denn das für ein Mann, der seine Frau in Gegenwart von Dritten so unüberhörbar zurechtwies?

Wilhelm Adalbert Reichardt zuckte die Achseln. »Wie schon bemerkt«, sagte er, »wir alle haben unser Teil zu tragen. Ich selbst kann mir ja auch keine Schwächen erlauben. Meine Geschäfte erledigen sich nicht von allein, und wenn es mich noch so hart ankommt.«

Felicitas erstarrte innerlich vor seiner Kälte. »Nun«, erwiderte sie mit schmalen Lippen, »das wird jeder verstehen. Aber wie ich Anna vorhin schon sagte – Gott wird seine Hand auch wieder von Ihrer Familie nehmen. Und die Zeit heilt auch die tiefsten Wunden.«

»Wie Recht Sie haben.« Der Hausherr bot Felicitas die Schale mit dem Gebäck an. »Versuchen Sie die einmal«, sagte er, »Mamsell Adele hat sie gestern noch gebacken – bevor das alles geschehen ist.«

Anna Reichardt schluchzte und bedeckte ihr Gesicht. Felicitas hatte wieder den stark empfundenen Drang, sie in den Arm zu nehmen, doch sie legte ihr nur die Hand auf die Schulter. »Weinen Sie ruhig, wenn Ihnen danach zumute ist«, sagte sie, »manchmal tut es gut, einfach den Tränen ihren Lauf zu lassen.«

Wilhelm Adalbert Reichardt schaute unbeteiligt drein. »Ja, vielleicht hilft es«, sagte er ungerührt, »vielleicht hilft es.«

»Das Mädchen sagte mir vorhin, der Doktor sei schon da gewesen, um die Papiere auszustellen«, versuchte Felicitas das Gespräch in eine andere Richtung zu lenken. »Hat er festgestellt, woran Ihr Bruder gestorben ist?«

»Es war wohl der Magen«, erwiderte Reichardt. »Doktor Faber wollte eine Obduktion durchführen, um Genaueres zu erfahren, aber Adele meinte, es sei nicht sehr pietätvoll, ihn nach seinem Ableben auch noch aufzuschneiden – und damit hat sie natürlich vollkommen Recht.« Er warf seiner aufschluchzenden Frau einen strafenden Blick zu. »Guntram ist tot. Dadurch, dass man seine Leiche öffnet, wird er auch nicht wieder lebendig.«

Felicitas spürte, wie sie wütend wurde. Was für ein kaltschnäuziger Patron dieser Reichardt doch war! Ihr fiel ein, dass er bei den Begräbnissen seiner beiden Kinder so besonders ergriffen gewesen war. Sie erinnerte sich andererseits aber auch an eine Bemerkung – er hatte Bedauern darüber geäußert, dass nun, da die Kinder alle beide tot seien, die Erbfolge für das Geschäft nicht mehr feststehe. Anna hatte daraufhin so schrecklich weinen müssen, dass man sie aus dem Zimmer geführt hatte.

»Ja, das stimmt wohl«, sagte Felicitas und widmete Reichardt einen kühlen Blick. »Sagen Sie – hatte Ihr Bruder irgendwelche Erbansprüche auf Ihr Geschäft?«

»Guntram? Nein – natürlich nicht«, erwiderte Wilhelm Adalbert Reichardt in deutlicher Verwunderung. »Er war ja nicht mit meiner Frau verwandt, sondern mit mir. Ansprüche auf das Erbe hätten nur die Kinder gehabt ... mögen sie in Frieden ruhen.«

»Nun – dann hat sich ja, was das betrifft, nichts Wesentliches geändert«, sagte Felicitas, um irgendetwas zu sagen und das Gespräch im Fluss zu halten. »Die Eltern Ihrer Gemahlin waren sicherlich aufs Altenteil gesetzt und hatten im Geschäft kein Einspruchsrecht mehr – wie das Überlicherweise so ist, nicht wahr?«

»Im Grunde genommen war es so«, erklärte Reichardt bereitwillig. »Der Vater meiner Frau besaß zwar ein Mitspracherecht, aber er nutzte es nicht mehr. Er hatte volles Vertrauen in meinen Geschäftssinn und überließ mir die Führung der Firma. Was ja auch reichlich Früchte getragen hat.«

Er bedachte seine Frau mit einem fordernden Seitenblick. Doch Anna bemerkte es nicht. Sie hielt den Kopf tief gesenkt.

»Ist es so oder nicht, Anna?«, wollte Reichardt unwirsch von seiner Frau wissen.

Anna zuckte zusammen, ohne den Kopf zu heben. »Doch, Wilhelm«, flüsterte sie, »du hast die Firma sehr gut geführt. Und wir werden wieder einen Stammhalter haben ... Ich bin noch jung genug, um weitere Kinder zu empfangen ...«

»Wir werden sehen«, gab er zurück. »Sorge du erst einmal dafür, dass in diesem Haus vor lauter Trauern das Leben nicht vergessen wird.«

Anna nickte unter weiteren Tränen.

Schurke, dachte Felicitas – oder, nein ... Wilhelm Adalbert Reichardt hatte mehr das Gemüt eines Fleischerhundes – unbeteiligt, gleichgültig, völlig ohne Mitgefühl.

Felicitas trank ihre Tasse aus. »Ich möchte Sie nun nicht länger stören«, sagte sie und beugte sich ein letztes Mal über Anna. »Wenn es Ihnen recht ist, komme ich Sie bald wieder besuchen und erzähle Ihnen die neuesten Geschichten aus der Stadt – einverstanden?«

»O ja«, hauchte Anna.

»Das wäre eine ganz gute Idee«, bemerkte Reichardt mit flacher Stimme. »Vielleicht bringt sie das auf andere Gedanken. Die Mittelchen, die Doktor Faber ihr verschreibt, wirken ohnehin nicht.«

Lag da eine versteckte Beleidigung in dieser Bemerkung? Ganz sicher, und sie hatte ihr Ziel auch getroffen. Felicitas war jetzt richtig zornig, und es fiel ihr zunehmend schwer, das vor dem Herrn dieses Unglückshauses zu verbergen. »Nun – dann müssen eben andere Mittel ausprobiert werden«, antwortete sie spitz, »nicht immer trifft man gleich das Richtige – selbst wenn man ein noch so guter Arzt ist!«

»Sie verteidigen Ihren Herrn Gemahl aber nach allen Regeln der Kunst«, belustigte sich Wilhelm Adalbert Reichardt. »Dabei wollte ich doch lediglich eine Binsenweisheit von mir geben – nämlich, dass die Medizin in den meisten Fällen nichts ausrichten kann. Was an den Krankheiten, die in diesem Hause trotz medizinischer Behandlung tödlich verlaufen sind, ja mehr als deutlich erkennbar ist. Oder wollen Sie das abstreiten?«

Dieser letzte Satz war ein deutlicher Angriff. Doch Felicitas hatte nicht vor, sich mit diesem Kerl zu streiten. Sie schlug einen eleganten Haken. »Medicus curat, natura sanat«, antwortete sie dem Hausherrn, von dem sie wusste, dass er der lateinischen Sprache nicht mächtig war. »Naturam expelles furca, tamen usque recurret.«

Wilhelm Adalbert Reichardts Miene verriet plötzliche Verlegenheit. »Das mag ja stimmen«, murmelte er unsicher, »aber wie will man es beweisen?«

Felicitas verbiss sich ein Grinsen. »Oh – beweisen muss man es nicht«, sagte sie heiter, »dass der Arzt kuriert, während die Natur heilt – das ist doch eine Binsenweisheit. Und dass andererseits die Natur immer wiederkehrt, auch wenn man sie mit der Mistgabel auszutreiben versucht – das versteht sich ebenso von selbst. Oder wollen Sie das jetzt abstreiten?«

Wilhelm Adalbert verschlug es für einen Augenblick die Sprache. Doch er schluckte die aufbrausenden Worte hinunter, die ihm wohl auf der Zunge gelegen hatten, und erhob sich vom Tisch. »Aber mitnichten«, antwortete er, jetzt wieder ganz gelassen. »Jeder, wie er's versteht, sage ich immer. Das wird bei Ärzten nicht anders sein als bei uns Geschäftsleuten. Darf ich Sie zur Tür begleiten?«

Deutlicher hätte Reichardt seinen Hinauswurf nicht formulieren können. Er wollte, dass sie ging – jetzt gleich. Felicitas war bestürzt über so viel Unhöflichkeit.

»Danke«, erwiderte sie mühsam beherrscht, »es genügt mir, wenn Dorothee mich hinauslässt. So heißt doch Ihr Hausmädchen?«

»Ganz recht.« Reichardt hatte die Hand schon am Klingelzug. Er versuchte sich nicht einmal mehr den Anschein des Höflichen zu geben. »Dann empfehlen Sie uns Ihrem geschätzten Gatten.«

Felicitas antwortete auf diesen neuen Affront mit einem frostigen Blick und einem kaum angedeuteten Kopfnicken. Auch sie bemühte sich nicht mehr um geziemendes Benehmen. Ekelhafter Eisklotz, dachte sie, Ehebrecher! Und deine arme Frau ahnt nichts davon!

Dorothee trat ein, knickste und richtete einen fragenden Blick auf ihren Herrn. »Ja?«

»Madame Faber wünscht zu gehen«, informierte sie Reichardt geschäftsmäßig.

Dorothee nickte und knickste dann vor Felicitas. »Bitte, hier entlang ...«

Die Treppe hinab schwieg Felicitas. Doch als sie mit dem Mädchen unten in der Halle angekommen war, drehte sie sich zu Dorothee um. »Auf ein Wort«, sagte sie mit gedämpfter Stimme.

»Ja?« Dorothee blieb stehen und sah sie erwartungsvoll an.

»Seit wann lebt eigentlich diese Mamsell Adele hier im Haus?«

»Mamsell Adele?« Dorothee legte den Kopf schief und schloss die Augen. »Also, zum erste Mal war sie im vergangene Herbst hier ... aber da waren's nur zwei Wochen. Sie hat ihre alte Tant und ihr'n alte Onkel besucht – weil sie ja was bei dene zu erbe hatt ...« Dorothee riss die Augen auf, als sei sie über die eigenen Worte erschrocken, und presste die Hand auf den Mund. »Das hätt ich jetzt net sage dürfe«, murmelte sie verlegen, »mer soll ja nix Schlechtes von dene Leut denke, auch wenn se einen net leide könne ...«

Felicitas hatte sich davon bereits bei anderer Gelegenheit überzeugen können und ging nicht weiter darauf ein. Stattdessen fragte sie: »Wann ist Adele denn nun für dauernd hier eingezogen?«

»Das war im Frühjahr.« Dorothee blickte plötzlich verschlossen. »Der Herr wollte, dass sie bei der gnä Fraa die Haushaltsführung lernt. Dabei konnt se's schon längst.«

»Im Frühjahr«, murmelte Felicitas nachdenklich. »Und sie wird wohl auch nicht mehr dahin zurückkehren, woher sie gekommen ist – oder etwa doch?«

»Ich glaab's net.« Dorothee zog eine finstere Miene. »Und der Herr würd's wohl aach net dulde.«

»Warum nicht?«

»Na, weil ... weil ...« Dorothee sprach nicht weiter. Sie wusste also offenbar über das Verhältnis der Mamsell Adele mit dem Hausherrn Bescheid.

»Und hat die Mamsell auch schon einen Verehrer?«, forderte Felicitas das Hausmädchen heraus. »Sie ist doch im richtigen Heiratsalter – und geerbt hat sie ja auch, wie eben bemerkt wurde.«

»'n Verehrer?« Dorothee begann zu stottern. »Davon weiß ich nix ...«

Felicitas folgte einem plötzlichen Impuls. »Vielleicht gibt es unter den jungen Männern von Frankfurt keinen, der ihr gefällt«, stichelte sie. »Vielleicht fühlt sie sich mehr zu älteren Herren hingezogen, und man müsste ihr einen passenden Witwer vorstellen. Was meint Sie, Dorothee?«

Das Mädchen wusste nicht, in welche Richtung es schauen sollte. »Ach Gott, Madame Faber«, stotterte es, »was Ihr so alles denkt! Mamsell Adele wird schon den Richtigen finden, wenn die Zeit reif ist ... ja, das wird sie.« Der letzte kleine Satz klang wie ein Stoßgebet.

»Aber ganz bestimmt.« Felicitas entschloss sich, Dorothee nicht weiter in Verlegenheit zu bringen. »Eine letzte Frage noch – kennt Mamsell Adele eigentlich Elektra Trumpetter? Ich hatte den Eindruck, die beiden seien im gleichen Alter.«

Dorothee fand ihre Unbefangenheit wieder. »Die kleine Trumpetter?«, sagte sie lächelnd. »Nein, die ist weit jünger als Mamsell Adele. Mamsell Adele geht ja auf die dreißig zu ...«

Das war erstaunlich. »Sie sieht aber viel jünger aus«, wunderte sich Felicitas. »Nun ja, da wird sie mit einer Achtzehnjährigen wenig anfangen können.«

»Sie kennt die kleine Trumpetter aber doch ganz gut«, widersprach Dorothee. »Von wege dem Leander Campini, diesem Schürzenjäger, der ja der Schwager is. Und über den wieder hat se mit der kleinen Trumpetter Kontakt geknüpft.«

»Dann wird sie auch den Verehrer kennen, der der kleinen Trumpetter neuerdings wie ein Hündchen folgt«, sagte Felicitas. »Diesen Menschen mit den langen Locken.«

Dorothee überlegte. »Der war doch mit der kleinen Trumpetter beim Begräbniskaffee«, murmelte sie. »Und dann, als er wieder weg war, is dieser andere gekommen ... der so krause Haare hat ...«

»Was war denn das für einer?« Felicitas war äußerst hellhörig geworden.

»Der war nur ganz kurz in der Küche«, sagte Dorothee nachdenklich. »Als ich reinkam, is er dagestande – und dann hat Mamsell Adele ihn rausgeschmisse.«

»Wieso das?«

»Was weiß denn ich ...« Dorothee schüttelte den Kopf. »Wahrscheinlich wusste sie gar net, dass er der Freund von der kleinen Elektra ihr'm Verehrer is.«

»War er seitdem noch einmal hier?«, fragte Felicitas.

»Warum sollte er? Ich glaub, der hatte sich auch auf dem Begräbnis bloß in die Küch verlaufen.« Dorothee schien ziemlich sicher. »Warum hätt Mamsell Adele ihn denn sonst rausschmeiße solle?«

Das klang folgerichtig, fand Felicitas. Aber nur beinahe. »Der Herr legt großen Wert auf die Anwesenheit von Mamsell Adele, nicht wahr?«, sagte sie abschließend. »Und Sie wird sich wohl auch in Zukunft damit abfinden müssen, dass Mamsell Adele da ist, Dorothee.«

Das Mädchen seufzte. »So, wie ich das seh, wird sie bleibe«, erwiderte es melancholisch. »Ohne Mamsell Adele war's friedlicher im Haus ...«

»Nun ja«, sagte Felicitas und nahm von Dorothee ihren Sonnenschirm entgegen, »neue Besen kehren eben gut. Das wird sich geben.«

Dorothee lächelte gequält. »Manchmal wünsch ich mir, ich hätt 'ne Herrschaft wie Euch und Euren Mann, Madame Faber.« Ihr Lächeln verkümmerte wieder. »Aber wünsche nützt nix. Mer muss es nehme, wie's kommt.«

Felicitas legte die Hand auf die Klinke. »Sie wird das schon schaffen, Dorothee«, antwortete sie zuversichtlich. »Einen guten Tag noch.«

»Den wünsch ich Euch auch, Madam Faber.« Dorothee öffnete ihr die Haustür und ließ sie hinaustreten in den strahlenden Sonnenschein dieses Spätsommertages.

13

Die zwei Straßenjungen warteten bereits. Kätt hatte ihnen streng befohlen, im Hausflur zu bleiben, bis die Hausherrin wieder eingetroffen sei. Nun standen sie da und blickten Felicitas mit glänzenden Augen entgegen. Offenbar hatten sie bei ihren Nachforschungen Erfolg gehabt, das war ihren eifrigen Mienen anzusehen.

Felicitas winkte ihnen, mit nach oben zu kommen. Anton lief rot an und nickte, während er demütig seine Mütze zerknauschte. Karl mit dem Rattenschwanz grinste verschwörerisch. »Ich glaub, was wir rausgekriegt haben, is mindestens noch zwei Kreuzer wert«, sagte er, nachdem er einen ungelenken Kratzfuß fabriziert hatte.

»Wir werden sehen«, erwiderte Felicitas schmunzelnd.

Im Salon bedeutete sie ihnen, sich auf das noch immer abgedeckte Sofa zu setzen. »Dann lasst einmal hören«, forderte sie die beiden auf.

»Wir waren beim Hausknecht in dem Haus, was Ihr uns genannt hattet«, sagte Karl und machte wieder sein Verschwörergesicht. »Der Freund von dem Welschen hat schon ganz früh an dem Tag, wo die Beerdigung war, in der Küche mit der Mamsell gesprochen – sagt er. Und dabei hat er'n kleines Päckchen abgegeben.«

»Ein Päckchen?« Felicitas horchte auf. »Was für ein Päckchen?«

»Das wusste der Hausknecht aach net«, sagte Anton mit der Mütze kleinlaut. »Ist unsere Auskunft jetzt weniger wert?«

»Warten wir's ab.« Felicitas lächelte den Gassenjungen an. »Setzt doch erst einmal euren Bericht fort. Was hat der Knecht noch gesagt?«

»Der Kerl mit dem lange, lockige Haar is schon vorher da gewese«, folgte Karl der Aufforderung. »Und der Knecht meinte, er hätte da auch schon was abgegeben – für den Hausherrn. Wie bei der Beerdigung.«

»Auch ein Päckchen?«

Anton nickte. »So'n kleines. Es war in Leinwand eingepackt ...«

»Wusste der Knecht, was drin war?«

Karl schüttelte den Kopf, dass sein Zöpfchen flog. »Aber er meint, es wär bestimmt Medizin gewese«, sagte er.

»Für die Hausfrau?«

»Kann schon sein.« Anton schien nachzudenken; er kratzte sich genüsslich seinen fettigen Schopf. »Der Knecht meinte, dieser Welsche wäre 'n Apotheker oder so was ...«

»Das ist ja sonderbar«, murmelte Felicitas. »Wozu lässt sich Wilhelm Adalbert Reichardt von ausländischen Händlern Medizin bringen, wenn es doch in Frankfurt genügend einheimische Apotheker gibt?«

»Den Knecht hat des aach gewunnert«, sagte der Rattenschwanz. »Und die Mamsell wäre ziemlich wütend gewesen ...«

»Nanu? Warum?«, fragte Felicitas.

»Der Knecht hat net genau höre könne, worüber sie sich mit dem Welsche gestritte hat«, sagte Anton. »Aber es ging wohl um's Bezahle. Der Welsche hätt vielleicht zu viel Geld gefordert für sei Päckche ...«

»So? Woraus hat der Knecht das geschlossen, wenn er nicht genau hören konnte, um was es ging?« Felicitas hatte nicht vor, sich Märchen vorsetzen zu lassen. Sie sah den Jungen scharf an. »Na?«

»Ei ...« Anton räusperte sich. »Wehe, wenn's net wirkt«, hat die Mamsell zu dem Welsche gesagt«, fügte er zögernd hinzu.

Das klang einleuchtend. Felicitas nickte. Die beiden waren scharfsinniger, als sie gedacht hatte. »Und weiter habt ihr nichts erfahren?«

»Doch.« Karl mit dem Rattenschwanz grinste wieder. »Wir waren noch bei der Schankmagd im Lämmchen.« Er senkte die Stimme zu einem Flüstern. »Die gibt uns ab und zu 'n Stück Brot, wenn was übrig geblieben is. Und die hat gemeint ...«, er legte den Kopf schief, »mit dene Welsche, die obe unner'm Dach wohne, da wär's net ganz richtig. Zwei Männer, von dene der ein manchmal in Frauekleider rauskommt – das wär doch net in der Ordnung. Und man sollt des der Polizei melde ...«

Anton kicherte und schaute weg, als Felicitas ihn ansah.

Karl blieb ernst. »Aber ich find des net«, meinte er sachlich. »So was is doch kei Verbreche – oder? Ich mein – er tut ja keinem was damit ...«

»Und's is aach net verbote«, murmelte Anton und zerknüllte seine Mütze. »Aber der eine, der mit den wilde Locke – der spricht immer bei Trumpetter vor. Die Magd hat ihn schon mit der eine Tochter gesehe ... der jüngeren, die noch net verheirat't is ...«

»Des is aach net verbote«, sagte Karl. »Dafür kann ihm keiner was wolle.«

»Aber wenn er mit dem annern Welsche ...« Antons Röte vertiefte sich. »Er kann's net ernst meine mit der Trumpetter!«

»Kann er doch.« Karl reckte sich. »Die Tochter kriegt ne saftige Mitgift. Und da wär er doch blöd, wenn er die net nehme tät – falls sie ihn will!«

Felicitas fand die Diskussion der beiden Gassenkinder erheiternd. Dennoch lenkte sie das Gespräch in eine andere Richtung. Sie wusste noch lange nicht genug über die geheimnisvollen Italiener. »Könnt ihr mir sagen, wovon die zwei Welschen leben?«, fragte sie.

Darauf wusste weder Karl noch Anton eine Antwort. »Sie hätten bis jetzt immer pünktlich gezahlt, sagt die Magd.« Anton zeigte wieder eine verunsicherte Miene. »Ist das jetzt weniger wert?«

Felicitas entschloss sich, ihn zu erlösen. »Nein, auf keinen Fall. Ich zahle euch die versprochenen drei Kreuzer. Und wenn ihr wollt, könnt ihr noch mehr haben.«

»Wenn wir rauskriegen, woher die Welschen ihr Geld haben?« Anton strahlte auf, und Karl mit dem Rattenschwanz reckte sich von neuem.

»Ganz recht.« Felicitas tastete nach ihrer kleinen Börse, die in ihrem Pompadour steckte, und angelte die Münzen heraus. »Für jede Auskunft, die ihr mir bringt, gibt's einen weiteren Kreuzer.«

Wieder stieß der Rattenschwanz einen unterdrückten Juchzer aus. »Heute schon?«, wollte er begeistert wissen.

»Sobald ihr etwas Neues wisst«, sagte Felicitas. »Aber kommt mir nicht mitten in der Nacht damit an. Haltet euch an die üblichen Tageszeiten. Verstanden?«

»Verstanden.« Karl bemühte sich plötzlich um sauberes Hochdeutsch. Dann, ganz impulsiv, hielt er seine schmuddelige Hand hin. »Kriegen wir jetzt ...«

»Kriegt ihr.« Felicitas ließ erst ihm und dann seinem schüchternen Freund jeweils drei Kupfermünzen in die Hand fallen. Die beiden wussten sich vor Glückseligkeit kaum zu fassen. Karl mit dem Rattenschwanz hob seinen Lohn an die Lippen und küsste inbrünstig die Münzen, während Anton sie fest umkrallte. Einen Augenblick verhielt er sich ganz still. Dann knotete er sein schmieriges Tüchlein vom Hals und band sein Geld darin ein. Mit glänzenden Augen sah er Felicitas an. »Vergelt's Gott, gnä Fraa«, flüsterte er.

Die zwei Gossenjungen huschten hinaus. Felicitas war sicher – sie würden sich augenblicklich wie zwei Spürhunde den Welschen an die Fersen heften. Bald würde sie neue Nachrichten von ihnen bekommen – vielleicht noch heute.

Doktor Faber kehrte nach Hause zurück, als die Sonne bereits gesunken war. Beim Abendessen war er schweigsam – kaum, dass er das Allernötigste von sich gab. Er fragte Felicitas nicht einmal, wie ihr Tag verlaufen sei. Stumm verzehrte er die Graupensuppe mit Rindfleisch, die Kätt immer so vorzüglich zuzubereiten verstand, und hatte kein Wort des Lobes für die großartige Köchin.

Kätt beschwerte sich denn auch. »War's Esse net recht?«, wollte sie wissen, als sie den Tisch wieder abdeckte.

»Doch«, murmelte Doktor Faber geistesabwesend, »aber ...«

»Abber was?« Kätt ließ sich nicht so einfach mit ein paar dürren Worten abspeisen. Sie verlangte ihr Lob.

»Es hat hervorragend geschmeckt.«

»Abber irgendwie war's net recht. Was hat gefehlt?«

»Nichts, Kätt – absolut nichts. Ich bin nur nicht in guter Stimmung.« Doktor Faber schenkte Kätt ein mattes Lächeln. »Sie hat wunderbar gekocht. Danke.«

Kätt brummte etwas in den Bart. Dann schnappte sie das Tablett mit den abgegessenen Tellern und wandte sich griesgrämig der Tür zu. »Ich soll noch ausrichten«, sagte sie im Hinausgehen, »dass der Herr Ap'theker Gaiss Euch spreche möcht. Am beste morgen früh ...«

»Danke«, erwiderte Doktor Faber. »Ich werde bei ihm vorbeischauen.«

Damit war Kätt entlassen. Unzufrieden ging sie. Felicitas sah ihren Eheliebsten verwundert an. »Was hast du denn heute?«

»Ach – es ist nichts«, sagte Hans Christoph müde. »Reichardts Bruder ist gestorben, und ich habe keine Ahnung, woran.«

»Das weiß ich.«

»Woher?« Sein Blick drückte Erstaunen aus. »Ich denke, du warst heute den ganzen Tag zu Hause? So schnell kann sich mein Versagen doch nicht herumgesprochen haben.«

»Dein Versagen?« Felicitas legte zärtlich die Hand auf seinen Unterarm. »Von einem Versagen deinerseits kann nun wirklich keine Rede sein!«

Er ging nicht auf ihren Tröstungsversuch ein. »Wo hast du's denn erfahren?«, wollte er wissen.

»Nun – ich war bei Anna Reichardt.«

Hans Christophs Miene wurde streng. »Du warst schon wieder aus? Sag einmal, Felix – unsere Tochter soll wohl ohne Mutter aufwachsen?«

Felicitas schluckte. »Was unterstellst du mir denn da?«, entgegnete sie, plötzlich zornig. »Willst du etwa, dass ich den ganzen Tag zu Hause verbringe, bloß, weil wir ein Kind haben? Charlotte Amélie ist doch bei Leni in besten Händen!«

»Aber Madame Merker ist nicht ihre Mutter.« Hans Christophs Ton wurde lehrerhaft. »Ist es zu viel verlangt, wenn ich fordere, dass du dich um unsere Tochter kümmerst – wenigstens gelegentlich?«

»Also – das ist ja die Höhe!« Felicitas stand vom Tisch auf und stieß den Stuhl so heftig zurück, dass er beinahe umstürzte. »Du widersprichst dir!«

»Inwiefern?«

»Nach der Geburt unseres Kindes hast du selbst gesagt, Leni soll Kinderfrau werden, damit ich gelegentlich …«

»Ich meinte damit aber nicht, dass du andauernd aus dem Haus laufen sollst!« Hans Christoph starrte sie streitlustig an, was gar nicht seine Art war.

»Du weißt genau, dass ich jederzeit für Lottchen zur Verfügung stehe«, sagte Felicitas scharf, »aber hin und wieder brauche selbst ich ein bisschen Zeit für mich selbst!« Sie maß ihren Gatten mit bitterbösem Blick. »So viel musst du mir schon zubilligen!«

Hans Christoph erschrak sichtlich. »Du hast keinen Grund, dich so wild zu gebärden«, sagte er in milderem Ton. »Ich meine ja nur …«

Doch Felicitas war in Rage geraten, nicht zuletzt weil sie auf einmal ein schlechtes Gewissen hatte. Denn sie hatte sich in den letzten Tagen tatsächlich nur sehr wenig mit ihrem Kind befasst. »Es ist mir ganz gleich, was du meinst«, fauchte sie, »angekommen sind deine Worte so, als wolltest du mich zur Rabenmutter erklären.« Sie stellte sich vor ihren Mann hin und schob das Kinn vor. »Nimm das zurück!«

»Ich wüsste nicht, womit ich dich beleidigt hätte«, sagte Hans Christoph in neuer Kampfbereitschaft. Er lehnte sich zurück und erwiderte ihren zornigen Blick mit provozierender Gelassenheit. »Schließlich ist es die Aufgabe einer Frau und Mutter …«

»Nimm das zurück«, wiederholte Felicitas ihre Forderung.

»Wenn das dein letztes Wort ist …« Er blieb unerschütterlich. Offenbar war er nicht zum Nachgeben bereit.

»Schön«, sagte sie giftig, »dann wirst du den Abend allein verbringen müssen.« Damit rauschte sie aus dem Salon und ließ einen ratlosen Hans Christoph zurück.

Sie ging gleich zu Bett. Beim Schein ihrer Kerze versuchte sie ein vor Wochen angefangenes Buch weiterzulesen – eine Sammlung von Sagen und Legenden, die die Gebrüder Grimm zusammengetragen hatten. Aber sie vermochte sich einfach nicht auf die Geschichten von Feen und Zwergen zu konzentrieren, so gern sie solche Märchen sonst auch las. Ihre Gedanken kreisten um das, was sie erfahren hatte, und darum, dass sie wieder einmal einen Streit mit Hans Christoph angefangen hatte – einen vollkommen unnützen Streit, denn er war ja irgendwie im Recht.

Hans Christoph kam nicht zu ihr ins Schlafgemach. Dieser schreckliche Kerl ... er saß sicher wie so oft in seinem Studierzimmer und hatte sich in seine Fachbücher vergraben. Und es machte ihm überhaupt nichts aus, dass seine Frau sich voller Ärger schlaflos im Bett hin und her wälzte und keine Ruhe fand.

Gegen elf – der Nachtwächter war schon vorübergegangen – hielt Felicitas es nicht mehr aus. Sie schlüpfte aus dem Bett, warf sich ihren Schlafrock über und stapfte auf leisen Sohlen die Treppe hinunter.

Tatsächlich brannte in seinem Studierzimmer noch Licht. Ohne zu klopfen klinkte sie leise die Tür auf und ging hinein. Da saß er, tief über einen seiner Wälzer gebeugt.

Sie näherte sich ihm sacht. Er schien eingeschlafen, hatte den Kopf auf die Unterarme gebettet. Was für ein Anblick!

Felicitas spürte, wie sie weich wurde. Im Schein der Lampe sah sein Gesicht ganz jung aus – was für lange Wimpern er hatte ... Das war ihr bis jetzt noch nie aufgefallen ...

Sie legte ihm die Hände auf die Schultern. Er fuhr auf. »Ja …?«, murmelte er schlaftrunken.

»Komm zu Bett, Liebster«, flüsterte Felicitas zärtlich. »Es tut mir Leid, dass ich dich so angefahren habe.«

Er sah sie mit verschleiertem Blick an. »Felix«, murmelte er, »wie spät ist es denn …?«

»Spät genug«, sagte sie. »Komm …«

Es war eine lange, wunderbare Nacht geworden. Nun schien der neue Morgen durch die dünnen weißen Mullgardinen ins Zimmer, und Felicitas dehnte sich genüsslich in den Kissen. Hans Christoph schlief noch – er hatte den Arm über ihre Hüfte gelegt und den Kopf an ihre Schulter gebettet und atmete tief und regelmäßig.

Wieder empfand Felicitas eine große Zärtlichkeit für ihren Mann. Sie konnte im Augenblick gar nicht verstehen, warum sich zwischen ihr und ihm immer diese Reibereien ergaben. Man verstand sich doch so gut – wenigstens meistens …

Sie drückte ihm einen Kuss auf die Schläfe. Er regte sich, schmiegte sich an sie, sagte irgendein Wort, das sie nicht verstehen konnte. Dann, ganz ohne Übergang, kam er zu sich und öffnete die Augen.

»Guten Morgen«, sagte er, »Zeit, an die Arbeit zu gehen.«

Der Zauber verflog. Da war er wieder, der nüchterne, pflichtbewusste Hans Christoph Faber, bei dem man auf keine dummen Gedanken kam.

»Guten Morgen«, erwiderte Felicitas. »Gerade hat's sieben geschlagen. Raus aus den Federn. Das wolltest du doch sagen, oder?«

»Richtig.« Er widmete ihr einen beinahe beiläufigen Blick, zog seinen Arm von ihrer Hüfte zurück und richtete sich auf. »Heute stehen lauter wichtige Termine an.«

Bei mir auch, dachte sie. Aber das ging ihn nichts an. »Wer weiß«, sagte sie. »Ich habe für heute noch keinen Plan.«

Er hatte die Beine schon aus dem Bett geschwungen und war zu dem Kleiderhaufen gegangen, der unordentlich vor dem Fenster auf dem Teppich lag. »Du wirst sicher etwas Nützliches finden, womit du dich beschäftigen kannst«, sagte er, während er begann, seine Beinkleider herauszusuchen.

Darauf kannst du Gift nehmen, dachte Felicitas, den wohlbekannten Ärger gut verbergend, der in ihr aufgestiegen war. »Sicherlich«, sagte sie beherrscht. »Im Leben einer Hausfrau gibt es ja so viele sinnvolle Tätigkeiten ...« Wie das Warten auf den Ehemann zum Beispiel, setzte sie in Gedanken hinzu.

»Das will ich meinen«, erwiderte er gut gelaunt. »Ich wusste doch, dass ich in dir eine verständnisvolle Gattin gefunden habe, die versteht, worum es in einer Ehe geht.«

Und ob ich das verstehe, dachte Felicitas erbost. Aber das soll mich nicht davon abhalten, meine eigenen Wege zu gehen. »O ja, das hast du«, erwiderte sie mit gespielter Gelassenheit.

Er stieg in die Hosen, musterte sie nachträglich und schüttelte den Kopf. »Nein, die sind zu zerknautscht«, meinte er und zog die Beine wieder aus den engen Schläuchen. »Die muss Kätt erst aufbügeln.«

»Im Schrank sind noch glatte«, sagte Felicitas desinteressiert. »Nimm doch für heute einfach die dunkelbraunen, und dazu den hellgrauen Frack. Frische weiße Hemden sind auch noch reichlich vorhanden, du weißt ja, wo.« Sie kuschelte sich in die Kissen und zog die Decke bis zum Kinn.

Er bemerkte ihren Unwillen überhaupt nicht – typisch Mann. Er folgte einfach ihren Anweisungen und kleidete sich fertig an. Danach begann er ohne Umschweife, sich Seifenschaum zum Rasieren zu schlagen.

Felicitas wartete voller Ärger. Sie würde sich noch nicht für den Tag anziehen. Mochte er doch denken, was er wollte. Sie würde ihm beim Frühstück im Morgenmantel Gesellschaft leisten und sich für ihn heute nicht die Mühe machen, jetzt schon die Haare aufzustecken.

Auch das fiel Hans Christoph nicht auf. Im Gegenteil – er vertiefte sich gleich am Frühstückstisch in eine Postille, die Kätt ihm neben den Teller gelegt hatte, trank darauf geistesabwesend seinen Kaffee, aß hastig seine Milchsuppe und einen Butterwecken und verabschiedete sich. »Erwarte mich nicht zum Mittagessen«, sagte er, nachdem er Felicitas einen flüchtigen Kuss auf die Stirn gedrückt hatte, »ich werde mit Doktor Barthold im Gasthaus essen – oder vielleicht auch bei ihm zu Hause, so denn seine Haushälterin einen Bissen für mich übrig hat.« Die letzte Bemerkung war scherzhaft gemeint gewesen. Er zwinkerte Felicitas doch tatsächlich zu!

Felicitas nickte, bemüht, nicht zu frostig dreinzuschauen. »Das wird sie sicher«, antwortete sie mit schmalen Lippen. »Wer wird denn einen Gast wie dich hungern lassen?« Und sie zwinkerte ebenfalls.

Hans Christoph lachte leise. Dann ging er. Sie war mit ihrem Ärger allein.

Den ganzen Morgen wartete sie auf die Jungen, doch die beiden tauchten nicht auf, was sie sehr wunderte. Unzuverlässiges Pack, dachte sie, als der Mittag vorübergegangen war und die beiden sich immer noch nicht hatten blicken lassen. Dann notiere ich mir eben, was ich bis jetzt schon weiß.

Sie ging in ihr Schlafgemach, setzte sich an den kleinen Sekretär, klappte die Schreibplatte auf und legte sich einen frischen Bogen Papier zurecht. Doch plötzlich fiel ihr Blick auf ein Blatt Zeitungspapier, das da sorgfältig geglättet im untersten Fach lag. Es war der Bericht über den Prozess der Gesche Gottfried – Kätt musste ihn gefunden, gebügelt und hier hereingelegt haben.

So etwas Dummes. Konnte die Gute denn nichts wegwerfen? Diese alte Zeitung gehörte doch ins Feuer!

Felicitas nahm das Blatt noch einmal zur Hand, aber was darauf stand, wusste sie ja bereits. Im Haus der Gesche Gottfried hatte es unverhältnismäßig viele Todesfälle gegeben – und das war am Ende aufgefallen.

Felicitas hielt den Atem an. Im Haus Reichardt hatten auch viele – allzu viele – Familienmitglieder das Zeitliche gesegnet ...

Sie spürte, wie die Feder in ihrer Hand plötzlich zu zittern begann. Zuerst waren die Kinder gestorben, kurz hintereinander. Dann, einige Zeit später, hatten Anna Reichardts alte Eltern ein plötzliches Ende gefunden – am selben Tag. Vor dem Doppelbegräbnis der Eltern war unerklärlicherweise Gertrud die Haushälterin tot in ihrer Küche aufgefunden worden, und niemand wusste, was ihren Tod herbeigeführt hatte. Beim Kaffee endlich, am Nachmittag des Begräbnisses, hatte es Reichardts Bruder erwischt. Noch in der folgenden Nacht war auch der seiner akuten Krankheit erlegen – einer Krankheit, die Hans Christoph genauso wenig hatte erklären können wie die der Kinder oder der Eltern oder der alten Trude ...

Konnte es sein, dass auch bei Reichardt nicht alles mit rechten Dingen zugegangen war? War es möglich, dass auch hier Mord eine Rolle gespielt hatte?

Felicitas legte die Feder weg und schloss den Sekretär wieder. Sie würde Annemarie Gaiss einen Besuch abstatten – jetzt gleich. In der Apotheke gab es Bücher, in denen Gifte beschrieben wurden, Gifte und deren Wirkungsweise. Sie musste mit Annemaries Hilfe an eines dieser Bücher kommen und die betreffenden Stellen nachschlagen.

In heller Aufregung machte sie sich für den Ausgang zurecht. Die Haare waren noch nicht frisiert – aber jetzt war keine Zeit mehr für die Brennschere. Felicitas bürstete die schwarze Pracht streng aus dem Gesicht und formte sie im Nacken zu einem glatten Chignon. Darüber stülpte sie eine zarte weiße Spitzenhaube, und zur Krönung setzte sie auch ihre sommerlich-leichte Strohschute auf. Die passte zu allem, auch zu dem lichtblauen Baumwollkleid, das sie nach dem Frühstück angezogen hatte.

Kätt bekam nur ein flüchtiges Kopfnicken, als sie Felicitas im Hausflur über den Weg lief und nach dem Wohin fragte.

»Aber wann kommen gnä Fraa denn wieder?«, wollte sie hartnäckig wissen.

»Bald«, war die knappe Antwort ihrer jungen Herrin. Kopfschüttelnd sah sie Felicitas nach, die ohne weitere Erklärungen auf die Fahrgasse trat und eilig davonschritt.

Annemarie saß mit einer Stickerei in ihrem kleinen, aber sehr gemütlich eingerichteten Wohnzimmer im ersten Stock des Apothekerhauses. Sie blickte Felicitas freudig entgegen und bot ihr Platz an.

Felicitas setzte sich auf das zierliche, mit Blütenstreifen-Satin bezogene Kanapee und holte tief Luft. »Meine Liebe«, sagte sie etwas atemlos von dem schnellen Fußmarsch, »ich brauche deine Hilfe.«

Annemarie Gaiss riss die Augen auf. »Was ist geschehen?«

Felicitas winkte ab. »Nichts, was dir Sorgen machen müsste«, beruhigte sie die Feundin. »Ich habe nur einen Verdacht – und den hätte ich gern bestätigt – oder entkräftet.«

»Einen Verdacht?« Annemarie legte den runden Stickrahmen aus der Hand und steckte die Nadel ins Nadelkissen. »Glaubst du ... Hans Christoph ist dir nicht treu?«

»Aber Annemarie!« Felicitas musste lachen. Warum dachten die meisten Frauen, wenn es um einen Verdacht ging, eigentlich bloß immer nur an das eine? »Nein, nein – darum geht es nicht. Mit Hans Christoph und mir steht es zum Besten.« Sie zog unwillkürlich ein Gesicht. »Nein«, fuhr sie fort, »ich hätte gern einmal einen Blick in das Giftverzeichnis getan. Bertram besitzt doch so etwas, nicht?«

»Das Giftverzeichnis?« Annemarie machte abermals große Augen. »Kann sein, dass er etwas dieser Art in seinem Bücherschrank stehen hat. Wofür brauchst du denn das, um Gottes willen?«

Felicitas wusste, jetzt würde sie ihre Freundin einweihen müssen. »Ich hoffe, du kannst ein Geheimnis bewahren«, sagte sie und dämpfte die Stimme.

»Himmel ... ein Geheimnis?« Annemarie beugte sich zu Felicitas herüber und sah sie entgeistert an. »Sicher kann ich das – was ist es?«

»Erst schwörst du mir, unter allen Umständen den Mund zu halten und besonders deinem Bertram nichts davon zu verraten«, sagte Felicitas leise. »Schwöre ... wie in alten Zeiten!«

Annemarie hob drei Finger der rechten Hand und wisperte: »Bei allem, was mir teuer ist ... mach's nicht so spannend!«

Felicitas beugte sich ebenfalls vor, bis sie nur noch auf Armeslänge von ihrer Freundin entfernt war. »Ich glaube«, flüsterte sie, »wir haben es bei den Todesfällen im Haus Reichardt nicht mit natürlichen Umständen zu tun. Und ich möchte wissen, welche Gifte möglicherweise im Spiel sein könnten.«

»Oooh ...« Annemarie stieß den Atem aus und sah Felicitas voller Entsetzen an. »Wie kommst du darauf? Der Deinige ist doch jedes Mal zu Rate gezogen worden! Und trotzdem vermutest du ...«

»Ja, ich vermute trotzdem.« Felicitas sah Annemarie beschwörend an. »Selbst einem erstklassigen Arzt wie Hans Christoph können Kleinigkeiten entgangen sein ... bei Gesche Gottfried haben die Ärzte ja auch nichts Verdächtiges bemerkt.«

»Gesche Gottfried?«, fragte Annemarie verwirrt. »Wer soll denn das nun wieder sein?«

»Das tut im Augenblick nichts zur Sache«, gab Felicitas ungeduldig zurück. »Los, Schwesterlein – hol das Giftbuch her. Wir sehen uns die Sache gemeinsam an.«

Mit dieser Antwort hatte sie Annemaries Verwirrung höchstens noch gesteigert. Die Freundin setzte zu einer neuen Frage an. Aber Felicitas wollte sich nicht länger als nötig aufhalten lassen. »Erst das Buch«, verlangte sie. »Wenn es vor uns liegt, erkläre ich dir alles.«

Annemarie stand von ihrem Sessel auf, der im gleichen Muster gehalten war wie das Kanapee. »Gut – ich sehe mal nach«, sagte sie. »Hoffentlich merkt Bertram nicht, dass ich an seinen Büchern war. Er hat es gar nicht gerne, wenn jemand seine Sammlung durcheinander bringt ...«

»Solange du es wieder an seinen Ort stellst, wird er schon keinen Wind davon kriegen«, drängte Felicitas. »Beeil dich. Ich brenne darauf, der Sache auf den Grund zu gehen!«

Annemarie huschte aus dem Salon. Schon nach ganz kurzer Zeit war sie wieder da, ein großformatiges, augenscheinlich recht altes, in braunes abgewetztes Leder gebundenes Buch in der Hand. »Hier habe ich etwas gefunden«, sagte sie geheimnistuerisch, »es heißt ›Traktatus über die giftigen Substanzen und ihren Einfluss auf die menschliche Physis‹. Meinst du, dass uns das weiterhelfen könnte?«

»Höchstwahrscheinlich«, antwortete Felicitas. »Lass sehen, lass sehen!«

Annemarie legte den Wälzer auf den Kaffeetisch. Dann setzten sich die Freundinnen dicht nebeneinander und schlugen die Seite mit dem Index auf. »Da steht es«, wisperte Felicitas, »Giftgewächse – in alphabetischer Reihenfolge nach ihren botanischen Namen geordnet ...«

»Ach du liebe Güte«, sagte Annemarie, »lauter Latein. Wir werden kein Wort verstehen, Felix!«

Doch von solchen Hindernissen gedachte Felicitas sich nicht bremsen zu lassen. Sie überlegte einen Augenblick. Dann sagte sie: »Schauen wir doch einmal bei den Wirkungsweisen der Gewächse nach. Die stehen separat in einem eigenen Teil. Wissen wir erst, was man mit Giften alles anrichten kann, dann wird es leicht sein, die Substanzen herauszusuchen, die die Symptome bewirken.«

»Wie schlau du bist«, sagte Annemarie mit ehrlicher Bewunderung in der Stimme. »So verquer zu denken – das bringt außer dir nur noch Helene zustande.«

Felicitas hörte nicht mehr hin. Sie hatte angefangen zu blättern. »Diarrhoe ...«, murmelte sie vor sich hin, »oft von blutigen Schleimfäden durchzogen ... hoher Wasserverlust ... Krampfanfälle ... am Ende völlige Erschöpfung ...«

»Gott, das hört sich ja furchtbar an«, sagte Annemarie erschrocken. »Ist es das, wonach du gesucht hast?«

»Vielleicht«, erwiderte Felicitas aufgeregt. »Diese Krankheitszeichen werden von Arsenik hervorgerufen. Die Reichardt-Kinder hatten alle beide unstillbaren Durchfall und konnten zum Ende hin so gut wie gar keine Flüssigkeit mehr bei sich behalten. Der zweite Junge – der ältere – wurde auch von Krämpfen geschüttelt. Ich hab's selbst gesehen, sein Gesicht sah entsetzlich aus – ganz verzerrt. Hans Christoph hat damals Starrkrampf diagnostiziert. Aber nach allem, was ich gerade gelesen habe, könnte es auch bei ihm eine Dosis Arsenik gewesen sein ...« Sie überlegte kurz. »Bei dem kleineren der Kinder wenig, dem Älteren reichlich.«

Sie hielt inne und atmete tief ein. Offenbar hatte sie diese lange Erklärung in einem Atemzug ausgestoßen. Annemaries Gesichtsausdruck war eine einzige Frage.

Felicitas atmete noch einmal tief durch. Dann schlug sie das Buch an einer anderen Stelle auf. »Die alten Eltern von Anna Reichardt sind nicht an Dysenterie gestorben«, sagte sie leise. »Nach Hans Christophs Meinung war es bei Johann Philipp Burkart Herzversagen. Die alte Mutter, die regelrecht tot umgefallen ist – und das beinahe gleichzeitig mit ihrem Mann –, die soll, wie er sagte, an gebrochenem Herzen das Zeitliche gesegnet haben.« Sie sah Annemarie scharf an. »Weißt du, im Allgemeinen unterstütze ich Hans Christoph und seine Diagnosen, denn so gut wie immer sind sie goldrichtig. Aber das mit dem gebrochenen Herzen hab ich ihm schon an dem besagten Tag im Haus Reichardt nicht abgenommen.«

»Nicht?«, fragte Annemarie gespannt. »Und warum nicht?«

»Die alte Madame war nie zimperlich und hat sich auch oft genug mit ihrem Herrn Gemahl gestritten«, gab Felicitas zurück. »Kätt hat mir das verraten. Ich meine, sie hätte ihn überleben müssen – wie die meisten alten Frauen ihre Männer überleben.«

»Aber wenn sie ein schwaches Herz hatte ...«

»Ihr Herz war kerngesund. Hans Christoph ist doch nur auf das gebrochene Herz gekommen, weil er sich überhaupt keinen Reim auf ihren plötzlichen Tod machen konnte!«

Annemarie öffnete den Mund ein wenig, als wolle sie etwas sagen, aber kein Wort kam heraus. Stattdessen räusperte sie sich, senkte dann den Blick und tippte mit dem Zeigefinger auf die Seite des Gift-Verzeichnisses, die Felicitas gerade aufgeschlagen hatte. Eine Pflanze wurde da beschrieben, eine Arzneipflanze, die aber in der falschen Dosierung sehr giftig war.

»Digitalis purpurea«, las Felicitas, »roter Fingerhut ...« Was da stand, war ihr bekannt. Einen Extrakt aus Fingerhut gab man bei schwachem Herzen, tropfenweise. Und bei zu hoher Dosierung verursachte das Mittel ...

»... Herzjagen, Herzflimmern, schließlich Stillstand.« Annemarie hatte die Beschreibung leise vorgelesen. »Um Gottes willen«, setzte sie flüsternd hinzu, »glaubst du wirklich, dass die beiden alten Burkarts ...«

»Ja, das glaube ich«, beantwortete Felicitas die unvollendete Frage ihrer Freundin. »Bliebe zu klären, woran die alte Trude gestorben ist. Was Reichardts Bruder betrifft, so hat er offenbar auch eine Portion Arsenik bekommen.«

»Aber wer sollte ein Interesse daran haben, all diese Menschen umzubringen?« Annemarie hatte leise, kaum hörbar gesprochen und sah Felicitas mit schreckgeweiteten Augen an. »Wer hätte einen Nutzen davon?«

»Das kann ich mir noch nicht erklären«, sagte Felicitas nachdenklich, »aber dass etwas nicht stimmt mit diesen vielen Todesfällen bei den Reichardts – das ist doch ganz offensichtlich.« Sie blätterte ziellos in dem Buch herum. »Die alte Trude lag auf dem Fußboden in der Küche«, murmelte sie. »Sie sah ganz rosig aus – überhaupt nicht leichenblass, wie andere Tote. Das hat mich gewundert. Aber Hans Christoph hat auch bei der Trude Herzversagen festgestellt.«

Annemarie brachte trotz der angespannten Stimmung ein winziges Lächeln zustande. »Nun ja«, sagte sie, »bevor man stirbt, hört halt das Herz auf zu schlagen. Und das ist eben tödlich.«

Felicitas erwiderte ärgerlich: »Mir ist selbst klar, dass Ärzte immer dann, wenn sie nicht genau wissen, woran ein Mensch gestorben ist, Herzversagen feststellen. Hans Christoph unterscheidet sich da in keiner Weise von seinen Kollegen.«

14

Die Freundinnen hatten noch ein Weilchen in dem dicken Buch herumgeblättert, aber sie waren, was den Tod der alten Gertrud betraf, auf keinen Hinweis mehr gestoßen. Ob irgendein pflanzliches oder mineralisches Gift für den unerwarteten Tod der Haushälterin in Frage kam – Felicitas konnte es jedenfalls hier und jetzt nicht feststellen.

Gemeinsam brachten sie und Annemarie Gaiss das Giftekompendium wieder zurück in die kleine, hauseigene Bibliothek, die recht gut sortiert war. Neben den Fachbüchern des Hausherrn enthielt sie auch ausgewählte Werke der schöngeistigen Literatur.

Als Felicitas gerade einen Blick auf die Regale warf, öffnete sich plötzlich die Tür, und Bertram Gaiss trat ein, dicht gefolgt von Hans Christoph Faber. »Bertram«, sagte Doktor Faber im Eintreten, »du musst mir dringend weiterhelfen. Ich habe gehört, es gibt jetzt ein neues, in England entwickeltes Nachweisverfahren für ...«

Als er Felicitas bemerkte, unterbrach er sich. »Na, das ist aber eine Überraschung«, brummelte er, »du hier? Das freut mich!«

Seine Miene – eher missmutig – strafte seine Worte Lügen. Felicitas verkniff sich eine spitze Bemerkung. »Freut mich auch«, erwiderte sie. »Dann könnten wir ja eine Tasse Kaffee zusammen trinken!« Sie wandte sich an ihre Freundin. Annemarie nickte zustimmend. »Ich lass die Bärbel gleich eine Kanne aufbrühen«, sagte sie munter. »So eine schöne Tasse starker Schwarzer wird uns allen gut tun.«

Der kleine Seitenhieb, den Felicitas ihrem Gatten mit der ungeplanten Kaffeestunde versetzen wollte, entging Annemarie. Doch Hans Christoph Faber runzelte die Stirn. »Ich möchte ja nicht unhöflich sein«, sagte er, »aber eigentlich habe ich gar keine Zeit, um hier herumzusitzen und Kaffee zu trinken. Dringende Geschäfte dulden keinen Aufschub und ...«

»Unsinn.« Bertram Gaiss war anderer Ansicht. »Ich habe auch viel zu tun, aber hin und wieder auszuspannen – so viel Zeit muss sein!« Er packte seinen Busenfreund am Arm und zog ihn in den Erker, wo eine gepolsterte Bank und drei zierliche Sesselchen zum Sitzen einluden. Ein runder Tisch mit einer kunstvoll gedrechselten Mittelsäule vervollständigte das Ensemble.

»Aber ich habe doch gerade versucht, dir zu erklären ...«, protestierte Hans Christoph.

»Keine Widerrede!« Bertram Gaiss unterbrach seinen Freund einfach und drückte ihn ohne lange Umstände auf die Bank. »Nach dem Kaffee können wir uns frisch gestärkt an das Experiment machen.«

»In anderen Worten: Du wirst mir behilflich sein?« Hans Christoph Faber war beinahe versöhnt.

»Hab ich dich schon mal im Stich gelassen?«, lautete die Gegenfrage, in der ein winziger, beleidigter Unterton mitschwang. »Du weißt doch, du kannst dich unter allen Umständen auf mich verlassen, Hans Christoph – unter allen Umständen!«

»Aber diesmal bewegen wir uns möglicherweise ein wenig außerhalb der Legalität«, erwiderte Doktor Faber. »Ich weiß nicht genau, ob ich das Abnehmen der Probe erst hätte beantragen müssen …«

Bertram Gaiss zuckte die Achseln. »Wenn es nicht erwähnt wird, kräht auch kein Hahn danach«, sagte er unbekümmert.

»Was für eine Probe ist es denn?«, wollte Felicitas, die hellhörig geworden war, wissen.

»Das, mein lieber Schatz, geht dich überhaupt nichts an.« Hans Christoph machte ein Gesicht, das Felicitas gut kannte. Weiteres Nachfragen würde sinnlos sein. Wenn Hans Christoph so dreinschaute, würde er verschlossen bleiben wie eine Auster.

»Ach so.« Felicitas lächelte verlegen. »Es fällt wohl unter deine Schweigepflicht?«

»Das nicht.« Er musterte sie ernst. »Dennoch werde ich dir nicht verraten, um was es geht. Je weniger Menschen davon wissen, desto besser.«

Doch Annemarie war jetzt ernstlich beunruhigt. Sie sah ihren Mann eindringlich an. »Bertram«, drängte sie, »du tust doch nichts Ungesetzliches? Ich meine … etwas, das dich ins Gefängnis bringen könnte?«

»Aber Kätzchen«, sagte der Apotheker lachend, »wie könnte ich denn? Du kennst mich doch!«

»Gerade weil ich dich kenne«, seufzte Annemarie. »Felix muss sich kaum solche Sorgen machen wie ich – ihr Mann ist ja vernünftig! Aber du – in letzter Zeit hast du mir viel zu viel Zeit in deinem Labor verbracht, Bertram. Doktor Barthold meint auch, du solltest etwas mehr auf deine Gesundheit achten und dich nicht so oft den giftigen Dämpfen in deinem Kellerloch aussetzen!«

Der Apotheker lachte laut auf. »Da hörst du's, Hans Christoph«, sagte er mit einem Augenzwinkern in Richtung Annemarie, »unsere Frauen! Wenn es nach denen ginge, dann gäbe es überhaupt keinen Fortschritt mehr – weder auf dem Gebiet der Wissenschaft noch in der Technik.« Er trat an Annemarie heran, legte ihr den Arm um die Taille und drückte ihr einen Kuss auf die Schläfe. »Lass den Kaffee bringen, Schatz. Und danach steige ich mit Hans Christoph hinunter in mein Kellerloch, während ihr Damen euch mit schöneren Dingen beschäftigen könnt.«

Felicitas hatte sich gleich nach dem Kaffee verabschiedet, obwohl Annemarie gerne noch ein bisschen mit ihr getratscht hätte. Doch Felicitas war nicht mehr in der Stimmung. »Es zieht mich nach Hause«, hatte sie an der Tür gesagt, »ich habe das Gefühl, dort erwartet mich Wichtiges.«

Ihr Gefühl hatte Felicitas nicht getrogen. Denn im Flur warteten ungeduldig die beiden Gossenkinder.

Anton mit der Mütze war diesmal derjenige, der als Erster sprach. »Wir wissen jetzt, wie die beiden Welschen an ihr Geld kommen«, sagte er, ganz offensichtlich stolz auf das, was er zu bieten hatte.

»Was ist es denn?«, fragte Felicitas gespannt.

»Sie verkaufen Sachen«, antwortete Karl mit dem Rattenschwanz eifrig.

»Sachen?«

»Ja, ja!« Anton sah Felicitas verschwörerisch an. »Alles Mögliche. Aber meistens solche, die mer net so ohne weiteres üvverall kaafe kann ...«

»Als da wären?«

»Ei, ausländische Seidenstoffe«, klärte Karl sie auf. »Und verschiedene Duftwässer ...«

»Und aach Medizin«, ergänzte der andere.

»Und Königswasser«, fügte Karl mit dem Rattenschwanz bedeutungsvoll hinzu.

»Königswasser?« Davon hatte Felicitas noch nie gehört. »Was soll denn das sein?«

Karl trat näher. »Es kommt in so kleine Fläschjer«, sagte er, »und es kost't viel Geld.« Er senkte die Stimme. »Wofür mer's braacht – des weiß ich aach net ...«

»Vielleicht isses Medizin wie das anner Zeug«, mutmaßte Anton. »Der Reichardt hat ja schon so Fläschjer von dem Welsche abgenomme.«

Karl mit dem Rattenschwanz nickte heftig. »Die Mamsell hat's aber bezahlt«, fügte er hinzu, »und die Mamsell hat auch so'n Päckchen bei dem Welsche gekauft. Der Knecht wusst' net, was drin war.«

Felicitas konnte es sich denken. Sie fischte das Kleingeld aus ihrer Börse, das sie den Jungen versprochen hatte, und löste damit einen doppelten Freudentanz aus. »Wenn des so weiter geht, sin mer reich«, jauchzte Anton, der viel selbstsicherer wirkte als am Tag zuvor.

Karl mit dem Rattenschwanz grinste. »Du vergisst, dass wir beide net alles für uns behalte dürfe«, mahnte er seinen überschwänglichen Freund. »Oder habbe deine Geschwister genug zu esse?«

Anton wurde schlagartig wieder ernst. Er heftete den Blick seiner braunen Augen bittend auf Felicitas. »Solle mer noch weitere Auskünft einhole?«, fragte er zaghaft.

»So viel ihr könnt«, gab Felicitas zurück. »Vor allem hätte ich gern gewusst, wie der eine der beiden Welschen bei der kleinen Trumpetter weiterkommt. Versteht ihr?«

»Ja, sicher!« Anton war wieder obenauf. »Und solle mer aach bei den Reichardts noch'n bissje beobachte? Ich mein – der Reichardt hat was mit der Mamsell, und ich glaab net, dass die gnä Fraa davon was ahnt.«

Karl kniff ein Auge zu. »Määnst wirklich?«

Die Frage war eher rhetorisch, das sah Felicitas sofort. »Du glaubst, sie ahnt etwas von dem Verhältnis?«, wollte sie von dem Straßenjungen wissen. »Ich hatte nicht den Eindruck bei meinem letzten Besuch.«

Karl öffnete das Auge wieder. »Jeder im Haus weiß es«, sagte er, »der Knecht, die Dorothee, die annere Lakaie ...« Er sah Felicitas an und reckte sich, wie er das immer tat, wenn er sich seiner Sache sicher war. »Sie is ne sanfte Seel – aber blöd is sie net. Sie weiß es.«

»Und seit wann, meinst du, ist sie im Bilde?« Felicitas konnte es noch nicht so recht glauben.

»Seit der Bruder tot is«, antwortete Karl im Brustton der Überzeugung. »Der Knecht hat mir verrate, sie hätt die beide gesehe ... den Reichardt und die Mamsell. Und sie hätt danach sehr geweint.«

»Sagt der Knecht?« Felicitas sah den Jungen stirnrunzelnd an. »Woher will der das denn wissen?«

»Ei, er hat die gnä Fraa gesehe, wie sie die beide gesehe hat«, sagte Karl geduldig. »Und wie sie so geweint hat, da hat er ihr'n Tüchlein geholt.«

»Dann weiß sie's auf jeden Fall.« Zu dem Schluss kam jetzt auch Anton mit der Mütze.

»Wie dem auch sei – haltet mich auf dem Laufenden.« Felicitas drückte den Jungen zwei weitere Kreuzer in die schmuddeligen Hände. »Alles, was sich im Haus Reichardt abspielt, interessiert mich brennend. Und jede Information, die ihr mir bringt, sollt ihr gut bezahlt bekommen, darauf könnt ihr euch verlassen.«

Karl nahm das Geld mit Freuden an. Aber in seinen Augen lag Verwirrung, als er Felicitas ansah. »Warum wollt Ihr das eigentlich alles wissen?«, fragte er. »Seid Ihr einfach neugierig – oder steckt mehr dahinter?«

»Es steckt mehr dahinter.« Felicitas hatte nicht vor, die Kinder in ihre Aktionen einzuweihen, doch den Anschein, bloß neugierig zu sein, wollte sie sich auch nicht geben. »Aber was es ist, das braucht ihr nicht zu wissen«, fügte sie streng hinzu.

Karl mit dem Rattenschwanz nickte. »Das ist dann sicher auch besser für uns«, bemerkte er altklug, und sein Freund Anton nickte dazu.

Hans Christoph war erst spät abends von Bertram Gaiss nach Hause gekommen. Mit keinem Wort hatte er verraten, was für ein Experiment er mit seinem Freund durchgeführt hatte. Und als Felicitas gar nicht von ihm hatte ablassen wollen, hatte er sich einfach in sein Studierzimmer zurückgezogen.

Das war ein Affront, den Felicitas nicht so ohne weiteres verzeihen konnte. Sie zog sich, grollend und schmollend, ihrerseits zurück – und zwar ins Schlafgemach, das sie schwungvoll verriegelte. Sollte Hans Christoph doch auf dem Diwan in seinem Arbeitszimmer schlafen oder im Ordinationsraum, wo eine Ottomane stand. Sie würde ihn diese Nacht nicht einlassen – nicht nach dem, was er sich diesmal wieder an Unfreundlichkeiten geleistet hatte. Und sie würde es sich sehr überlegen, ob sie am nächsten Morgen seine Entschuldigung annehmen sollte.

Hans Christoph hatte nicht einmal versucht, ins Schlafzimmer zu kommen. Als Felicitas zum Frühstück im Salon erschien, war er bereits außer Haus – so informierte Kätt sie mit sauertöpfischem Gesicht. »Und der Herr Dokter lässt ausrichte, gnä Fraa bräuchte auch heut mit dem Esse net auf ihn zu warte ...«

Felicitas, deren Laune ohnehin nicht die beste war, sank auf einen Tiefpunkt. Sie würdigte Kätt keiner Antwort, aß schweigend ihre Hafersuppe und starrte dabei vor sich in den Teller. Kätt war nicht gewillt, eine so schlechte Behandlung einfach hinzunehmen. »Also – irgendetwas könnten gnä Fraa schon sage«, beschwerte sie sich, »zum Beispiel: Danke fürs Ausrichte, Kätt.«

»Danke fürs Ausrichten, Kätt.«

»Das is net nett, gnä Fraa.«

»Deine Nachricht war auch nicht nett.«

»Aber ich kann doch nix dafür, wenn der Herr Dokter ...«

Felicitas legte den Löffel hin und erhob sich. »Ich auch nicht«, erwiderte sie stur. »Und jetzt werde ich mich zurechtmachen. Ich gehe nämlich auch in die Stadt. Warte nicht mit dem Essen – ich speise irgendwo im Gasthaus, oder vielleicht bei meiner Mutter.«

»Wollen gnä Fraa das Kind net mitnehme?« Kätt hatte ihr Pulver noch nicht verschossen.

»Auf keinen Fall. Charlotte Amélie ist im Augenblick bei Leni besser aufgehoben als bei mir.«

»Aber der Herr Dokter meinte erst gestern, die Kleine kennt ihre Mama gar net mehr ...« Kätt war mindestens so zäh wie ihre junge Herrin.

»Da irrt der Herr Doktor«, gab Felicitas zurück. »Und die Zeiten werden sich auch wieder ändern ... in ein paar Tagen, hoffe ich.«

»Was gibt's denn grad jetzt so Dringendes, als dass Ihr's Lottche net mal mit in die Stadt nehme könnt?«

»Ich wüsste nicht, was dich das anginge«, erwiderte Felicitas. Dann drehte sie Kätt einfach den Rücken zu und verließ den Salon.

Auch auf dem Weg nach draußen ließ sie sich keine Informationen mehr entlocken. Sie marschierte wortlos an Kätt vorbei und machte sich auf den Weg, ohne ihr Ziel zu verraten. Kätt war deutlich ratlos, aber das kümmerte Felicitas im Augenblick nicht.

Wenig später war Felicitas in der Apotheke. Annemarie, die ihrem Hausmädchen Bärbel gerade die Arbeit für den Tag zugeteilt hatte, war hocherfreut über den Besuch der Freundin. »Das ist ja wunderbar«, sagte sie aufgeräumt. »Ich hab nämlich Neuigkeiten für dich ... du weißt schon, wovon ...«

Genau deswegen war Felicitas gekommen, und nun wurde Bärbel schnell weggeschickt. Dann, auf Felicitas' erwartungsvollen Blick, berichtete Annemarie: »Sie haben einen Nachweis geführt, Bertram und der Deinige. Einen Nachweis, den ein gewisser Marsh entwickelt hat.«

»Was sollte denn damit nachgewiesen werden?«

Annemarie lächelte. »Gemach, gemach – ich sag dir ja alles. Glaub mir, es hat Stunden gedauert, bis ich es aus Bertram herausgefragt hatte. Also ...«, sie setzte sich auf dem Sofa zurecht, »dieser Engländer, dieser Marsh, hat eine Methode entwickelt, mittels derer man Arsenik in Gewebe nachweisen kann – und zwar zweifelsfrei.«

»Und diese Methode haben Bertram und Hans Christoph gestern angewandt?« Felicitas starrte ihre Freundin gespannt an. »Lass dir doch nicht alle Würmer einzeln aus der Nase ziehen!«

Annemarie blieb gelassen. »Ganz recht«, antwortete sie, »Hans Christoph hatte eine Gewebeprobe bei sich, und Bertram hat diese Probe auf Arsenik überprüft. Er besitzt ja die Apparaturen ...«

»Von wem war denn die Probe?« Felicitas rutschte vor Aufregung auf ihrem Sessel hin und her. »Etwa von ...«

»Genau von dem«, unterbrach Annemarie ihre Freundin. »Aber der Befund war negativ.«

Felicitas, die etwas hatte sagen wollen, blieb für einen Moment der Mund offen stehen. »Negativ?«, sagte sie dann fassungslos, »sie war ... negativ?«

»Allerdings.« Annemarie nickte zur Bekräftigung. »Es fand sich kein Gift – wenigstens kein Arsenik. Guntram Reichardt muss an etwas völlig Natürlichem gestorben sein.«

»Oder an einem anderen Gift«, murmelte Felicitas. Sie konnte sich noch nicht mit dem Gedanken abfinden, dass ihr Verdacht vielleicht gänzlich unbegründet gewesen war. »Viele andere Gifte lassen sich nicht nachweisen – es sei denn, man erwischt den Mörder auf frischer Tat.«

Annemarie musste dem zustimmen. »Ich bin ganz deiner Meinung, dass bei den Reichardts in letzter Zeit viel zu viele Menschen gestorben sind«, meinte sie nachdenklich. »Ich habe meinerseits in dem Kompendium der Gifte herumgestöbert und bin auf etwas anderes gekommen – auf Strychnin.«

»Was ist das?«

»Rattengift.« Annemarie sah Felicitas triumphierend an. »Normalerweise wird es an Hausfrauen verkauft, die Ungeziefer bekämpfen wollen. Im Kompendium steht, dass es kaum Geschmack hat, geruchlos ist und sicher wirkt.«

»Hat Bertram es auch in seiner Apotheke?«

»Aber ja«, antwortete Annemarie. »Es steht im Giftschrank.«

»Strychnin ...« Felicitas senkte den Kopf und blickte nachdenklich auf ihre Hände. »Woraus besteht es, und wie wirkt es sich aus – weißt du das?«

Annemarie bejahte. »Bertram stellt es selbst aus diesem Gewächs her ... Stechapfel heißt die Pflanze, glaube ich. Im Kompendium steht, dass das Gift Krämpfe hervorruft und nach wenigen Stunden das Herz so sehr schwächt, dass es zu schlagen aufhört.«

»Nach Stunden?« Felicitas schüttelte den Kopf. »Dann kommt es als Todesursache für die alten Eltern jedenfalls nicht in Frage. Die hatten weder Krämpfe, noch hat ihr Tod lange gedauert.«

»Aber die Kinder ... und dieser Guntram.« Annemarie ließ sich nicht von dem Gedanken abbringen. »Bei denen könnte es durchaus Strychnin gewesen sein.«

»Und die Eltern könnten an einer hohen Dosis Digitalis umgekommen sein ...«, murmelte Felicitas. »Fehlt nur noch die Todesursache der alten Gertrud. Bei der fällt mir nichts Plausibles ein. Sie ist einfach gestorben ... ohne Grund.«

»Herzversagen.«

»Ja.« Das stand auf Gertruds Totenschein. Felicitas musste plötzlich an die Katze denken, die am selben Morgen ebenfalls tot in der Küche gelegen hatte. Deren Zunge war rosig durchblutet gewesen ...

»Schrecklich«, sagte Annemarie. »Aber sag mir eins – wer profitiert bloß von all diesen Morden? Wem nützt es, dass all diese Menschen nun nicht mehr da sind?«

»Der Einzige, der mir da einfällt, ist Wilhelm Adalbert Reichardt selbst«, antwortete Felicitas langsam. »Seiner Frau gehört das Geschäft ... Ihre alten Eltern hatten ein Mitspracherecht. Und nach Anna Reichardts Tod hätten die Kinder geerbt, nicht er. Er wäre lediglich ihr Treuhänder geworden.« Sie senkte nachdenkend die Stimme. »Warum allerdings sein Bruder sterben musste, darauf kann ich mir keinen Reim machen«, fügte sie hinzu. »Vielleicht ist er Reichardt auf die Schliche gekommen ...«

»Ooooh!« Annemarie stieß erschrocken die Luft aus. »Und die alte Gertrud hat vielleicht auch zu viel mitgekriegt, so dass sie aus dem Weg geräumt werden musste!«

»Richtig. Aber wie hat er es getan?« Felicitas legte den Finger an den Nasenrücken, wie sie es oft tat, wenn sie nachdachte. »Womit hat er sie ins Jenseits befördert?«

»Gab es denn keine Hinweise – irgendwo in der Küche vielleicht?«

»Nein.« Felicitas überlegte kurz, kam aber auf nichts Auffälliges. »Nur auf dem Herd stand ein Topf mit Erbsen, die trocken gekocht und schwarz verkohlt waren. Das hat mich schon gewundert.« Sie sah Annemarie kopfschüttelnd an. »Warum sollte eine erfahrene Köchin wie die alte Trude mitten in der Nacht einen Topf mit Erbsen zum Kochen aufs Feuer stellen? Es war das Einzige, was ich ungewöhnlich fand.«

Annemarie schnippte mit den Fingern. »Und das war dann auch die Todesursache«, sagte sie aufgeregt. »Bärbel hat mir erst vor ein paar Tagen von einem Todesfall erzählt, der in ihrer Familie mal vorgekommen ist und der sich beinahe genauso abgespielt hatte.«

»Wie?« Felicitas begriff nicht gleich, worauf Annemarie hinauswollte.

»Wenn Erbsen trocken kochen und verkohlen, können die Dünste, die sie dabei abgeben, ausgesprochen giftig werden«, erklärte Annemarie. »Bärbels alte Tante war beim Herd eingeschlafen und hatte gar nicht bemerkt, was mit den Erbsen passierte. Im Schlaf atmete sie die Dünste ein, und dann fiel sie vom Stuhl, und am Morgen war sie tot.«

»Ein Unfall?«

»Ja.«

»Bei der Trude demnach auch.« Felicitas wippte erregt mit der Fußspitze. »Es sei denn, Reichardt hat die Erbsen aufgesetzt und das Feuer geschürt, nachdem die Trude eingeschlafen war ...«

»Lieber Gott ...«, flüsterte Annemarie. »Könnte es so gewesen sein?«

»Durchaus.« Felicitas fiel plötzlich der schroffe Ton ein, in dem Reichardt mit seiner Frau umgegangen war, und sie erschauerte. Gesetzt den Fall, ihre Vermutungen waren richtig, dann schwebte Anna Reichardt in höchster Lebensgefahr. Denn ihr gehörte ja das ganze Vermögen, hinter dem Reichardt möglicherweise her war …

Annemarie war erschüttert. »Wir müssten es beweisen können«, sagte sie tonlos. »Sollten wir nicht die Gesetzeshüter einschalten?«

»Auf keinen Fall.« Felicitas überlegte angestrengt. »Zuerst brauchen wir mehr Beweise für Reichardts Schuld.«

»Und wie sollen wir daran kommen?«, fragte Annemarie ratlos. »Wie ich schon sagte – der Nachweis für Arsenik bei Guntram Reichardt ist negativ ausgefallen und …«

»Ich werde weiterforschen«, unterbrach Felicitas ihre Freundin. »Und glaube mir – ich finde etwas.« Sie erhob sich und begann im Zimmer hin und her zu gehen. »Meine beiden kleinen Informanten sind gerade jetzt unterwegs, um die zwei Italiener zu beschatten, die anscheinend hinter Anna Reichardts Rücken in ihrem Haus ein und aus gehen. Ich weiß, dass diese Kerle mit Arzneien handeln und schon irgendwelche Mittel in der Küche bei Reichardt abgegeben haben.«

»Kleine Informanten?«

»Armeleutekinder, die hin und wieder für Reichardt Besorgungen machen und mit den Domestiken des Hauses gut bekannt sind.«

Annemarie war noch nicht zufrieden mit dieser Auskunft. »Mittel sollen die Welschen dort abgegeben haben? Was für Mittel?«

»Das bleibt herauszufinden.« Felicitas verhielt mitten im Raum und drehte sich ruckartig zu Annemarie um. »Dorothee kann mir vielleicht mehr darüber verraten«, sagte sie. »Ich muss sie noch einmal ausfragen!«

»Dorothee? Wer ist denn das nun wieder?«

»Reichardts Hausmädchen.« Felicitas hatte es plötzlich eilig. »Verzeih, Annemarie, ich muss schnell hin. Jetzt gleich, bevor ein weiteres Unglück geschieht!«

Sie hatte die Hand schon auf der Klinke. In diesem Augenblick öffnete sich die Tür, und Bertram Gaiss trat ins Zimmer.

»Ich begrüße die Damen auf das Herzlichste«, sagte er fröhlich. »Ist es gestattet, in das traute Zwiegespräch zwischen Frauen einzubrechen, oder komme ich ungelegen?«

Annemarie schluckte. Sie hatte Mühe, ihre angespannte Stimmung zu verbergen. Felicitas fing sich schneller wieder. »Keineswegs«, sagte sie und schenkte dem Gatten ihrer Freundin ein Lächeln, »aber ich war gerade im Begriff, wieder zu gehen.«

»Ach – warum denn so eilig!« Bertram Gaiss lachte. »Ich sehe, es ist noch nicht einmal Tee und Gebäck serviert worden. Darauf hätte ich jetzt Lust – und auf die Gesellschaft von zwei wunderschönen Damen.«

»Aber ich ...«, sagte Felicitas.

Doch Bertram Gaiss ließ sie nicht weitersprechen. »Keine Ausflüchte. Ich habe es der Bärbel schon aufgetragen. Sie wird gleich hier sein und das Gewünschte bringen.«

»Ich habe wirklich keine Zeit«, murmelte Felicitas. »Auf mich wartet ...«

»Nichts, was nicht noch ein Weilchen warten könnte«, sagte Bertram Gaiss und nahm ihr den Wind aus den Segeln. »Nun sei doch nicht so ungesellig, Felicitas. Ich habe auch eine schöne Neuigkeit für dich, die dich sicher freuen wird.«

»Ach? Was könnte das denn sein?« Felicitas heuchelte Interesse.

»Nun«, erklärte der Apotheker mit einem weiteren strahlenden Lächeln, »dein Herr Gemahl hat es geschafft, eine Obduktion an Guntram Reichardts Leiche durchzusetzen. Und heute Morgen hat sich herausgestellt, dass der arme Kerl an einem Darmverschluss gestorben ist. Nun hat Hans Christoph Ruhe. Ist das etwa keine gute Nachricht?«

»Doch, doch ...«, stotterte Felicitas. »Ich dachte nur ...«

»Du scheinst mir nicht sehr glücklich darüber«, wunderte sich Bertram Gaiss. »Freut es dich denn gar nicht, dass jetzt euer Haussegen wieder gerade aufgehängt werden kann?«

»Doch, doch, aber wie kommst du darauf, dass bei uns nicht alles in Ordnung sein könnte?«

»Hans Christoph deutete so etwas an«, erwiderte Bertram Gaiss. »Er meinte, du seist wieder einmal ärgerlich darüber, dass er beruflich in letzter Zeit so angestrengt ist.«

»So – meinte er das.« Felicitas kniff die Lippen zusammen. »Dann wird es ja wohl stimmen ...«

Bärbel kam mit einem Tablett ins Zimmer. »Darf ich auftischen?«, fragte sie höflich, schon ganz die erfahrene Dienstmagd.

Felicitas lächelte die Kleine an, die gerade sechzehn geworden war und nun schon seit einem Jahr bei Annemarie im Dienst stand.

Bärbel, aus einer armen Taglöhnerfamilie stammend, hatte sich zu einer ausgesprochen hübschen jungen Person gemausert. Mit ihrem hellgrauen Leinenkleid, der schneeweiß gebleichten Schürze und dem zarten Spitzenhäubchen auf dem glatt gescheitelten blonden Haar sah sie zum Anbeißen aus – verständlich, dass der junge Provisor aus der Apotheke ihr schöne Augen machte.

Annemarie lächelte ebenfalls. »Du darfst«, sagte sie und deutete auf den Teetisch in der anderen Ecke des Raumes.

»Demnächst wirst du sie mit Sie anreden müssen«, sagte Felicitas zu ihrer Freundin, »so erwachsen, wie sie geworden ist ...«

Bärbel knickste und errötete leicht. Dann leistete sie schnell und sicher der Anordnung ihrer Dienstherrin Folge. Doch Felicitas hatte nicht vor zu bleiben, trotz aller Überredungskünste von Seiten des Hausherrn. Sie verabschiedete sich. »Es tut mir Leid«, sagte sie, »aber ich muss wirklich nach Hause.«

Bertram Gaiss wollte zu einem weiteren Versuch ansetzen, Felicitas doch noch zum Bleiben zu veranlassen; Annemarie dagegen hatte verstanden. »Guten Weg«, sagte sie, »und besuch uns bald wieder.«

Felicitas ging mit einem grüßenden Kopfnicken und einem dankbaren Blick für Annemarie. Bertram Gaiss' fragenden Blick bekam sie nicht mehr mit.

Im Doktorhaus in der Fahrgasse herrschte eine sonderbare Stille. Kätt, die unten das Ordinationszimmer auskehrte, informierte Felicitas in wenigen dürren Worten darüber, dass Doktor Faber da gewesen, aber gleich wieder weggerufen worden sei.

»Wohin denn jetzt schon wieder?«, fragte Felicitas enttäuscht. »Der Apotheker Gaiss sagte mir doch, er habe seine Obduktion beendet und sei auf dem Weg hierher ...«

»War er ja auch.« Kätt schwang den Reisigbesen, dass seine dünnen Spitzen nur so auf den blanken Dielen zischten. »Aber dann kam dieses Mädchen, und er musste gleich wieder weg.«

»Ich wollte wissen, wohin«, sagte Felicitas ärgerlich.

»Zu Reichardt.« Kätt blieb ungerührt. »Und er musste sich beeilen.«

Felicitas spürte, wie ihr die Knie weich wurden. Hatte Reichardt seiner Frau tatsächlich etwas zuleide getan? »In welcher Angelegenheit?«, fragte sie erschrocken.

»Hat das Mädchen net gesagt«, antwortete Kätt gelassen. »Ich glaub, es is Reichardt selber, der diesmal den Dokter braucht.«

»Kann ich mir kaum vorstellen.« Felicitas schüttelte energisch den Kopf. Nein, Reichardt würde ganz bestimmt keine ärztliche Hilfe brauchen. Eher seine ahnungslose Frau ...

Felicitas packte ihren Schirm fester. »Ich gehe Herrn Doktor abholen«, sagte sie entschlossen, aber mit klopfendem Herzen.

»Gnä Fraa!« Kätt stellte den Besen an die Wand. »Es is net gut, dass Ihr allweil aushäusig seid. Könnt Ihr denn net einfach warte, bis der Herr Dokter heimkommt? Er wird's net gutheiße, wenn Ihr hinner ihm herlauft – dagege hat er doch schon immer was gehabt. Außerdem wollt Euer Fraa Mutter heut Nachmittag vorbeischaue ... Sie hat's ausrichte lasse. Und da wär's auch net gut, wenn sie keinen vorfände außer meiner Wenigkeit und der jungen Madam Merker!«

Ach, die gute Mama. Sie hatte ja ein Talent dafür, sich immer dann zu Besuch anzusagen, wenn es absolut unpassend war. Diesmal aber hätte sie die Zeit nicht schlechter wählen können. Felicitas ergab sich in ihr Schicksal. »Schön«, sagte sie seufzend, »dann bleibe ich eben. Was gibt's zu Mittag?«

15

Obwohl Felicitas während des Besuchs ihrer Mutter auf Kohlen saß, hatte sie ihn dennoch mit Bravour gemeistert, wobei Leni ihr nicht unerheblich Hilfe geleistet hatte. Sie war es gewesen, die den größten Teil der Konversation bestritten hatte, und gegen Ende des Nachmittags war auch noch Annemarie Gaiss auf der Bildfläche erschienen und hatte für weitere Zerstreuung gesorgt. Als Frau Professor Weigand sich dann verabschiedete, war sie ganz die zufriedene Großmutter. Die prächtige Entwicklung ihres Enkelkindes hatte sie vollkommen von Felicitas' Fähigkeit überzeugt, ein Kind großzuziehen – so, wie sie es erwartete. Nicht einmal die Tatsache, dass Charlotte Amélie nach wie vor nicht in straffe Tücher eingebunden wurde, machte ihr mehr Sorgen. Denn Lottchens Beine waren, wie sie selbst in Augenschein genommen hatte, auch nicht krummer als die anderer Kleinkinder.

Nachdem ihre Mutter gegangen war, lehnte sich Felicitas aufseufzend zurück. Annemarie, die eigentlich wegen neuer Informationen gekommen war, konnte jetzt endlich damit herausrücken. »Ich habe Bertram ausgequetscht«, sagte sie, »und er hat mir Genaueres über die Ergebnisse der Obduktion an Guntram Reichardt berichtet. Nun können wir sicher sein, dass sein Tod natürliche Ursachen hatte.«

»Das weiß ich bereits«, erwiderte Felicitas müde. »Und es bereitet mir Kopfzerbrechen. Genauso wie die anderen Todesfälle, über die wir gesprochen haben. Ich wünschte, ich könnte Hans Christoph auch so einfach ausquetschen, wie du es ausdrückst. Nur – der Meinige lässt es nicht zu. Ärztliche Schweigepflicht. Daran hält er sich eisern, was ich ja auch billige.«

Sie seufzte abermals. Annemarie aber beugte sich näher an ihre Freundin heran. »Was ich dir eben hinterbracht habe, war noch nicht alles«, erwiderte sie mit gesenkter Stimme. »Bertram konnte mir auch etwas über die neue Kalamität im Hause Reichardt erzählen ...«

»Die neue Kalamität?« Felicitas richtete sich ruckartig auf. »Geht es um Anna Reichardt?«

»Nein. Ein Knecht war in der Apotheke, um Schmerzmittel zu besorgen«, antwortete Annemarie. »Starke Schmerzmittel – für Wilhelm Adalbert Reichardt.«

»Was? Das kann doch nicht sein!«

»Doch. Wilhelm Adalbert Reichardt hat es jetzt auch erwischt.« Annemarie senkte ihre Stimme noch mehr. »Und der Deinige hat Laudanum kommen lassen, um ihm das Leiden zu erleichtern.«

»Laudanum ...?« Dann konnte es nur sehr ernst sein. »Weißt du, woran Reichardt leidet? Hat Bertram dir das auch sagen können?«

Annemarie nickte. »An derselben Krankheit, die bereits seine Kinder hingerafft hat.«

Felicitas stand auf. »Ich verstehe das nicht«, sagte sie erregt. »Ich bin mir sicher, etwas daran ist faul – ich spüre es förmlich.«

Sie trat ans Fenster, schaute hinunter auf die Straße, wandte sich ihrer Freundin wieder zu. Doch Annemarie schüttelte den Kopf. »Darmkoliken«, sagte sie mit fester Stimme. »Hans Christoph hat ihn untersucht und Darmkoliken festgestellt. So was ist in keiner Weise unnatürlich. Und wenn Reichardt daran sterben sollte, dann wäre dein Verdacht auch hier vollkommen unbegründet.«

Felicitas nahm ihr Tüchlein aus dem Ärmel und zerknüllte es heftig in der Hand. Annemarie hatte anscheinend gar nicht verstanden, in welche Richtung ihr Verdacht gegangen war. »Ich kann's einfach nicht glauben«, stieß sie hervor, »es ist zu unwahrscheinlich!«

»Aber Felix!« Auch Annemarie stand jetzt auf, trat an die Seite ihrer Freundin und legte ihr die Hand auf den Arm. »Ich dachte, ich könnte dich beruhigen, indem ich an dich weitergebe, was ich von meinem Mann erfahren habe«, sagte sie. »Aber anscheinend kann dich nichts von deiner fixen Idee abbringen, die unglückseligen Todesfälle bei Reichardts allesamt auf Mord zurückzuführen. Überleg doch mal, Felix ...«

»Das tu ich ja.« Felicitas riss sich von Annemarie los. »Und ich weiß genau, dass sogar Hans Christoph Verdacht geschöpft hat. Warum sonst wollte er unbedingt diese Obduktion durchführen? Sag selbst – ist das nicht ein deutlicher Hinweis?«

»Irgendwie schon. Aber nun, da sich auch sein Verdacht als unrichtig herausgestellt hat, könntest du doch ...«

»Kann ich nicht.« Felicitas sah Annemarie angriffslustig an. »Ich lasse mich nicht so schnell auf eine falsche Fährte locken.«

»Und was willst du jetzt unternehmen?«, fragte Annemarie verunsichert.

»Abwarten. Es wird sich mehr ergeben – da kannst du sicher sein.«

Es klopfte an der Zimmertür. Kätt, rotgesichtig von der Arbeit am heißen Küchenherd, steckte den Kopf herein. »Da wären die zwei Dreckbengels«, sagte sie mit einem fragenden

Blick auf Madame Gaiss, »sollen die noch drauße bleibe – oder kann ich sie jetzt schon reinlasse?«

»Herein mit ihnen«, befahl Felicitas energisch. »Auf die hab ich gewartet!«

»Sind das die Informanten, von denen du gesprochen hattest?«

Felicitas antwortete mit einem kurzen Kopfnicken. Dann huschten Anton mit der Mütze und Karl mit dem Rattenschwanz schnell an Kätt vorbei und bauten sich, atemlos und offenbar ziemlich aufgeregt, vor Felicitas auf. »Es gibt Neues«, sprudelte es aus Karl heraus. »Mir habbe grad die beide Welsche bis zur Poststation verfolgt ...«

»... und dann sind die Kerle eingestiege – in die Kutsch nach Määnz. Die is jetz schon unnerwegs – könnt grad unne am Sachsehäuser Tor sein ...«

»Aha.« Felicitas verstand die Aufregung der Jungen nicht recht. »Und was ist daran so Besonderes?«

»Ei – sie habbe heut Morje noch e Päckche zu Reichardt gebracht«, sagte Anton und knetete wild an seiner Mütze herum. »Die Madam Reichardt hat's diesmal angenomme, net der Hausknecht. Und dann sind sie ins Lämmchen, habbe ihr Rechnung begliche und gepackt. Und dann ...«

Karl fiel ihm ins Wort. »Das weiß die Fraa Dokter ja schon. Und sie habbe sich net mal bei der kleinen Trumpetter verabschiedet«, sagte er. »Die weint sich bestimmt de Aage aus ...«

»Wie kommst du darauf?« Felicitas runzelte die Stirn.

»Ei, der Karl hat ihr nen Brief bringe müsse«, ergänzte Anton den Bericht. »Ich kann net lese – aber ich glaub, es war'n Abschiedsbrief.«

»Also, ich finde daran nichts Ungewöhnliches«, bemerkte Felicitas, als die Jungen verstummten und sie erwartungsvoll ansahen. »Schön, dann haben die Italiener noch einmal eine

Medizin geliefert, was sie ja schon öfters getan haben, und sind jetzt wieder abgereist. Das bringt kein neues Licht in die ... Angelegenheit.«

»Net?« Karl mit dem Rattenschwanz sah betroffen aus. »Und es is auch kein Kreuzer wert?«

Anton mit der Mütze räusperte sich. »Also – ich hätt gern gewusst, hinner was für ner Sache Ihr üvverhaupt her seid«, sagte er verlegen. »Wie solle mer dann sonst wisse, was Ihr höre wollt?«

»Ach – ich weiß es ja selbst nicht mehr so genau«, erwiderte Felicitas ärgerlich. »Natürlich bekommt ihr euer Geld, sorgt euch nicht. Aber nutzen tut mir das, was ihr beobachtet habt, leider kaum etwas.«

Die Blicke der beiden Gassenkinder zeigten Ratlosigkeit. »Ja, dann ...«, sagte Anton. Karl schwieg.

Annemarie stieß ein kleines Lachen aus. »Vielleicht solltest du Konstantin Mäurer auf die Machenschaften dieser beiden ominösen Welschen hinweisen.« Sie zwinkerte Felicitas zu. »Die Polizei ist immer interessiert an undurchsichtigen Persönlichkeiten, die sich in Frankfurt herumtreiben.« Sie nahm erneut Felicitas' Arm. »Komm – lass es dabei bewenden. Du hast dich da in etwas verrannt, das deine Aufmerksamkeit nicht verdient. Sei wieder heiter und pflege lieber deine Freundschaften. Kommst du zu unserer kleinen Soiree?«

Felicitas senkte den Kopf und entzog Annemarie ihren Arm. Sie langte nach ihrem Pompadour, der auf der Fensterbank gelegen hatte, entnahm ihm ihre Börse und zahlte den beiden Gassenjungen ihren wohlverdienten Lohn. Dann entließ sie Anton und Karl, die mit enttäuschten Mienen davonschlichen. Karls Versuch, doch noch einen weiteren Auftrag zu ergattern, machte sie mit einer knappen, aber unmissverständlichen Handbewegung zunichte.

Annemarie fühlte sich vor den Kopf gestoßen. Sie wollte ihre völlig in Gedanken versunkene Freundin gerade ansprechen, als sich die Tür wieder öffnete. Diesmal war es der Hausherr, der in den Salon kam. Auch Hans Christoph Faber war tief in Gedanken. Er bemerkte den Besuch erst, als er bereits mitten im Zimmer stand.

»Annemarie – reizend, dich so bald schon wiederzusehen.« Seine Worte klangen freundlich, wenngleich müde.

»Das ist aber ein nettes Kompliment«, erwiderte Annemarie und deutete einen Knicks an. »Du siehst abgespannt aus ...«

Felicitas blickte ihren Mann forschend an. »Guten Abend«, sagte sie kühl, »lass dich auch von mir begrüßen.« Sie rang sich ein Lächeln ab. »Ich denke, du hattest einen anstrengenden Tag. Möchtest du vor dem Abendbrot erst eine Tasse Kaffee? Ich kann Kätt eine neue Kanne aufbrühen lassen ...«

»Das wäre sehr angenehm.« Das Lächeln, das Hans Christoph Felicitas schenkte, war zärtlich und ehrlich gemeint. »Ja, ich hatte einen sehr aufreibenden Tag, aber nun ist alles abgeschlossen, und ich kann ein wenig Atem schöpfen.«

Felicitas bot ihm einen Platz auf dem Sofa an und lud auch Annemarie ein, sich wieder zu setzen. Sie selbst ließ sich auf einem Stuhl am Tisch nieder. »Was alles hast du denn abgeschlossen?«, fragte sie.

»Wilhelm Adalbert Reichardt hatte schreckliche Bauchkoliken, so schlimm, dass er vor Schmerzen schrie. Ich musste ihm Laudanum geben, um ihm ein wenig Linderung zu verschaffen.«

»Aber da du nun wieder hier bist, nehme ich an, es geht ihm besser ...« Felicitas heftete den Blick auf ihren Herrn Gemahl, der wieder einmal nicht bemerkt hatte, wie unhöflich er zu seiner Frau gewesen war. »Kann ich darauf hoffen, dass du ab sofort auch in Gedanken zu mir heimgefunden hast?«

Hans Christoph sah überrascht aus. »Wie meinst du das, Felix? Ich bin doch da – was willst du mehr?«

Felicitas schnaufte. Eine sehr ungnädige Bemerkung lag ihr auf der Zunge, doch sie entschied sich, für heute Ruhe zu geben. Dies war nicht der richtige Zeitpunkt, um mit Hans Christoph schon wieder eine Grundsatzdiskussion zu führen. »Ich weiß es zu schätzen«, erwiderte sie, »wenn es denn so ist.«

Ehe Doktor Faber etwas erwidern konnte, rettete Annemarie die Situation. Mit einem verschmitzten Ausdruck sagte sie: »Die Kanne Kaffee trinkt ihr mir nicht allein. Ich verlange auch noch eine Tasse. So schnell werdet ihr mich nicht los.«

Der Frieden war für den Augenblick gesichert. Kätt brachte nicht nur frischen schwarzen Türkentrank, sondern berichtete auch von den knusprigen Hefepuffern, die sie zum Abendbrot gebacken hatte. Im Nu stand diese Köstlichkeit auf dem Tisch, und Annemarie, die eingeladen worden war, ließ sich die Gelegenheit nicht entgehen, Kätts Kochkünste zu genießen. Sie hielt mit.

Eine ganze Weile herrschte Schweigen am Tisch. Niemand verspürte Lust, ein Gespräch anzufangen. Erst, als der letzte Puffer vertilgt war, fragte Felicitas noch einmal nach Reichardt.

»Jetzt schläft er«, sagte Hans Christoph und pickte den letzten Krümel von seinem Teller. »Morgen früh werde ich wieder nach ihm sehen. Bis dahin sollte er eigentlich Ruhe haben.«

Annemarie war bald darauf gegangen. Felicitas hatte sie an die Haustür geleitet und sich bei ihr für ihr Einschreiten bedankt. »Ich hätte ganz bestimmt wieder Streit mit Hans Christoph bekommen«, sagte sie zum Abschied. »Wenn du nicht für einen Themenwechsel gesorgt hättest, dann ...«

»Du kannst dich revanchieren, indem du meine Einladung annimmst«, sagte Annemarie munter. »Komm endlich auf andere Gedanken. Das würde dir wirklich gut tun!«

Diese Worte wälzte Felicitas noch den ganzen Abend im Kopf herum. Sie versuchte zu ergründen, welche Kunstgenüsse es wohl auf Annemaries Soiree geben würde. Doch es half nichts – sie war nach wie vor mit den Vorgängen im Haus Reichardt beschäftigt und konnte vorläufig an nichts anderes denken. An diesem Abend war es Hans Christoph, der nicht einmal annähernd so geistesabwesend war, und er bemühte sich, Felicitas aufzuheitern, indem er ohne Aufforderung von seiner Arbeit berichtete.

»Du wirst bemerkt haben, Felix, dass ich einen ganz bestimmten Verdacht hatte«, begann er, nachdem seine Frau eine ganze Weile still in der Ecke am Fenster gesessen hatte. »Ich vermutete, Guntram Reichardt sei durch irgendein Gift zu Tode gekommen. Aber es stellte sich heraus ...«

»Das ist mir doch längst bekannt«, sagte Felicitas. »Aber hast du auch die anderen Toten seziert und ihre Todesursache eindeutig festgestellt?« Sie ballte die Faust. »Nein – das hast du nicht!«

»Felix.« Doktor Faber nahm die Hand seiner Frau und drückte sie fest. »Mir ging es wie dir. So viele Tote in einer einzigen Familie innerhalb weniger Monate – das war mir nicht ganz geheuer. Aber«, er lächelte Felicitas an, »ich habe mich eines Besseren belehren müssen. Tu du es auch. Alles andere wäre reine Zeitverschwendung.«

Felicitas war nach wie vor anderer Meinung. Doch sie behielt es für sich. »Hat eigentlich jemals die Polizei Interesse für die gehäuften Sterbefälle bei Reichardt gezeigt?«, fragte sie Hans Christoph.

»Aber natürlich«, antwortete er. »Ich habe Konstantin

Mäurer selbst darauf hingewiesen, doch auch er konnte keinerlei Spuren finden, die auf irgendein Verbrechen hindeuten.« Er seufzte. »Und wer sollte auch kleinen Kindern nach dem Leben trachten – oder alten Leuten? Glaub mir, mein Verdacht entbehrte jeglicher Basis, genau wie deiner.«

»Du meinst also, was geschehen ist, war schlicht und einfach Schicksal?«

»So ist es.« Hans Christoph nickte wie zur Bekräftigung seiner eigenen Worte. »Und wir können nur hoffen, dass Reichardt seine schwere Krankheit überlebt.«

»Was hat er denn überhaupt? Koliken können doch die verschiedensten Ursachen haben.«

Er starrte gedankenverloren vor sich hin. »Ich glaube, es ist seine Leber«, murmelte er. »Hätte man doch die Möglichkeit, in einen menschlichen Körper hineinzusehen, solange er noch am Leben ist – wie leicht wäre es dann, eine sichere Diagnose zu stellen!«

»Ist das nicht auch bei anderen Dingen so? Wie leicht wäre es, Verbrechen aufzuklären, wenn man hellsehen könnte ...« Felicitas lachte gereizt. »Hans Christoph – ich bin immer noch der festen Überzeugung, dass im Haus Reichardt nicht alles seine Ordnung hat. Wenn ich nur wüsste, wie ich an Beweise kommen soll!«

»Gesetzt den Fall, es wäre wirklich so«, erwiderte er in strengem Ton, »dann wäre es absolut nicht deine Aufgabe, dich darum zu kümmern. Konstantin Mäurer ...«

»Konstantin Mäurer, Konstantin Mäurer!« Felicitas stampfte mit dem Fuß auf. »Du sagtest doch, er hat nicht einmal Nachforschungen angestellt!«

»Ich weiß jedenfalls von keiner Polizeiaktion«, gab Hans Christoph zu. »Und so, wie es jetzt steht, ist eine solche auch nicht mehr nötig. Felicitas ...«, er bemühte sich ehrlich um einen sanften, versöhnlichen Ton, »wir sollten die Angelegenheit endlich ruhen lassen. Es gibt nichts, was uns beunruhigen müsste.«

»Wie überzeugt du klingst.« Felicitas brachte ein dünnes Lächeln zustande. »Gut – stochern wir nicht länger in diesem Ameisennest herum. Warten wir ab, was weiter geschieht.«

Sie hatte kein Auge zutun können. Hans Christoph stand vor dem Spiegel und rasierte sich; in einer Stunde würde er zu seinem Hausbesuch aufbrechen.

Felicitas schwang die Beine aus dem Bett, raffte ihr sommerlich-dünnes weißes Nachtgewand und ging auf bloßen Füßen durchs Zimmer zu ihrem Mann hinüber. »Wenn du gleich zu Reichardt fährst, Hans Christoph«, fragte sie ihn vorsichtig, »würdest du mich dann mitnehmen?«

Zu ihrem Erstaunen war er alles andere als abgeneigt. »Ja, gern«, meinte er, »dann könntest du die arme Anna noch einmal besuchen. Das Gespräch mit dir neulich – das hat ihr sehr wohl getan.«

Er sagte das als Arzt. Felicitas begriff. Er wollte ihr keinen Gefallen tun, sondern dachte lediglich an das Wohl seiner Patientin, der ›armen Anna‹. Auch gut. Sie würde ihn nicht darauf ansprechen. Aber vergessen werden würde es auch nicht. Später, wenn die Gelegenheit günstiger war, würde sie ihm auch diese Nachlässigkeit seiner Frau gegenüber aufs Brot schmieren.

»Wunderbar«, erwiderte sie und begann sich anzukleiden. Ein schlichtes dunkelblaues Kleid – mit weiten, bauschigen Puffärmeln. Und als einziger Schmuck: ein weißes, mit einer Spitzenrüsche abgesetztes Fichu, züchtig-raffiniert um den Ausschnitt drapiert. Die Haare glatt gescheitelt und zu einem dicken Nackenknoten geformt. Keine Schläfenlocken.

Hans Christoph betrachtete seine Frau wohlgefällig beim Frühstück. Ihre schlichte Aufmachung schien ihm sehr zu gefallen. Er bot ihr sogar den Arm und trug ihr das weiße Sonnenschirmchen, als sie zusammen die Treppe hinuntergingen – ganz wie in den Zeiten ihrer ersten Liebe. Mit dieser Reaktion hatte Felicitas überhaupt nicht gerechnet. Sie hatte ihren Herrn Gatten eigentlich mit ihrem ungewohnt schmucklosen Aussehen ein bisschen bestrafen wollen, und nun das!

Sie fühlte sich geschmeichelt. Und als die Passanten auf der Straße sie ebenfalls bewundernd ansahen, hielt sie sich besonders gerade. Ein schöner Tag. Beinahe konnte man die bedrückenden Gedanken der Nacht und den Ärger über Hans Christoph vergessen.

Der Adam hatte das Pferd eingeschirrt und den Wagen vors Haus gefahren. Hans Christoph ließ es sich auch nicht nehmen, Felicitas selbst beim Einsteigen zu helfen. Das hatte er schon lange nicht mehr getan, weil er ja wusste, wie ablehnend Felicitas gegenüber solchen floskelhaften Höflichkeiten war.

Der Hausknecht der Reichardts ließ den Doktor und seine Frau ein, während sich Adam mit dem Wagen am Straßenrand auf eine längere Wartezeit einstellte.

In der großzügig-weitläufigen Halle war es still und dämmrig. Dorothee, die aus der Küche herübergekommen war, informierte Doktor Faber, die Frau des Hauses sei bis jetzt noch nicht aus dem Schlafgemach erschienen. Sie habe bei ihrem kranken Herrn Gemahl wachen wollen und sich dabei jede Störung verbeten. Sogar der Mamsell habe sie untersagt, unangemeldet ins Schlafzimmer zu kommen ...

»Ja, ja«, sagte Doktor Faber mit einem Blick auf seine goldene Sprungdeckeluhr, die er herausgenommen und aufgeklappt hatte, »aber jetzt wird es höchste Zeit, dass ich mir den Patienten einmal anschaue. Sie wird die Dame des Hauses stören müssen – daran führt kein Weg vorbei.«

Dorothee machte ein ängstliches Gesicht. »Ich weiß net«, sagte sie unsicher, »ob das gehe wird ... die gnä Fraa war gestern Abend so ... so unwirsch ... Und ich fürcht ...« Sie sah Doktor Faber bittend an. »Könnten Herr Dokter vielleicht obe bei ihr anklopfe und selbst frage, ob er reinkomme darf?«

Hans Christoph lachte leise. »Lieber Himmel, Mädchen, da muss Madame Reichardt aber wirklich sehr unwirsch gewesen sein, dass Sie solche Angst hat! Gut – ich komme mit und melde mich selbst an.«

Dorothee atmete hörbar auf. »Danke«, flüsterte sie erleichtert.

Auf Doktor Fabers Klopfen an der Zimmertür kam keine Antwort. »Madame Reichardt!«, rief Hans Christoph. »Darf ich eintreten? Es wäre Zeit, Ihren Herrn Gemahl zu untersuchen. Ich hoffe, er hatte eine ruhige Nacht!«

Wieder rührte sich nichts. Kein Laut war zu hören, es herrschte völlige Stille.

Doktor Faber legte die Hand auf die Klinke, was Dorothee mit einem erschrockenen Blick bemerkte, und wollte sie niederdrücken. Aber die Tür war abgeschlossen.

»Madame Reichardt!«, rief Hans Christoph wieder. »Bitte öffnen Sie doch. Sollten Sie noch nicht angekleidet sein, so sagen Sie es mir. Ich warte dann gern ein Weilchen, bis Sie bereit sind!«

Wieder keine Antwort. Noch immer diese Stille, die Felicitas jetzt als bedrückend empfand. Jemand kam hinter ihnen die Treppe herauf – Mamsell Adele, wie Felicitas mit einem kurzen Blick über die Schulter feststellte.

»Gott sei Dank, dass Sie da sind, Herr Doktor.« Die Cousine sah Hans Christoph mit großen, dunkel umrandeten Augen an. Sie wirkte übernächtigt und schien voller Angst zu sein. »Anna hat sich bis jetzt noch nicht sehen lassen – und ich mache mir solche Sorgen um meinen … meinen Vetter …«

»Das müssen Sie aber nicht«, versuchte Hans Christoph sie zu beruhigen. »Ich meine, es gibt berechtigte Hoffnung, dass er seine Krankheit übersteht, auch wenn sie recht schwer ist. Er hat ja immerhin das, was man eine Rossnatur nennt …« Er rüttelte leicht an der Klinke. »Madame Reichardt – bitte melden Sie sich!«

Auch diesmal drang nicht der geringste Laut aus dem Schlafzimmer zu ihnen heraus. Felicitas konnte ihre Unruhe nicht länger unterdrücken. »Wir sollten einfach die Tür öffnen«, sagte sie mit einem vorsichtigen Blick auf Adele, die bleich und bebend dastand und die Hände ineinander verkrampft hatte.

Doch Hans Christoph schüttelte den Kopf. »Das wird schwierig werden, der Schlüssel steckt von innen …«

»Lieber Gott«, flüsterte Adele mit zuckenden Lippen, »warum mag sie bloß abgeschlossen haben?«

»Hans Christoph«, sagte Felicitas, »wir sollten die Tür öffnen lassen – wenn nötig, mit Gewalt. Irgendwas stimmt nicht da drinnen!«

»Des mein ich aach«, flüsterte Dorothee angstvoll. »Sonst hätt sich die gnä Fraa doch gemeld't … oder net?«

Hans Christoph nickte zögernd. »Es kann natürlich sein, dass sie vom Wachen sehr müde geworden ist und jetzt tief schläft, andererseits aber hätte sie von unserem lauten Rufen unbedingt aufwachen müssen. Und deshalb schlage ich vor …«

»Ich hol den Martin«, stieß Dorothee hervor, »der soll die Tür uffstemme – stark genug is er …«

Damit rannte sie die Treppe hinunter. Und Augenblicke später war sie mit dem Hausknecht wieder da. Der spannte seine breiten Schultern, rammte die Tür und ... prallte ab.

Er musste dreimal gegen die polierten Bohlen anrennen, bevor die Tür nachgab und aufsprang. Der Riegel des Kastenschlosses, der vorgeschoben gewesen war, polterte zerbrochen auf die Dielen.

Drinnen herrschte nach wie vor völlige Stille. Die Vorhänge waren zugezogen, in der tiefen Dämmerung konnte Felicitas zuerst kaum etwas ausmachen. Dann, nachdem ihre Augen sich an das spärliche Licht gewöhnt hatten, sah sie einzelne Umrisse ...

In der Ecke, auf dem Doppelbett mit den schön geschwungenen Kopf- und Fußteilen, lag Wilhelm Adalbert Reichardt – aber nicht allein. An seiner Seite, einen Arm über seine Brust gelegt, ruhte Anna Reichardt. Beide boten ein überaus friedliches, geradezu rührendes Bild ehelicher Eintracht. Doch blitzartig erkannte Felicitas, dass sich weder Wilhelm Adalberts noch Annas Brust atmend hob und senkte. Das Paar lag still – absolut still. Totenstill.

Cousine Adele hatte es auch bemerkt. Sie erstarrte für einen Augenblick, und ihr Ausdruck verriet völliges Entsetzen. Dann lief sie zu dem großen Bett hinüber, verhielt sekundenlang und gab plötzlich einen erstickten Schrei von sich. »Nein«, stieß sie hervor, »nein – das ist nicht wahr ... das ist nicht wahr!«

Sie stürzte vor dem Bett in die Knie und warf sich mit dem Oberkörper über Reichardt. Der regte sich nicht, genauso wenig wie seine Frau.

Doktor Faber erfasste erst jetzt die Situation. Er biss die Zähne zusammen, und Felicitas konnte sehen, wie die Muskeln an seinem Unterkiefer sich spannten. Mit wenigen langen Schritten war er neben dem Ehebett, schob die dort kauernde Cousine sacht beiseite und prüfte dann zuerst bei Wilhelm Adalbert, dann bei seiner Frau den Puls.

Felicitas kannte das Ergebnis bereits. Sie war nicht überrascht, als Hans Christoph leise verkündete: »Sie sind tot ... hier kommt jede Hilfe zu spät.«

Adele weinte laut auf und warf sich wieder über Wilhelm Adalberts Brust. »Nein, nein, nein«, wiederholte sie in einem fort, »das ist nicht wahr ... nicht wahr!«

»Mamsell Adele«, sagte Doktor Faber, und sein Ton verriet, dass er sich von dem unziemlichen Verhalten der jungen Frau abgestoßen fühlte, »es ist leider doch wahr. Ihre Cousine und deren Gatte sind verstorben – ohne jeden Zweifel.« Er fasste sie an der Schulter und drehte sie mit sanfter Gewalt zu sich herum, so dass sie ihn ansehen musste. »Ich darf Sie nun bitten«, fügte er hinzu, »sich zu fassen und aufzustehen. Wie Sie sich aufführen ... verzeihen Sie, dass ich so offen zu Ihnen spreche, aber das gehört sich nicht.«

Adeles Gesicht war kreidebleich. Ihre Lippen zitterten, wie auch ihre Hände. Sie schien am ganzen Körper zu fliegen. Felicitas sah überdeutlich, dass sie bis an die Grenzen des Erträglichen erregt war, doch Hans Christoph bemerkte es offenbar nicht. Er ergriff ohne lange Umstände Adeles Hand, zog die junge Frau vom Boden hoch und nickte ihr aufmunternd zu. »Nichts für ungut«, sagte er, »aber an Tagen wie diesem darf doch nicht alles aus dem Ruder laufen. Sie verstehen sicherlich, nicht wahr?«

»Ja«, hauchte Adele mit blassen Lippen, »ja ... an Tagen wie diesem muss alles in seiner vorgegebenen Bahn bleiben ...« Sie machte sich von Doktor Faber los, trat ein, zwei Schritte zurück und heftete noch einmal den Blick auf Wilhelm Adalbert Reichardt. Felicitas sah, wie ihre Lippen sich stumm bewegten. Nach einem langen Augenblick drehte Adele sich um und verließ hoch aufgerichtet den Raum.

In Felicitas stieg ein sonderbares, nicht genau definierbares Gefühl der Enttäuschung auf. Es hatte zwei weitere Tote in diesem Unglückshaus gegeben, und einer von ihnen war derjenige, auf den sich ihr ganzer Verdacht konzentriert hatte – Wilhelm Adalbert Reichardt. Nun war niemand mehr übrig, der noch als Mörder dieser Familie in Frage kam. Alle Todesfälle mussten demnach tatsächlich natürliche Ursachen gehabt haben ... oder etwa doch nicht?

Noch während Felicitas darüber nachgrübelte und Hans Christoph die Toten untersuchte, ging im Hintergrund von neuem die Tür auf, und jemand trat festen Schrittes ins Zimmer.

Felicitas erschrak und drehte sich hastig um. Sie erkannte sofort, wer gekommen war, denn Dorothee hatte auf Doktor Fabers Wink die Vorhänge aufgezogen und Licht in den Raum gelassen. Konstantin Mäurer näherte sich und machte ein betroffenes Gesicht. Als er vor den beiden Toten stand, zeigte sich Erschütterung in seiner Miene.

»Mein Gott, Doktor Faber«, sagte er tonlos, »das ist ja furchtbar! Wie hat sich das zugetragen?«

»Ich weiß es selbst noch nicht genau«, erwiderte Hans Christoph, während er Wilhelm Adalbert Reichardts linkes Fußgelenk sanft hin und her bog. »Fest steht bis jetzt lediglich, dass die beiden schon seit Stunden tot sein müssen – nach den ersten Anzeichen der einsetzenden Totenstarre schätzungsweise seit etwa fünf Stunden. Ein Todeskampf hat offensichtlich nicht stattgefunden – sie scheinen beide friedlich eingeschlafen zu sein, was mich vor ein völlig neues Rätsel stellt.«

Felicitas sah den Konstabler an. »Und was führt Sie so früh am Morgen hierher?«

Konstantin Mäurer fand sein Lächeln wieder. »Ich hatte aus sicherer Quelle den Hinweis, dass zwei gewisse Ausländer in diesem Haus verkehrt haben sollen«, berichtete er freimütig. »Nun haben diese undurchsichtigen Individuen sich verschiedener unlauterer Geschäfte schuldig gemacht, und ich wollte heute Morgen die Domestiken dieses Hauses über die Besuche der Ausländer verhören.«

»Aber die sind doch längst über alle Berge«, sagte Felicitas. »Wie immer ist die Polizei zu spät dran.«

»Diesmal irren Sie, gnädige Frau«, widersprach Konstantin Mäurer und schenkte ihr ein weiteres entwaffnendes Lächeln. »Meinen Leuten ist es gelungen, sie gerade noch zu schnappen, bevor sie mit der Post die Stadt verlassen konnten. Ein Coup, der nur möglich ist, wenn man die richtigen Informanten hat ...«

Felicitas musste an die beiden Straßenjungen denken, die für sie spioniert hatten. »Da wüsste ich auch ein paar sehr begabte Schnüffler«, sagte sie zu Konstantin Mäurer. »Wenn Sie die in den Polizeidienst einstellen würden – die könnten Ihnen ...«

»Karl und Anton?«, unterbrach sie der Konstabler lächelnd. »Aber die stehen ja schon seit Tagen bei mir im Sold. Und wie Sie richtig erkannt haben: Die beiden sind tatsächlich recht begabt.«

Felicitas hielt den Atem an. Waren die zwei Gassenkinder etwa zu gleicher Zeit für sie und für den Konstabler tätig gewesen? Dann wusste Konstantin Mäurer alles, was sie mit den Jungen besprochen hatte. »Nicht wahr?«, sagte sie kühl.

Konstantin Mäurer fühlte sich bemüßigt, ihr eine Erklärung zu liefern. »Nachdem wir die beiden Ausländer verhört haben, können wir uns nun ein genaues Bild von den Taten dieser Gauner und Halunken machen. Der eine ...«

Felicitas hatte dem Konstabler den Rücken zugekehrt und war an den kleinen Tisch getreten, der unter dem Fenster stand. »... handelte mit allerlei verbotenen Substanzen.« Sie fiel ihm kurzerhand ins Wort. »Sie brauchen nicht weiterzureden. Ich weiß alles, was Sie wissen.«

Konstantin Mäurer schnitt ein Gesicht. »Touché«, erwiderte er. »Und der andere hatte vor, sich ein Vermögen zu erschleichen, bei ...«

»Elektra Trumpetter«, vervollständigte Felicitas. Das interessierte sie doch alles nicht. »Nach allem, was ich weiß, ist es ihm aber nicht gelungen.« Sie senkte den Blick, überflog die Gegenstände, die auf dem Tischchen lagen – da war eine Kleiderbürste, schlanker Griff, silberbelegt, und dazu passend ein kleiner Handspiegel. Die beiden teuren Ausstattungsstücke gehörten eigentlich auf den Frisiertisch, der gegenüber an der Wand neben der Eingangstür stand.

Felicitas nahm Bürste und Spiegelchen und trug beides an seinen angestammten Platz. Da stand auch die silberne Seifenschale, und der kostbare Kamm aus Schildpatt mit Silber glänzte ihr entgegen ...

Was war denn das für ein Umschlag auf dem Frisiertisch? Felicitas konnte ihn nicht übersehen, so auffällig war er gegen den Rand der Lavoir-Schüssel gestellt worden. ›Am Morgen zu öffnen‹ stand in schwarzer Tinte darauf geschrieben.

Felicitas' Hand griff wie aus eigenem Antrieb nach dem Umschlag. Er war dick und nicht versiegelt und enthielt, als Felicitas ihn aufklappte, eine ganze Anzahl eng beschriebener Seiten. Wessen Handschrift es war – das konnte sie nicht beurteilen. Jemand aus dem Haus musste das feststellen. Da, auf der anderen Seite des Zimmers, stand immer noch Dorothee.

Felicitas winkte das Mädchen zu sich herüber. Dorothee brauchte kaum einen Blick auf den Umschlag zu werfen. »Die gnä Fraa«, sagte sie und kämpfte mit ihrer Erschütterung. »So schreibt die gnä Fraa.«

Felicitas konnte nicht anders – sie musste Einblick nehmen. Erst zögernd, dann mit festem Griff zog sie die Seiten heraus und entfaltete sie. »Wer immer das lesen mag, stand da, »der soll wissen, dass ich mein Leben nicht weiterführen möchte und freiwillig scheide …«

Felicitas' Finger begannen zu zittern. Ein Abschiedsbrief. Anna Reichardt hatte ihrem Leben selbst ein Ende gesetzt und einen Abschiedsbrief hinterlassen – eine lange Beichte offenbar, denn es waren insgesamt vier Blätter, die sie doppelseitig beschrieben hatte.

Konstantin Mäurer war herübergekommen. Er heftete den Blick auf den Brief. »Was haben Sie denn da gefunden?«, wollte er wissen. »Das sieht mir aus wie ein Testament oder etwas Ähnliches.«

»Etwas Ähnliches«, murmelte Felicitas. Sie reichte ihm den Brief. »Sie als Amtsperson sollten den zuerst lesen.«

Doch Konstantin Mäurer lehnte es ab, das Schreiben an sich zu nehmen. »Nein«, sagte er, »der Brief ist ja an keinen bestimmten Adressaten gerichtet, sondern an die Person, die ihn findet. Lesen Sie, Madame Faber – ich schaue Ihnen dabei über die Schulter, wenn's gestattet ist.«

Die dicht mit schwarzen Zeilen bedeckten Blätter enthielten tatsächlich eine Beichte und ein Vermächtnis, aber beides sah ganz anders aus, als Felicitas erwartet hatte. »Nun, da ich meine Kinder und die lieben Eltern verloren habe«, hatte Anna Reichardt geschrieben, »bin ich allein auf der Welt. Der einzige Mensch, der mir von meinen Lieben noch bleibt, ist Wilhelm Adalbert, und auch er will mich verlassen, hat mir schon den Rücken zugekehrt. Daher habe ich mich entschlossen, ihn mitzunehmen, wenn ich gehe, und ihn nicht Adele zu überlassen, die ihn mir abspenstig gemacht hat. Ich schenke Adele mein Vermögen, dessen alleinige Erbin sie sein soll, doch meinen über alles geliebten Gemahl schenke ich ihr nicht.

Ich habe ein Mittel gewählt, durch welches der Abschied von dieser Welt leicht, ganz leicht sein soll. Michele Bernardini versicherte mir, der Wasserschierling sei schon im goldenen Zeitalter Griechenlands darauf verwendet worden, schmerzlos den Tod zu bringen. Man schläft ein, sinkt in einen sanften Schlaf, aus dem man niemals mehr erwacht ...«

Sie hatte sich mit Michele Bernardini, dem Alchimisten, beraten und sich auch das Gift von ihm beschaffen lassen. Ihrem Mann hatte sie es eingegeben, nachdem dessen Schmerzen durch die Gallenkolik nach Einnahme von etwas Laudanum nachgelassen hatten. Und später, als sie ihren Abschiedsbrief vollendet hatte, nahm auch sie eine gehörige Dosis, legte sich zu ihrem bereits sterbenden Mann und wartete auf den Tod. Der war, wie Hans Christoph ja festgestellt hatte, gegen Morgen gekommen ...

Als Felicitas mit Lesen fertig war, fühlte sie sich wie ausgepumpt. Sie reichte Konstantin Mäurer den Brief. »Bitte – nehmen Sie das an sich«, wisperte sie erschöpft. »Es ist doch sicherlich ein so genanntes Beweisstück ...«

Eine Hand legte sich sanft und tröstend auf ihre Schulter. Sie hatte gar nicht gemerkt, wie Hans Christoph hinter sie getreten war. Dankbar lehnte sie sich an ihren Mann. »Schierling«, flüsterte sie, während sie ihn von unten herauf ansah, »es war Schierling. Anna selbst hat ihrem Mann das Gift eingegeben und ...«

»Ja, ich weiß«, sagte Doktor Faber, »ich habe mitgelesen.« Er tätschelte ihre Schulter – unübersehbar, so dass Konstantin Mäurer es mitbekommen musste. »Wo ist eigentlich Mamsell Adele?«

Mam suchte im ganzen Haus, während der Konstabler zusammen mit Doktor Faber das Protokoll verfasste. Felicitas dagegen hatte sich aus der bedrückenden Atmosphäre des Todes in den kleinen Garten hinter dem Haus zurückgezogen. Sie saß auf der weiß lackierten, gusseisernen Bank unter einem alten Apfelbaum und dachte über alles nach, was dieser Morgen an Erkenntnissen gebracht hatte.

Also waren die Kinder an Dysenterie, die alten Eltern an Herzversagen gestorben. Gertrud hatte der Schlag getroffen – oder vielmehr der giftige Dunst, der von verkohlenden Erbsen aufgestiegen war. Guntram Reichardt war von einem Darmverschluss dahingerafft worden, und Wilhelm Adalbert Reichardt hatte Gallenkoliken gehabt. Nur waren die nicht sein Tod gewesen.

Felicitas schloss die Augen. Waren also alle Vermutungen, die sie gehabt hatte, unbegründet gewesen? Sicher, Reichardt kam als mutmaßlicher Mörder nicht mehr in Frage – das stand unverrückbar fest. An diesem Morgen hatte sich nach der Lektüre von Anna Reichardts Brief ein anderes Bild ergeben. Anna war das Verhältnis ihres Mannes mit ihrer Cousine sehr wohl bekannt gewesen. Konnte es dann nicht sein, dass Mamsell Adele ...?

Felicitas schwirrte der Kopf. Nein – sie wollte nicht weiter spekulieren. Das Ganze war zu abenteuerlich. Außerdem traute sie dieser Adele zwar eine gewisse Hinterhältigkeit zu, aber keinen Mord. Nicht wirklich.

Hans Christoph kam in den Garten. »Ach, hier versteckst du dich«, sagte er. Seine Stimme hatte einen todernsten Unterton. »Wir wollen nach Hause fahren. Ich habe alle Formalitäten erledigt.«

»Ist Mamsell Adele über den Brief informiert?«, fragte Felicitas.

»Man hat sie gefunden.« Hans Christoph wischte sich langsam über die Augen. »Sie hat sich erhängt – am Fensterkreuz in ihrem Zimmer.«

»Gott ...!«

Er reichte ihr die Hand, zog sie von der Gartenbank hoch und schloss sie in die Arme. »Lass uns schnell von hier verschwinden«, flüsterte er ihr zu. »Ich werde nicht mehr gebraucht, und Konstantin Mäurer als Amtsperson kümmert sich um die rechtliche Seite der Angelegenheit – die Suche nach einem Erben und so ...«

Felicitas schlang spontan die Arme um seinen Nacken und drückte ihm einen Kuss auf die Schläfe. Dann machte sie sich wieder von ihm los. »Sag mir die Wahrheit, Hans Christoph«, verlangte sie zu wissen, »du hast doch auch angenommen, es könnte sich bei den Todesfällen in diesem Haus möglicherweise um Giftmorde gehandelt haben – Eisenhut oder Arsenik bei den Kindern, Fingerhut bei den alten Burkarts und ein absichtlich konstruierter Unfall bei der alten Gertrud?«

»Schon«, gab Hans Christoph offen zu. »Doch die Haushälterin – warum hätte die sterben sollen? Die hatte doch keinerlei Erbansprüche ...«

»Sie wusste zu viel«, sagte Felicitas mit neuer Überzeugung. »Vergiss nicht – an dem Tag, an dem sie zu Tode kam, wollte sie bei der Polizei eine Aussage machen – worüber, das hat sie nicht mehr sagen können.«

»Richtig.« Hans Christoph sah Felicitas müde an. »Dennoch – Guntram Reichardt starb an einer völlig natürlichen Ursache. Sein Tod passt wohl kaum ins Bild.«

»Könnte es nicht sein, dass Mamsell Adele Wilhelm Adalbert Reichardt ganz für sich alleine wollte? Wäre es nicht möglich, dass sie seine Kinder und die Eltern seiner Frau aus dem Weg geräumt hat, einfach weil es so leicht war?« Sie musste an Gesche Gottfried denken, die das als Motiv für ihre Taten angegeben hatte. »Anna Reichardt wäre vielleicht ihr nächstes Opfer geworden, wenn nicht ...«

»Wir werden es nie erfahren«, unterbrach Hans Christoph sie und nahm von neuem ihre Hand. »Es wird für immer im Dunkeln bleiben, mein Herz – denn wir haben keine Möglichkeiten, es aufzuklären. Lass uns diesen unseligen Ort verlassen. Komm!«

Er zog sie einfach mit sich, war nicht mehr bereit, noch länger in Reichardts Gärtchen zu verweilen. Felicitas folgte ihm erst widerstrebend, dann bereitwillig. Hans Christoph hatte ja Recht. Hier gab es nichts mehr zu tun, und es war allemal besser, für den Augenblick mit der Sache abzuschließen. Aber gleich morgen – da würde sie sich mit Mäurer in Verbindung setzen. Es musste noch Wege geben, um das Rätsel um die Familie Reichardt zu lösen, die man noch nicht beschritten hatte – es blieben Fragen, die mit etwas Glück und Scharfsinn möglicherweise zu beantworten waren. Mäurer würde ganz bestimmt mitmachen, als Polizist – und wenn sie, Felicitas, dazu ihren ganzen Charme einsetzen musste. Sie war fest entschlossen.

Sie hängte sich bei ihrem Mann ein. »Ich bin sehr gespannt«, murmelte sie im Gehen.

»Worauf, mein Herz?«, fragte er verwundert.

»Auf alles, was jetzt noch kommt ...«, sagte sie versonnen und beließ es bei seiner Verwirrung.

Draußen bei der Faber'schen Kutsche wartete ein weiterer Wagen – ein edler Zweispänner. Glänzend rot lackierte Räder, feine Vergoldungen am Schlag. Helene Knöpfli.

Sie winkte Felicitas zu. An ihrer Seite saß Annemarie Gaiss auf den Seidenpolstern der Kutsche. Beide strahlten. »Komm einen Augenblick zu uns!«, rief Annemarie.

»Ich werde auf jeden Fall mit Beat auf Annemaries Soiree erscheinen«, verkündete Helene, als Felicitas beim Wagen stand, »denn es gibt etwas zu feiern.«

»Das sagte Bertram schon«, erwiderte Felicitas, in Gedanken noch ganz woanders.

»Und wir werden einen sehr interessanten Gast haben.«

»So?«

»Kannst du dich noch an den langen, hageren Menschen erinnern, der mit Bettine Brentano im Konzert war?«, fragte Helene. Und als Felicitas nickte, erklärte sie: »Der wird kommen. Bertram und Beat haben ihn zufällig bei Bethmann kennen gelernt. Er ist ein bisschen schüchtern, dieser Brehm oder Brahms oder wie der heißt – aber er hat zugesagt.«

»Brahms«, sagte Annemarie. Sie schien mit einem Mal verlegen.

»Der eigentliche Grund für das Fest ist aber ein anderer ...«, sagte Helene mit gesenkter Stimme.

»Und der wäre?«

Helene überzog sich mit deutlicher Röte und sah Annemarie hilfesuchend an.

»Helene und ich«, flüsterte Annemarie, »wir dürfen auch auf eine vollständige Familie hoffen.« Sie errötete ebenfalls.

Erst jetzt begriff Felicitas. »Lieber Himmel«, sie betrachtete ihre Freundinnen mit leuchtenden Augen, »diese Neuigkeit ist allerdings ein Fest wert!«

»Also kommst du?«, fragte Annemarie.

»Was für eine Frage!« Felicitas wandte sich ihrem Mann zu, der auch herangekommen war. »Hans Christoph – hattest du eine Ahnung, dass ...«

»Ja, sicher«, unterbrach Doktor Faber sie mit Unschuldsmiene, »Bertram hat mir's neulich verraten ...«

»Oh ...!« Felicitas wusste nicht, ob sie wütend werden oder lachen sollte. Sie entschied sich für das Letztere. »Wir werden aber auch Pinass und Friederike einladen müssen«, sagte sie eifrig.

»Schon geschehen.« Annemarie wechselte einen Verschwörerblick mit Helene. »Friederike gehört jetzt dazu – in jeder Hinsicht.«

»Nein ...«, hauchte Felicitas.

»Doch«, sagten Annemarie und Helene wie aus einem Mund. Und dann brachen die Freundinnen in allgemeines Gelächter aus – ganz wie in alten Zeiten.

Ralf Günther

Spannende, bilderreiche und atmosphärisch dichte Romane.

»Ein historischer Roman, der überzeugt.« **Die Welt**

»Die Pestburg hat einfach alles, was einen guten historischen Roman ausmacht.« **MDR**

3-453-21223-1

Der Leibarzt
3-453-21223-1

Die Pestburg
3-453-87787-X

HEYNE